長編情愛小説

秘術

神崎京介

祥伝社文庫

目次

プロローグ

性欲は無限だと思っていた。

男なら誰しも疑問は抱《いだ》かないだろう。それは、伊原友基《いはらともき》にしても同じだった。

彼は明日が誕生日。三十九歳にあと数時間でなろうとしている。

身長は百七十センチそこそこ。高校三年生の時の身体測定からほとんど変わっていない。体重は六十五キロ。社会人になってから、変化がないように努力している。男の美意識によるものというより、子どもの頃から持ちつづけている過剰《かじょう》気味な自意識による。

中学一年生の夏休みに、初めて性欲というものを知った。思春期に訪《おとず》れる子どもから大人になる兆《きざ》しだ。

暑い夏の日の午後。

名古屋《なごや》の旧家に嫁《とつ》いだ親戚の叔母《おば》さんが、久しぶりに遊びにきた。薄手のワンピースにピンクのブラジャーがくっきり浮かび上がっていた。胸元には豊かな乳房がつくる谷間が見えた。その年のゴールデンウィークにも訪ねてきていたのに、まったく気づかなかった。躯《からだ》が熱くなることもなかった。

でも、あの時は違った。

全身が熱くなり、腹の奥底がひきつるような感覚に陥《おちい》った。その瞬間、伊原は子どもの躯から大人になったのだ。

漠然《ばくぜん》とした性欲だった。セックスしたいなどという大それた希望も知識も持っていなかった。包茎の陰茎は勃起した。誰に教えられたわけでもないのに、部屋に入り、陰茎をこすって白濁した液を噴出させた。それが初めてのオナニーだった。

伊原はそれから毎晩オナニーをするようになった。自慰ではない、オナニーだ。自慰という言葉の響きには、罪悪感がつきまとっていたから。それに、自慰をすると頭が悪くなると、今では考えられないようなことが事実として広まっていた。ジャージ姿で通勤していた体育の教師などは、色気づいて自慰ばっかりしていると、希望の高校に受からんぞ、と女子生徒もいる教室で豪快な笑い声をあげながら三十人の男子生徒を脅《おど》した。

オナニーは三十九歳の今もまだつづけている。さすがに毎日はしない。気が滅入《めい》ったり、眠れない時だけ。月に一度か二度程度。中学生の頃と比《くら》べても意味はないけれど、あの頃からするとしていないも同然の少なさだ。

性欲が落ちてきたからではない。噴出する白い粘液の量が気になってきたからでもない。つきあっている女性がいるからもったいないと思っているのでもない。怯《おび》えるようになっていた。当然のように湧《わ》き上がってきている性欲が、いつかなくなってしまうのではないかと。

伊原の大人としての性欲の歴史は二十年あまりある。築二十年の家が古いように、性欲も古くなり、ついには使いものにならなくなると思うようになった。齢《とし》を重ねるごとにその考えは強まった。

仕事は公立の図書館で事務だ。

本好きではあるけれど、女のほうがもっと好きな男がこんなにも地味《じみ》な職場を選んだのだから、人生とは皮肉なものだ。それでも、伊原は仕事も職場も気に入っていた。毎日、次から次に、新しい本が送られてくる。個人からの寄贈もあるし、出版社から購入したものもあるし、区民からのリクエストで求めたものなど。本だけではない。音楽CDも映画のDVDだって充実している。

好きなものを好きなだけ読めるし聞けるし見られるのだから、給与明細さえ気にしなければ極上の職場だ。ひとりで図書館を独占できる悦《よろこ》びを、どう言えばわかってもらえるだろうか。中学生の頃の楽しさで表現するなら、眠くもならず罪悪感も抱くことなく毎日オナニーができることと同じくらいの悦びがある。

地味な仕事についているけれど、つきあっている女性は正真正銘の美人だ。

中里那奈《なかざとなな》、二十八歳。

客観的に見ても美人。色白の肌、大きな瞳、Eカップの乳房、実測五十八センチのウエスト、長い手足。とにかく見事だ。派手な服装と清楚《せいそ》な服装、エロティックな装《よそお》いを使い分ける遊び心も持ち合わせている。

欠点がないのが欠点だろうか。そんな女が現実にいるというのが不思議だ。それが彼女。恋人だ。デートしているのを目撃した後輩に、うらやましいっす、と後日やっかみ半分に言われたくらいだ。

美人にありがちな冷たい印象はない。気安く話ができる。でも伊原にとってなにより魅力なのは、彼女が性の冒険家だということだ。

地味な男には地味な女しか寄りつかないけれど、華《はな》やかな雰囲気を漂《ただよ》わせる男には地味な女も派手な女も近づいてくる。地味な職種かどうかは関係ない。就職活動をしている頃は、そのことがわからなかった。でも、今はわかる。派手めの職種であっても、地味な男にはそれなりの相手しか寄りつかない。

伊原はだからこそ、今でも六本木《ろっぽんぎ》や新宿《しんじゅく》で夜中まで遊んでいるし、情報のアンテナを張り巡らしてもいる。性欲に正直ないい女に満足いく仕事。これほど素晴らしいことはない。文句なしだ。

ずっと最良だったかというと、離婚した時だけは別だ。

二十九歳だった。たった二年半の結婚生活だった。自分の浮気が原因なのだから、離婚届を突きつけられても仕方ない情況だったけれど、それでもなんとかうまくやっていく方法はないかと模索《もさく》した。結局、それによって変わったのは、別れを泥沼化させたことくらいだろうか。


今は辛《つら》い過去は封印している。美人でエロティックな恋人がいるし、楽しい職場があるのだから。人生はプラスマイナスゼロ。それが伊原の座右《ざゆう》の銘《めい》。そのとおりに、現実は起こってきた。

第一志望の会社に入れなかった代わりに、図書館に就職できた。泥沼になった末《すえ》の離婚があったからこそ、那奈ほどの美人と巡り合った。

次に何かが必ずやって来る。それが伊原の不安につながっていた。

プラスのことではない。絶対にマイナスのことが。今までも、プラスが先に来ることはなかった。しかもそれは、部屋中に山積みにしている大量の本が崩《くず》れてきてその下敷《したじ》きになることでもなければ、サボっているところを区民に告げ口されて懲戒《ちょうかい》処分を受けることでもない。もっと別の何か。つまり、文句のない人生最良の日々の後に、文句だらけの最悪の日々がやってくるのだ。

不安はもうすぐ的中することになる。

あと三時間ほど後に。

部屋のチャイムが鳴った。

那奈が訪ねてきた。一日早い誕生日のお祝い。でも、ベッドに潜《もぐ》り込む頃には、誕生日になっているはずだ。

伊原は立ち上がった。

本の重みで落ち気味になっている床の周辺を避けながら、玄関に向かう。

第一章　必ず突然に

1

美人は何を着てもさまになる。

どんなことをしても美人は美人だ。お粗末《そまつ》なダイニングテーブルの椅子《いす》に腰掛けていても美しいし、ソファに坐《すわ》っている姿も美しい。

服を脱げば、美人の美しさは別の次元に昇る。眺《なが》めているだけでも男の性欲は煽《あお》られ、引っかき回され、搔《か》きむしられる……。

バスルームのドアが開く音が聞こえた。

たぶん、五分くらいで那奈がベッドに戻ってくる。もうすぐだ。甘美な世界に酔いしれることができるのは。

美しい顔にゆっくりと滲んでくる淫《みだ》らな表情、ピンク色の舌が時間とともに赤みを帯《お》びてきて、潤《うる》んだ瞳がまばたきのたびに艶《つや》やかに輝く、Eカップの乳房が揺れ、ほどよい大きさの乳輪が迫《せ》り上がり、乳首が尖《とが》っていく……。

男の想像は直線的だ。彼女の場合、伊原のそんな安易な想像をはるかに超えたことをすることが多い。

予告なしにセーラー服姿になって洗面所から現れたことがあった。看護婦のユニフォームの時もあったし、スチュワーデス姿の時もあった。ロングの真っ赤なフルウィッグをかぶり、派手な化粧をして、男がイメージする娼婦どおりに変身したこともある。密《ひそ》かに彼女が購入したという黒色のペニスバンドをつけ、女王様スタイルで鞭《むち》を片手にベッドに仁《に》王立《おうだ》ちしたこともあった。

コスプレ好きということではない。彼女は愉しみたいだけであって、そのための努力なら惜《お》しまないというだけのことだ。セックスにとことん浸《ひた》る。それでこそ満ち足りた交《まじ》わりになると信じていた。

洗面所のドアが開いた。ベッドルームからはまだ、彼女の姿は見えない。どんな刺激的な姿になっているのか。

「伊原さん、まだ起きてる？」

那奈の声だけが届いた。起きているさ、当然。九日ぶりに会うのだから、寝ているはずがない。口の底に溜《た》まる唾液を呑《の》み込みながら、彼女を待った。

ボンデージスタイルだった。女王様なのかと思ったが、従順な奴隷ということだった。ベッドにすぐには上がらず、妖《あや》しい微笑を浮かべながら正座した。三つ指をつくと、頭を床につけて言った。

「伊原さんは今夜、横になっていてくださるだけでけっこうです。何もしないでください。快楽はあなたのためだけにあると思っていてください」

演技めいた声音《こわね》ではない。声も目も真剣に妖しい。そこに迫力があるからこそ、イメージプレイといった下卑《げび》たものに成り下がらない。照れたりもしないし、ためらいや戸惑《とまど》いもない。だからこそすっと、彼女がつくりだす世界に入っていくことができる。

「どんなことを望んでもいいってことか。たとえ那奈がいやがることでも」

「もちろん、そうです。従順な奴隷に反論する権利はないんですから」

「それじゃ、とにかく、体中を舐《な》めてもらおうかな」

「気持よくさせればいいんですね。でも、それが命令だなんて……。いいのかなあ、わたしも気持よくなっちゃうことなのに」

美人のくちびるから淫らな言葉が次から次に吐き出される。そのたびに、充実した陰茎の芯《しん》に強い脈動が駆け上がる。

那奈は立ち上がると、そこでいったん姿を消した。すぐに戻ってきた。玄関に置いていた姿見用の縦長の鏡を抱きかかえていた。白木の枠を入れると幅五十センチあまり、縦百五十センチ。

「あなたに目でも愉しんでもらおうと思って、運んできちゃった……」

「わくわくするアイデアだね」

「そうでしょ？　でもこれって、わたしもドキドキしそう」

妖しく輝いている瞳がとろんとしたものに変わる。鏡に映っているのは、横になった男の裸、ボンデージファッションに身を包んだ女の背中、そしてオレンジ色の明かりとセミダブルのベッド。

鏡は真実を映し出すと言うけれど、それは淫靡《いんび》な想像や空想を育ててくれる。

中学二年生の頃だろうか。オナニーを覚えてしばらく経った頃だ。あらたな刺激が欲しくて、左に手鏡、ベッドにヌードグラビアを置いて、右手を動かしていたことがある。せわしなかったけれど、性的にはとても刺激が強くて官能的だった。

でも、二度か三度でやめてしまった。なぜかというと、鏡がつくりだす空想と現実がごちゃまぜになってしまったからだ。

「中学生の頃だけど、ぼくは鏡の中から魔物をつくりだしたことがあるんだよ」

「多感な少年だったのね。確かに、鏡って不思議な力があると思うなあ」

彼女はセッティングを終えると、ようやくベッドに上がった。乳房を締《し》めつけている皮革の匂いに、伊原はうっとりとした。鏡はその顔を映していた。

2

伊原は鏡に映し出される自分の顔に目を遣《や》っていたが、ボンデージ用の皮革をまとった那奈に視線を移した。

中学時代の魔物が、今にも目の前の鏡から現れそうな気がした。三十年ぶりくらいにうっすらと思い出したが、ずっと忘れていたいやな感覚。那奈がそれをかき消すように呟《つぶや》いた。

「ねえ、見て。わたし、ボンデージ、似合うでしょう」

「那奈って、何でも似合うんだな。ゴスロリもナース服もセーラー服もいいよ」

「このボンデージファッションは？」

「胸が締めつけられるよ」

「ふふっ、すごいでしょう」

那奈はベッドの上で膝立ちしながら誇らしげに胸を張った。

豊かな乳房はウエストが絞られ、強調されている。乳首はすでに尖《とが》っていて、乳輪は小さな凹凸《おうとつ》が消えるくらいに張り詰めている。桜色に染まる乳房。菱形《ひしがた》の文様を刻《きざ》むかのようにまとっているボンデージの皮革。確かに似合う。エロスと美しさが織り成され、極上の肢体《したい》になっている。

伊原はまた、鏡に目を遣った。

やはり気になる。

目を離した隙《すき》に、魔物が現れそうだ。

鏡をじっと見つめるうちに、木枠に近い部分が歪《ゆが》んでいることに気づいた。しかも、ところどころ染《し》みのようなものも出来ている。伊原はいやな予感がした。中学時代につくりあげた魔物が、三十年近くの時を経て、現れるというのか。なぜか、そんな不安が胸をよぎる。鏡の歪みのせいだし、染みのせいだ。

中学時代の魔物はアメーバのようだった。西洋の悪魔の姿をしているわけではないし、日本の幽霊画に描かれているようなおどろおどろしい姿をしているわけでもない。決まった形を持たない魔物は、陰茎に狙《ねら》いをつけていた。陰茎を萎《な》えさせてしまうのだ。魔物は一匹だけでなかった。ほかの魔物はもっとすごい。萎えさせるどころか、陰茎を錆《さ》びつかせてしまう力を持っていた。鉄の棒に錆がつくように。

今思い返してみると、オナニーばかりしていることへの罪悪感と幼い倫理感が生み出したものかもしれない。だからどの魔物も、オナニーができないようにしようと、陰茎に魔力をかけていたのだろう。

那奈が横になった。ベッドサイドのランプの赤い光が彼女を妖しく照らす。陰影が深まり、淫靡《いんび》な雰囲気が深まる。

締めつけられた乳房は、形を保《たも》っている。桜色に染まった肌と黒色の皮革の対照が美しい。陰部にも皮革が渡されている。Tバックのように。割れ目を愛撫するためには、皮革の内側に指を入れるか、皮革そのものを横にずらすかだ。ウエストはきつく締めつけてあるが、陰部のあたりはいくらか緩《ゆる》んでいる。

「ねえ、抱いて」

「もうちょっと、那奈の妖しい姿を愉しみたいんだけどな」

「わたし、我慢できなくなっちゃった。だから、ねっ、いいでしょ？」

「従順な奴隷のはずなのに、要求するんだ」

「ダメ？」

ねっとりとした絡《から》みつくような囁《ささや》き声が耳元で響く。二十八歳の成熟した女の声。その声音に陰影があるのがわかる。今は那奈の陰の部分の声だ。伊原は鏡から視線を外すと、乳首に目を遣った。

指先で摘《つま》む。尖って芯が硬くなっている。幹《みき》に浮かぶうっすらとした皺《しわ》を、指の腹で感じる。さらにその奥から、わずかに脈動が響いてくる。鼓動だとわかっていながらも、これこそ彼女の欲望だと思う。それを感じ取れる自分の繊細《せんさい》さに、伊原は感心する。でも、繊細さは、経験と知識に拠《よ》るところが大きい。感性の問題ではない。

那奈の手が伸びてきた。

勃起している陰茎の幹をてのひらで包み込む。慌《あわ》てていない。節《ふし》や血管の浮き上がりを確かめるように、ゆっくりとてのひらを上下に動かす。張り詰めている皮をつけ根まで引き下ろす。笠がひしゃげる。外周が歪むまで力を入れていく。

裏側の敏感な筋がひきつれて痛い。でも、強い快感がある。自ら腰を突き上げ、敏感な筋をさらに張り詰めさせる。那奈はてのひら全体で圧迫してくる。一定の力ではなくて、緩急をつけながら。うっとりする。笠の端《はし》の細い切れ込みから透明な粘液が溢《あふ》れ、二度三度しごくうちに、滴《しずく》となっていく。

「おちんちん、硬い……。我慢できなくなっているのね。もうこんなにヌルヌルしたものが出てきてる」

「それはそうさ。これだけの姿を見せられて平常心でいられる男なんているわけがない。それにぼくは、繊細で敏感なんでね」

「それって、おちんちんが、でしょう?」

「心のことを言っているんだよ」

「嘘《うそ》ばっかり」

「ということは、那奈は、鈍感なモノのほうがいいっていうのか」

「あなたのものだったら、何でもいい」

「心得ているな」

「何が？」

「男の喜ぶツボを、だよ」

「どうかな、自信がないな……。でも、わかることはあるわよ、わたしにだって」

那奈はいたずらっぽい眼差《まなざ》しを送ってくると、軀をずらして顔を陰茎に寄せた。

彼女が知っているのは男の軀が悦ぶツボ。陰茎周辺の性感帯についてだ。くちびるよりも、舌のほうがさらに詳《くわ》しい。

那奈の頰《ほお》が腰骨に当たる。ふたりの肌が触れ合っている実感が強まる。下腹に沿《そ》って屹《きっ》立《りっ》している陰茎がつけ根から跳《は》ねる。笠の外周がうねり、脈動が勢いよく駆け上がる。まだまだ若い。快感に対して敏感なのは、三十九歳になろうとしている今も変わらない。肉体の若さを実感することで、勃起の力がさらに増していく。

彼女のくちびるが開く。唾液にまみれた舌がちろちろと動く。笠の端を舐める。滴をすくい取る。外周に沿って舌が這《は》う。くちびるが追いかけてくる。笠と幹を隔《へだ》てる深い溝《みぞ》に唾液が流れ込む。それを彼女は音をたててすする。

幹を舐める。丹念に幹だけを。そこが目的であるかのように。それは伊原が教えたことだった。幹にも性感帯があることを。くわえながら舐められる時の感覚には慣れてしまっているけれど、幹だけを横から舐められると新鮮に感じると教えてやった。それがきっかけだ。彼女の舐め方が上達したのは。常に新鮮さを与えつづける舐め方をするようになった。陰茎のすべてに性感帯があることもわかったようだった。

ふぐりも抵抗なく舐めるようになった。それまでは、一度も触《ふ》れなかった。彼女にとってそこは、未知の場所であり、下手《へた》をすると痛みを与える危険なゾーンという認識だった。だから、舐めなかった。恐れることはないんだよ、痛みも時には快感になることがあるんだから。説《と》き伏《ふ》せるようにして、彼女の思い込みを打ち消した。

「今夜は特別おっきくなっているみたい。お口に入らないわ」

「日付が変われば、ひとつ齢《とし》を取るからな。それで成長しているんじゃないか？」

「おかしなことを言うのね」

「日によって、大きさが違うと言う那奈のほうがおかしいんじゃないか？」

「たぶん、久しぶりだからかな。こんなにお口を開くことって、普段の生活をしていてもないでしょう？」

「くわえることも、普段の生活の一部に組み込んで欲しいな」

「だったら、わたしのために時間を取ってくださいね。いやがっているわけじゃないんだから……。わたし、大好き。あなたのおちんちんを口の奥深くまでくわえるのって」

「そうだ、いい機会だから、言っておいたほうがよさそうなことがあるんだ」

伊原は敢《あ》えて切り出した。妖しい雰囲気が壊《こわ》れるかもしれないという怖れを押して。でも、それが自分の快楽のためであり、那奈のくわえ方の上達につながることなのだ。

彼女は口の奥深くまで陰茎をくわえることが、男の快感の最上レベルのものだと思っている。それは彼女の後頭部を引き寄せ、深くまでくわえさせつづけたからだ。伊原の責任だ。でも、残念ながら違っている。陰茎の性感帯が刺激されないのだ。もちろん、快感はある。それは心の快感だ。那奈を自分のものにしているという征服欲の満足。でもそれは、一度でいい。二度三度と同じことをしないで、もっと別の愛撫を考えて欲しい。貪欲《どんよく》なのだ。三十八歳になっても、伊原は自分の快感を追い求めていた。

「何？　深刻なことだったら、今は聞きたくないな」

「そうじゃないから安心していいよ。あのね、喉のほうまで、くわえなくてもいいんだ」

「えっ？」

「一度か二度でいいから」

「どうして？　気持よくないの？」

「うれしいけど、つづけられても、刺激に慣れちゃうんだ。男っていうのは性感帯まで身勝手につくられているんだよ」

「ほんとに身勝手」

那奈は呆《あき》れたように言った。でも、舐めるのは止《や》めない。陰茎のつけ根からふぐりに舌が向かう。ふぐりの皺に沿って這う。硬く尖らせた舌先でかき混ぜるようにして突っつく。その遣り方を教えたのも伊原だ。ふぐりは痛みに対して敏感な場所だけれど、痛みばかりではない。痛みと隣り合わせに快感がある。ほどよい力加減であればいいのだ。女性はこのことを知らない。

「那奈、すごく気持がいいよ。ほんとに、上手になったな」

「伊原さんが教えてくれたの。だから、わたしの舌もくちびるも、伊原さん仕様《しよう》になっているの」

「その口ぶりからすると、不満そうだな。ほかの男の仕様になりたいのか？」

「まさか、冗談でしょ。わたしは伊原さん仕様だけで十分」

「ほんとかな」

「普段はすごく素敵で、ベッドの中では貪欲になりきる男なんて、いそうでいないの。伊原さんは自分で意識したことがないでしょうけど、かなり、いい男なんだから」

「よせって、それ以上言うのは。くすぐったいじゃないか。ど真ん中に直球で投げ込まれたって感じだ」

「照れるところも、その笑顔も、素敵」

「おい、からかってるな。ひとまわり近くも年上の男をおちょくって」

「バレたか」

那奈はくすくすっといたずらっぽい笑い声をもらした。ふたりの気分は変わったが、部屋に満ちている妖しい雰囲気が失《う》せることはない。ふたりが今求めているのは激しい快楽なのだ。穏《おだ》やかな会話が目的ではない。

陰茎を深々とくわえる。もちろん彼女は教えられたとおり、口の最深部までくわえこんだりしない。呑み込みが早い。舌がせわしなく動く。つけ根の周囲を這ったかと思ったら、ふぐりの皺をなぞる。しかもそれを規則的に繰り返さない。単調になると快感はなくなり、単なる刺激になる。伊原のそんな教えも、彼女はきっちりと守っている。

「伊原さんって、顔に似合わず、すごくエッチに貪欲なのね。それって、昔からずっと変わっていないの？」

「どうだろうなあ。今がいちばん精力的な気がするな」

「ほんと？」

「若い時は好奇心に寄りかかった貪欲さだったけど、今はそれとはちょっと違うな。セックスの醍醐《だいご》味《み》を味わうことに貪欲になっている気がするかな」

「何がどう違うのか、わたしにはよくわからない」

「若い時のセックスは、事前に仕入れた知識を女の子にぶつけて確かめていた気がするんだ。セックスを味わうというより、確認作業といったほうがいいかもしれない。旅行先で記念撮影すると満足して、きちんと観光しない人みたいだったかな」

「そう言ってくれると、なんとなくわかるかな……。わたしも違っていたわよ」

「どんなセックスだった？」

「受け身。とにかく受け身。全身全霊で受け止めようという気持だったな。だから、欲望をぶつけてくれるとうれしかった。欲望がなければ、受け止めるものがないから」

「そりゃ、いい心がけだったな」

「でも、よくないの。自分のほうから進んで男の人を満足させなかったから。そのせいで、いろいろなことが下手なのよね。伊原さん、わかっているでしょう？ わたしって、手がかかる女なの」

「男の快感をすべて知り尽《つ》くしている女だったら、怖いもんだよ」

「わたしでいいのね？」

「貪欲《どんよく》だからな」

「そういう女になるように、伊原さんが仕向けたんじゃない」

確かに那奈の言うとおりだ。

自分の快感を強めたいがために、那奈を仕込んだ。幸運にも、彼女は受け身の性癖《せいへき》だった。しかも、セックスにタブーを持ち込んでいなかった。

彼女にとって男への熱心な愛撫は、受け身のセックスの延長なのだ。だからこそ、どんなに舌が疲れたり痺《しび》れたり引きつったりしても愛撫を止めない。それらは受け身の女の勲《くん》章《しょう》となり、彼女の悦びに直結していく。

「ねえ、きて」

挿入をねだる那奈の甘い囁きに陰茎が反応する。でもまだ早い。曖昧《あいまい》に返事をする。陰茎はもっともっと刺激的な愛撫を望んでいる。

伊原にとって挿入は、女性への奉仕の意味合いが強い。射精がもたらす強烈な快感は一瞬であって、挿入は女性を絶頂に導《みちび》くための行為なのだ。

3

「もう少し、味わっていたいな」

伊原は素直に言った。陰茎がさらなる愉悦《ゆえつ》を求めていた。那奈の舌遣いに不満はないが、もっと別の強い刺激があるはずだと思う。やはり、貪欲なのだ。あと数十分で三十九歳になろうとしているというのに。

「ほんとに好きなのね、伊原さんは舐められるのが。もしかしたら、わたしのお口の中で、誕生日を迎えたいんじゃないの？」

「あと二十分強といったところか。それくらいなら、くわえつづけられるな」

「いやっ、そういう下品な言い方」

「下品なのもいいんじゃないか？　とにかく、ほら、味わわせてくれよ」

那奈をうながすように、伊原は仰向《あおむ》けのまま腰を二度三度上下させた。四十歳まで一年と二十分ちょっとに迫《せま》っているのに、二十代の頃のような性欲だ。自分のことながら感心する。うれしい限りだ。衰《おとろ》えるどころか、今が人生のピークという気もする。いや、ピークという言葉は遣《つか》いたくない。ピークが過ぎれば、後は衰えるばかりだから。ゾーンに入っていると表現したほうがいい。それは絶好調のスポーツ選手、とりわけプロゴルファーが遣う言葉だけれど、性欲や欲望にも当てはまるはずだ。

那奈は前屈《まえかが》みになったところで、顔をあげた。股間に顔を埋《うず》める寸前の妖しい表情。二十八歳の女の性欲が顔に滲んでいる。

「わたしの知っている四十前後の男の人って、もうちょっと枯《か》れたところがあるのにね。伊原さん、まるで二十代だわ」

「枯れるのは、三十年後でいいよ」

「七十歳まで、現役で頑張《がんば》るつもりなの？　すごいなあ、その貪欲さ」

「一生現役でいたいっていうのが本音だな。だけど、たぶん七十歳になったら、いろいろな欲がなくなって、現役引退ってことになるだろうな」

伊原はチラとベッドサイドに置いた時計に目を遣った。

あと八分だ。

三十歳になった時よりも、三十九歳を迎える今のほうが感慨が深い。それに現実感も強くある。

三十歳には早くなりたかった。二十代の時は、どんなにいい仕事をしても、若いからというただそれだけの理由で軽く見られた。敬意というものを持たれたことがなかった。そんな理由から、三十歳になることを願ったのだ。職場も世間も年齢で人を見ているのだから、齢を重ねればいい。そんな安直な考えだった。

でも実際のところ、三十歳になったからといって劇的に情況が変わることはなかった。冷静に考えてみればわかる。自分がひとつ齢をとったら、周《まわ》りの人も同じように齢をとっていた。

「あと三分ね」

那奈は屈み込むと、陰茎の付け根を摑《つか》んで垂直に立てた。腹に接する側の幹にくちびるをつける。節や血管が浮き上がっているところを丁寧《ていねい》に舐める。その間も、チラチラと時計に視線を送っている。

秒読みをしているのだろうか。記念すべき瞬間というには大げさすぎるけど、受け身でいることが悦びになる彼女にとっては極上の時間かもしれない。

「あと一分。わたしの中で、誕生日を迎えてくださいね」

陰茎をくわえたまま、口の端《はし》から濁《にご》った声を洩《も》らした。

ボンデージファッションに身を包んだ彼女の丸まった背中がうねる。いつの間にか、透明感のある白い肌が朱《しゅ》色に染《そ》まっている。唾液《だえき》が幹をつたう。それをすするズルズルという粘《ねば》っこい音が響く。陰茎が勢いよく跳《は》ねる。細い切れ込みから透明な粘液が溢れるのを感じる。それは那奈の唾液と混じり、彼女の軀の中に入っていく。

陰茎の芯から硬くなっているのを感じる。付け根から跳ねるたびに、痛みを覚えるくらいだ。ゾーンに入っている。勃起の強さがそれを実感させてくれる。いきそうだ。三十九歳になると同時に、絶頂に昇れる。腹筋に力を込めた。それは絶頂に導くためにだ。そして全身の筋肉に集中するように呼びかけるためにだ。

もうすぐだ。あとちょっとの刺激で、昇るきっかけになる。

デジタル時計を見た。数字のゼロが四つ並んだ。三十九歳。最初の望みどおり、彼女の口の中で誕生日を迎えた。

那奈が顔を上げてにっこりと微笑《ほほえ》んだ。くちびるは唾液に濡れていて、妖艶《ようえん》さを帯びた鈍い輝きを放った。

「三十九歳、おめでとうございます。わたしの中であなたにとっての新しい年がはじまったのね」

「男盛りだ。その証拠に、ほら、那奈をほしがって、こんなに硬くなっているぞ」

伊原は腹筋に力を込めた。

絶頂に導くためでも集中力をみなぎらせるためでもない。男を誇るために陰茎を跳ねさせようとした。しかし、思うようにならなかった。

異変が起きた。

ほんの今しがたまで隆々《りゅうりゅう》とそびえ立っていた陰茎が、またたく間に力を失い、下腹にだらりと横になってしまった。

伊原は驚いたが、那奈に声をかけられたせいで集中力をなくしたのが原因だと咄嗟《とっさ》に分析した。だから呆気《あっけ》にとられたが慌《あわ》てることはなかった。すぐに力を取り戻す。ゾーンに入っているし、興奮もおさまっていないのだから。それに、ボンデージコスチュームに乳房が異様な形で盛り上がっているのを目《ま》の当たりにしている。こんなにも妖しい姿に興奮しないはずがない。

「可愛い、伊原さん。わたし、初めてかもしれないわ。こんなに小っちゃくなった伊原さんのおちんちんを見るのって」

「こういうこともあるのかな。まさか、三十九歳になって、いきなり衰えたってことはないはずだからね。おれは七十歳まで現役をつづけるつもりなんだから」

「焦《あせ》ってる、焦ってる。そういうところも可愛いなあ」

力を失った陰茎をてのひらで包み込みながら、那奈は微笑む。萎《な》えてしまったことを、さほど気にしていない様子だ。それが救いだった。それでも陰茎への執《しゅう》着《ちゃく》は強くて、何度も緩《ゆる》んだ皮をしごく。

温かい口にふくまれる。萎えているせいか、いつもの感覚と違う。彼女のやわらかい舌と同化したように思う。唾液の小さな泡粒さえもはっきりと感じ取れる。勃起している時には通り過ぎてしまうような些細《ささい》な感触だ。先端の細い切れ込みに舌が入ってくる。こそばゆい。勃起している時には鋭い快感となるのに。萎えたままでいては、バカにされるのではないかとか、役に立たない男と嘲《ちょう》笑《しょう》される気もする。焦りだけが膨らみ、陰茎は少しも反応しない。

「これはどうやら、忘れられない誕生日になりそうだな」

伊原は努めて明るい声をあげた。

気分を変えないと落ち込みそうだった。那奈もどうしていいのかわからないといった表情で、萎えた陰茎を何度も舌先で突っついている。悦びに満ちていた空気がよどみはじめてさえいる。セックスはこれでおしまい。そう言ったほうがどれだけ気が楽か。そう思えるほどの暗い雰囲気になりかけている。

「ダメな時はダメなんだから、焦っちゃいけないわよ。ねえ、伊原さん、無理しないで。

ここのところずっと仕事が忙しかったでしょ。その疲れがちょうど今この時に、全部出ちゃったのかもしれないんだから」

「慰《なぐさ》められると、よけいに焦るな。男として恥ずかしいよ。ごめん、ほんとに。せっかくボンデージスタイルで決めてくれたっていうのにね」

「謝られると、わたし、どういう顔をしたらいいのか戸惑っちゃう。どんな時でも逞《たくま》しいだろうなんて、最初から思っていなかったんだから」

伊原は瞼《まぶた》を閉じながらうなずいた。

齢をとるということは、こういうことなのか。肉体年齢は若いと思っていたのに。那奈はなおも勃起させようとしている。口いっぱいに陰茎全体をふくみながら、ゆっくりと吸い上げていく。彼女の口の粘膜と、陰茎の緩んだ皮が一体になる。それが気持いい。

ベッドの脇に置いてある鏡を見た。

先ほどよりも、鏡全体が黒っぽくなっていた。

こうなると恐ろしいことが起きる。子どもの頃、そんな経験をしたことがある。

鏡の中から悪魔が現れて怖い思いをしたことが何度もあった。でも今は、ボンデージスタイルの女が見える。そしてその下に、三十九歳になった男のみぞおちから下腹、太ももが映っている。若々しい軀。それなのに勃起力を失っているなんて。自分の身に起きていることなのに、いまだに信じられない。

ふぐりを指先で撫《な》でられた。その瞬間、萎えていた陰茎の芯に力がこもった。解き放たれたように、みるみるうちに、口の中で勃起をはじめた。幹を包んでいる皮が張りつめた。笠が膨らみ、ふぐりが縮こまった。彼女のうめき声が喜びの声に聞こえる。不能ではなかった。

「大きくなってる。ああっ、すごい。伊原さん、これまでの中で今がいちばん逞しいかもしれない……」

「勃起が新鮮だよ」

「わたし、うれしい。誕生日の瞬間もお口の中だったし、まったく普通のおちんちんの状態から、硬く尖った形になるまで味わうことができたんだもの」

「那奈はすごいよ。まったく反応しなかったものに力を入れさせるんだからな」

「疲れが影響するなんて、若くない証拠。無理しないでね」

「無理させようとしているのは、那奈のほうじゃないか？」

「そういうのを減らず口って言うの。さっきまで深刻な顔をしていたこと、忘れちゃったの？」

彼女が屈託《くったく》のない明るい声をあげた。

よどみかけていた空気が勃起とともに変わった。妖しい雰囲気が戻ってきた。ふたりでベッドに入った時よりも妖しさは濃密だ。

現金なものだが、それは仕方がない。セックスの時に必要なのは勃起した陰茎であって、萎えたものではない。女を悦ばせることができる勃起した陰茎だ。そんな当たり前のことを考えて、身につまされた。いい経験をした。そうだ、いい経験だ。七十歳で現役を引退する時のために覚えておこう。そしてこの悪夢を忘れて快感に浸ろう。

伊原は鏡をチラと見た。

黒っぽくなっていた鏡がさらに変化していることに気づいた。明かりを落としているせいなのかと思ったが、照明の類《たぐい》にはまったく触っていない。

不吉な予感がする。悪いことが起こる前兆だ。いや、もう悪いことは起きているのかもしれない。

那奈は仰向けになった。うながしたわけではない。彼女は正常位での交わりが好きだからだ。まずは正常位なのだ。その後にどんなことをしてもいいし、どんな体位でも受け入れる。でもまずはとにかく、正常位でつながらなければ納得しない。

彼女の足の間に入る。汗ばんだ頬に張り付いている長い髪をやさしく梳《す》き上げる。ボンデージのコスチュームに擦《こす》られて、胸板のあたりがわずかに痛い。触れてみてわかったが、皮革のそれは見た目よりもごつかった。身につけている那奈はなおのこと、そう感じているだろう。何も言わずに嬉々《きき》として受け入れている彼女が愛《いと》おしい。胸に迫《せ》りあがってくる恋情が勃起力につながる。

陰茎が跳ねる。腰を操《あやつ》って先端の笠を割れ目にあてがおうとしてみるけれど、自在にできないくらいに暴れる。頼もしい。萎えていたことが嘘のようだ。彼女もそれを感じたらしい。陰茎を摘んで、割れ目にあてがってくれた。

「ふふっ、すごく元気。さっきは何だったのかしらね」

「ぼくが訊《き》きたいよ。自分でもあれは夢だったんじゃないかって思っているんだから」

「ところで、赤玉って知ってる？」

「いきなり変なことを言い出して……。那奈がどうしてそんな言葉を知ってるんだよ」

「わたし、二十八歳なんだから、それくらいはね」

那奈は微笑を湛《たた》えながら言った。

知っている、当然。

人生最後の勃起で白い樹液を放った後に出てきて、打ち止めということを知らせる赤い玉。自分にはまだ縁のないことだとわかっていながらも、インターネットで調べたことがある。都市伝説めいた根拠のない記述はたくさんあったが、どのホームページにも正確な出典を記《しる》しているものはなかった。インターネットが万能だとは思わないけれど、そこにまったく載《の》っていないし、手がかりになるものもなかった。

「出たら最後っていうことらしいね」

「女にはないのかしら」

「どうかな、わからない。受け止めるほうだから、ないんじゃないかな」

「わたし、焦ったの、実は。あなたに赤玉が出ちゃったんじゃないかって」

「怖いこと言わないで欲しいなあ。さっきは疲れたせいだって言ってくれたのに」

「あんな深刻な情況で、赤玉のことなんて言えるわけないでしょ」

「出たらわかるらしいじゃないか。おれはまったく気づかなかったから、赤玉ではないんだよ……。これで安心したかい？」

「どうすれば、いいのかしら、わたし」

「何が？」

「もしあなたに、赤玉が出ちゃったら……。まだ二十代なんだから、わたしは。セックスのよさを教え込まれたばかりなのよ」

「勃起の切れ目が縁の切れ目っていうことになるのかな」

「わたしはそんな女じゃないわ。たとえ赤玉が出たって、どうにかしてあげる。次の赤玉を軀につくっちゃえばいいんでしょ？　そうすれば、今みたいな逞しいおちんちんになるっていうことでしょう？」

那奈は真顔で言う。都市伝説の類のことを真剣に話しているのが可笑《おか》しい。さっきの不能状態だったことを思い出して、彼女は不安になっているのかもしれない。

「心配することないって。さっきも言ったように、七十歳までは現役をつづけるつもりなんだよ、おれは」

「わたしはセックスをしない人生なんて考えられないから、ほんとに気をつけてね」

「何に？」

「深酒をしないとか、規則正しい生活をするとか……」

「わかった、わかった。とにかく、今は規則正しく、いや、時々は不規則に、腰を動かすことを考えるよ」

「冗談ばっかり言ってると、ほんとに赤玉が出ちゃうわよ。閻魔《えんま》大王みたいに、赤玉の出方を仕切っている大王がいるかもしれないでしょ。真剣に考えないと、その人の怒りを買うかもしれないわ」

「せいぜい、頑張るよ」

伊原は曖昧に応えると、腰を突き込んだ。

膨張している笠が割れ目に入っていく。男としての自信がみなぎる。ゾーンに入っているぞ、おれは。割れ目の奥の襞から、粘っこいうるみが噴き出してくる。那奈は呻《うめ》き声とともに、腰を突き上げてきた。

陰茎が勢いよく跳ねる。細かい襞をなぎ倒していく。笠も幹も完璧な硬さだ。

芯《しん》から硬くなっている陰茎を頼もしく思う。

数十分前に萎えてしまったのは、一時のきまぐれみたいなものだったとしておこう。初めての経験で少し慌てたけれど、二十代のような若さではないことを、躯が警告してくれたのかもしれない。三十九歳を迎えたタイミングで一瞬の不能に陥った事実を、真摯《しんし》に受け止めたほうがよさそうだ。

性的能力が最高のゾーンに入っていると思うが、有頂天《うちょうてん》になっていると、手痛いしっぺ返しを食らうことになりかねない。那奈の言ったように、規則正しい生活を心がけて、暴飲暴食をしないように気をつけよう。赤玉が出たら最後なのだから。この若さで使いものにならなくなったら、人生おしまいだ。

割れ目の奥を掻《か》き回すように、陰茎の先端を操る。やはり頼もしい。跳ねさせることも、笠を膨らませることもできる。自在だ。二十代の頃の猛々《たけだけ》しさはないけれど、今はそれを上回るだけのコントロール能力がある。持続力や女体に対する味覚の鋭さだって数段上回っている。

伊原はベッドサイドの鏡に映る挿入している姿に目を遣った。

角度が違うせいか、肉眼の時よりも隆々《りゆうりゆう》としているように見える。腰を突き込み、割れ目の奥の肉襞《にくひだ》をなぎ倒していく。鏡には映らないけれど、彼女の肉体が透《す》けたかのように映像として脳裡《のうり》に浮かぶ。

鏡の中の彼女はいくらかふっくらとしている。皮革製のボンデージファッションが肌に食い込んでいく。むっちりとした太ももが震《ふる》える。喘《あえ》ぎ声が何度も部屋に響くうちに、鏡に彼女の声が映り込むのではないかという錯覚に陥る。

「わたし、いきそう」

「まだまだこれからじゃないか」

「今夜は特別かもしれない。いつもより、すごく感じるから」

「ボンデージファッションに刺激されているのかな。それとも、鏡？」

「どっちも。だけど、そうしたことよりも今夜が伊原さんの誕生日だからよ」

「特別な夜に合わせて、特別な軀に変わったということか。うれしいし、愉しいよ。とにかく、サプライズっていうのはどんなことでも愉快だよ」

「さっきのことも？　まったく勃《た》たなくなったこともサプライズだった？　あれも愉快だった？」

「意地悪だな。誕生日の夜だっていうのに。不吉なことを言うもんじゃない」

伊原は腰を引いて、陰茎を入り口のあたりに戻した。昇りそうになっている那奈にとって、今はそれがもっとも辛いことのはずだ。意地悪には意地悪で対抗する。大人《おとな》げないと思ったが、彼女にとってはサプライズになっただろう。

「あん、だめ……」

「意地悪なことを言わないと約束したら、奥まで貫《つらぬ》いてあげるよ。どうだい?」

「約束するから、早くください。もうすぐなの、わたし。もうすぐいきそうなの。ねっ、いいでしょ。一緒にいって、お願い」

那奈の腰が上下に何度もうねる。陰茎を迎え入れるように、割れ目がひくつく。外側の厚い肉襞も、笠に絡みついて離れない。彼女の欲望のすべてが、軀に伝わっている。そんな女を思うがままにできることが誇らしい。

伊原は鏡に目を遣った。そこに映り込んでいる顔も、満足げな表情をしていた。自然と笑《え》みがこぼれる。

腰を突き込んだ。深い挿入だ。割れ目の最深部の肉の壁に当たる。やわらかみに満ちた弾力を感じる。押し返してくる圧力はみずみずしい。

「いきそうだよ、ぼくも」

「ああっ、一緒にいって、お願い。もう意地悪しないし、言わないから」

「尽《つ》くすことが悦びになる女だったよな、那奈は……」

「はい、そうです」

「だったら、一緒にいくんだ」

「うれしい……」

彼女がしがみついてきた。

乳房と胸板、下腹部とみぞおちがぴたりと重なった。互いの陰毛が擦《こす》れ合った。恥骨同士がぶつかると、挿入している快感の中にわずかに痛みが混じった。その痛みさえも心地《ここち》よかった。

伊原は瞼《まぶた》を閉じた。それでも妖しく輝く赤い照明が入ってくる。

今夜はどうかしている。

感覚が鋭敏なだけじゃなくて、妄想までもがついてくる。今は快感だけに没頭すべき時なのに。妄想と快感と欲望が混じりあっている。誕生日だから？　彼女の口の中で午前零《れい》時を迎えたおかげか？

絶頂は近い。陰茎の付け根の奥から大きな快感の波が押し寄せてくる。その波にさらわれたら白い樹液を放ってしまう。それがわかっているから、くちびると舌先を嚙《か》みしめて堪える。快感は長いほうがいい。射精の快楽は一瞬だ。

「那奈、どうだ？」

「すごく気持いい。ちょっとダメになったけど、やっぱり、すごい、伊原さんって。気持よくって、溶けちゃいそう」

「おれもだ。もうすぐだぞ。一緒にいけるだろうな」

「はい、いつでも」

「よしっ」

「きて、わたしの中に。ぶっこんで、あなたの逞《たくま》しいもの……。ああっ、いきそうよ。あなた、一緒に。一緒にいって」

那奈のうわずった声が響く。

ふぐりの奥が熱い。割れ目の肉襞と重なり合う。ぐちゃぐちゃっという粘っこくて生々しい音が湧き上がる。

絶頂はもうすぐだ。いくぞ、那奈。くいしばっていた歯を緩《ゆる》めた。


（うあっ、いく……）


長い快感がつづいた。

三分くらいか。

射精を終えたのに。愉悦《ゆえつ》に漂《ただよ》っていた。那奈も同じだ。瞼を閉じてぐったりとしている。満足したらしく、口元にはかすかに笑みが湛えられている。

「すごかったよ、那奈」

「わたしも……。舌がうまくまわらない。こんなに気持がよかったのって、初めてかもしれない……」

「たぶん、ぼくもだ」

伊原は正直に言った。幾重《いくえ》にも押し寄せてくる快感に、頭の芯が痺《しび》れた。思考が混乱した。こんなことは初めてだ。

「信じられないくらいに気持がよかった。セックスって、奥が深いんだなあってつくづく思ったよ。まだまだ、知らないことがある予感さえしたな」

「わたしなんて、今もまだ、あそこがひくひくしているくらい。わかる？」

確かにひくついている。割れ目の奥のほうは、絶頂とともに窮屈になった。そのうえでひくつくから、まるで陰茎を押し出そうとしているかのようだ。

陰茎はまだ硬い。快感の名残《なごり》を愉しんでいるみたいに、付け根から跳ねる。それでも、少しずつ萎えていく。

伊原は鏡を見た。

明かりの赤い光に染まっている。裸のふたり、つながった陰部、溢れ出るうるみ。映り込んでいるそれらすべてが赤色だ。割れ目がひくつく。それさえも、鏡に映っている気がする。

鏡が真っ赤になった。

赤い光の照明を調節したわけではない。部屋の明るさは変わっていない。不思議なことに、鏡だけが赤みを増している。

悪いことが起きる前ぶれなのか？

鏡の赤みが濃くなる。現実だ。那奈を揺り動かしたが、けだるそうにうなずくだけで、鏡を見遣ってはくれない。

伊原は目をそらして、瞼を閉じた。それなのに、真っ赤に染まった鏡が見える。恐ろしさと不安、そして負の感情が胸に迫《せ》り上がってくる。そういえば、玄関からベッドルームに運んできた時から妙だった。今にして思えば、子どもの頃のことを思い出したこと自体、何かが起きることを暗示していたのかもしれない。

鏡が揺れはじめた。

なんだ、これは。

映り込んでいるものが揺れているのではない。鏡そのものが揺れている。呆気《あっけ》にとられて見ているうちに、ほんの数秒で鏡が歪んだ。白木の縁《ふち》は変化はない。鏡だけがよじれていく。

信じられないことが起きた時、声は出なくなるものらしい。伊原はぼう然と眺《なが》めているだけになった。それでも少しは、なぜこんなことが起きたのか理由を考えた。ポルターガイスト現象か、霊のしわざかと思った。これは夢であって現実ではないと信じようとしてみたり、あまりの快感に頭がイカれてしまったのかと心配したりもした。

でも、すべて違うとわかっていた。夢でもないし、幽霊でもない。快感に酔ってはいるけれど、あくまでも冷静だった。

鏡は真っ赤だ。

ほんのわずかな間に、色味が変わっていた。赤い絨毯《じゅうたん》を鏡に貼り付けたようだ。しかも歪みつづけている。刻一刻と、歪みも濃さも変化していく。

赤みが薄くなってきた。鏡に意思があるかのようだ。明らかに赤色が薄くなる。うっすらと自分の軀の輪郭《りんかく》が見えるくらいにまでなった。

鏡全体が薄くなったと思ったけれど違った。濃淡がはっきりしてくると、薄い部分の形がわかった。直径二十センチくらいの円。その奥の鏡に、自分の軀の輪郭が映っていた。

「那奈、ちょっと。鏡を見てくれよ。変なんだ、この鏡」

伊原はようやく、彼女に声をかけることができた。なぜそれまで声をかけなかったのか不思議だった。口が動かなかったのか、声をかけるのを忘れていたのか。

「鏡って、何？　エッチなことを妄想していたの？」

「見てごらん。あの円を」

「円？　鏡でしょ？」

「そうだよ、真っ赤な鏡の中に浮かぶ赤みの薄くなった円だよ」

「何言ってるのかな。鏡に映っているのは、わたしたちふたりじゃない。怖いこと言わないでください。それとも、わたしを怖がらせようとしているの？」

「冗談を言ってないで、まじめに見ろよ」

「見ていますっ」

「円が見えないのか？」

「伊原さんの焦っている顔は見えていますけど……」

信じられなかった。恐怖に顔がひきつっていく。

今まさに、怪奇現象が起きてるというのに、見えているのは自分だけというのか？　この円は死神？

円に影が生まれた。円が球体になった。赤色の調子に変わりはない。球体以外の部分は濃い赤だ。

「ねえ、まだ見えているの？」

那奈が不安げな声をかけてきた。よかった、自分の意識は正常だ。おかしいのは鏡のほうだ。那奈の声も顔もはっきりと認識できる。自分はイカれてはいない。

「見えてるよ、まだ……。円が球体に変わってきた。浮かんでいるんだ。那奈、ほんとに見えないのか？」

「あなたこそ、ほんとに見えてるのかな。妄想が激しすぎて、見えないものまで見る気になっているんじゃない？」

「そうだったらいいけど、事実、見えてるから……。見えないほうがよかったよ」

「赤い玉なの？」

「真っ赤じゃない。薄いんだ、色が。その奥に鏡がある。当然だよな。もともとが鏡なんだから。そこにぼくの姿が映ってる」

「伊原さんが？」

「ほかの男だったらもっと怖い気がするけど……。それは違うな。やっぱ、自分が映ってるのがいちばん怖い」

「あなたの魂《たましい》だったりして」

「まさか……。いい加減なことを言うなって。ほんとにビビってるんだから」

「だったら、気のせいよ。寝ちゃえば？　それとも、鏡を片づけましょうか」

「どれも怖いよ」

彼女には見えないから、単なる鏡でしかないのだ。彼女にとってそうであっても、伊原には違う。これには意味があるはずだった。でも、それが何かわからない。

「赤玉だったりして。さっき話していたから、現実になったりして……。言霊《ことだま》っていう言葉があるくらいだから」

「那奈には見えないからって……。赤玉は都市伝説の類《たぐい》だぞ。ほんとにそれがあったと書き残している文献はないはずだ」

恐ろしさに自分の声が震えている。赤玉かもしれない。彼女の言葉が胸にぐさりと突き刺さったままだ。

もしほんとに赤玉だったらどうしよう。不能になってしまうのか？　絶頂に昇る前に一時的に不能になったのは、赤玉が出る前兆だったということか？

「くわえてくれるかな。赤玉ではないっていう証明ができたら、この鏡の赤色が消えるかもしれない」

彼女は起き上がると、鏡を一瞥《いちべつ》した後、射精したばかりの陰茎に顔を寄せた。

笠の端の細い切れ込みに舌が入り込む。舐めながら、幹をしごく。さらに、乳房を押し付けてくる。軀のどこでもいいから、とにかく刺激を加えようとしている。ほんの数分前までは絶頂の快感をひきずっていたのに、今は彼女の舌遣いに酔っている。


気持、いい……。


伊原はうっとりしていた。軀の芯がとろけそうだった。あまりに快感がつづくので、息も絶え絶えになっていた。

鏡の中の球体は消えていなかった。

陰茎は快感を感じるのにまったく勃起していない。幹の芯に脈動も走らない。だらりと垂《た》れたままだ。

那奈が口を離した。額《ひたい》の汗を拭《ぬぐ》い、うっすらと笑みを湛え、ため息をついた。

「おかしいわね、やっぱり。今まで、こんなことなかったんじゃないかしら」

「さっき、あったよ。今夜は変な日なんだ、きっと」

「赤い玉はその後、どうなの？」

「残念ながら、そのままだ。大きさは直径十センチくらいかな……」

「伊原さんも映り込んでるの？」

「うん。鏡だからね」

「移動してみたら？　ベッドの上にいるからじゃない？」

伊原は素直にベッドの場所をずれた。垂れたままの陰茎が揺れた。寂しげだった。本当に不能になったのか？　気持よさを感じられるっていうのに……。

期待と希望を込めて、鏡を覗《のぞ》いた。

だめだ。やっぱりまだ、球体は鏡の中に浮かんでいる。形を変えることも、自分の姿が消えることもない。目を閉じても鏡は消えない。

「ねえ、どう？」

「だめだ。消えない」

「鏡、片づけましょうよ。いいでしょ？」

「そうしてくれるかな」

那奈は素早く鏡を片づけた。玄関に運んだことで、鏡を染めている濃い赤色は見えなくなった。部屋はいくらか赤みが薄くなった。

「ねえ、消えたんじゃない？　鏡をバスタオルで覆《おお》ってきたから」

ベッドルームに戻ってくるなり、那奈は勢い込んで言った。

伊原は首を振るしかなかった。物理的には、目の前から鏡は消えた。でも、脳裡に刻まれていた。赤玉のことを考えた途端、ふいに薄い赤色に染まる球体が浮かんだ。

「誰よりもエッチが好きな男なのよ、あなたは……。三十九歳の男性が、だめになるわけないでしょ？」

「そうだけど、ぴくりともしないよ。ほんとに赤玉かもしれない」

「自己暗示をかけちゃダメ。こういうことは心理的なことが強く作用するんでしょ？」

「よくわからない。自分には関係ないことだと思っていたから」

「ああっ、どうしよう」

「ぼくのほうこそ、どうしたらいいかわからないよ」

「時間をかけて、もう一度、舐めてあげる。回復力が遅いだけかもしれないでしょ？」

「そうしてくれるかな」

伊原はため息をつくと、ベッドに倒れ込むようにして横になった。現実とは思えない事態に戸惑《とまど》っていた。

悲しみとか落胆といった感情はまだ芽生《めば》えていない。朝になれば、隆々とした陰茎に戻っているに違いない。伊原は根拠のない希望を抱いた。

第二章　救いの手

1

三十九歳の誕生日から一週間が経った。

伊原にとって重要な意味がぎっしりと詰まった一週間だった。そして、辛い日々でもあった。つまり、陰茎のことを生まれて初めて真剣に考えた七日間であり、萎えた陰茎とともに過ごした日々でもあった。

七日経っても、相変わらず陰茎はまったく勃起しなかった。自在に操れないどころではない。自分のものではないようだった。

なぜ、こんな事態になったのか。何度も冷静に思い返してみたけれど、はっきりとしたことはわからない。年齢的なことが原因？　ストレスのせい？　ただひとつ言えるのは、鏡の中に映った赤い玉のようなものが原因のひとつだということだ。

不思議なものを見たという気味の悪さが今もまだはっきりと残っている。衝撃は強かった。なにしろ、最後の勃起の時に出るという赤玉そのものだったのだから。

あの時の赤い玉はどこにいったのだろうか。

赤い玉のせいだとは思いたくないけれど、今もって陰茎は硬くならない。勃起につながる兆《きざ》しもない。朝起きた直後でも、幹の芯に力がみなぎることはない。本格的に機能不全に陥ったかのようだ。

那奈は一度泊まった。翌日忙しかったにもかかわらずだ。一緒にいたかったというより、彼女なりに責任を感じたかららしい。

彼女は献身的に、口と指と乳房で刺激を加えてくれた。夜と朝、時間をたっぷりとかけて何度も何度も、陰茎に刺激を加えつづけてくれた。うっとりするくらいに気持よかった。それでも、まったく反応しなかった。

＊

「ねえ、そんなに辛そうな顔をしないで。せっかくの食事がまずくなっちゃうから」

那奈はフォークを口元に運ぶのを止めると、くちびるを尖らせた。

ふたりは今、広尾《ひろお》のレストランにいる。午後九時半を過ぎたあたりだろうか。

ここは無農薬の食材を使っているということで有名な店らしい。テーブルの配置がゆったりとしている。高い天井のおかげで、坐《すわ》っていてものびのびしていられる。那奈が情報を仕入れてきて、ぜひともここで食事したいと言い張った。伊原は焼き肉を食べたかったけれど我慢した。彼女がなぜ自然食系の店を選んだのか。わかりきっている。勃起不全の男のためだ。

無添加ビールの入ったグラスを手にしながら、伊原は微笑《ほほえ》んだ。ビールを飲む。普通のビールよりも、いくらか甘い味だ。意外とのど越しがよくておいしい。

「辛いわけじゃないって。それは那奈の考えすぎ。無添加無農薬の料理に、感心していただけだよ」

「どう？　おいしい？」

「口に入れた瞬間のインパクトはあまりないけど、すんなりと入っていくような気がするな。軀にやさしいからだろうな」

「日本人が年間に添加物を摂取する量って、キロ単位なんですって。二キロとか三キロ。それだけの量を取ったら、軀がおかしくなったとしても不思議じゃないわ」

「たぶん、そうだろうな。ぼくはどれくらいの量を取っているかな。添加物の入っているものをかなり食べているからなあ」

「あなたって、ジャンクフードが好きだものね。それがあれの遠因になっているかもしれないわよ」

「何の遠因？」

「わかっているくせに……。わたしに言わせたいの？」

「言って欲しいな。自虐《じぎゃく》的になれそうだからね。そういう経験は、滅多《めった》にできるものじゃないしさ」

「自虐的というか、意地が悪いって言ったほうがいいかな。わたしまで苦しめようとしているみたい」

「そんなことないって……。正直、悪いなあって思っているんだから」

那奈には悪いと思っている。

恋人を性的に満足させられない男というのは辛い。那奈が献身的であればあるほど、身の置き所がなくなっていく気がしてならない。いっそのこと、不能呼ばわりされたほうが気が楽になるかもしれない。そのほうが、逆ギレしたり、泣き叫んだり、思い詰めたりすることができそうだ。

「ねえ、まったくだめなの？」

「そうなんだよ、ごめんな。ひとりでやってみたんだけど、だめだった。インターネットのエッチなサイトを見たりしたけど、反応なしだったな」

「そういう中途半端なものを見たりするからいけないんじゃない？」

「すごい迫力があるよ。中途半端だとはとても思えないけどな」

那奈はネットのエッチ画像や動画について知らなかった。すべてがモロ出し。情緒だとか風情《ふぜい》といったものはないけれど、見たいところが見られた。解剖学的かもしれないけれど、今まではそんな画像でも興奮し、痛いくらいにまで勃起していた。

「伊原さん、媚薬《びやく》って知ってるわよね」

「藪《やぶ》から棒にどうしたんだよ。知っているけど、ぼくは使いたくないな。添加物よりもさらに軀に悪そうじゃないか」

「先入観にとらわれたらだめよ。詳しくないんでしょ？」

「那奈は詳しいのかな」

「この一週間ですごく勉強したわ。いかがわしいものもたくさんあったけど……。たとえば、ハーブなんかも媚薬になるらしいの」

「ハーブが？」

「意外でしょ。それなら軀に悪いとは思わないじゃない？　心と軀の両方から刺激を与えていけば、治るんじゃないかなあ」

「心のほうって？」

「リラックスすること。ゆったりした気持でいながら、性的な興奮に浸ってみるの。どう？　うまくいきそうな気がしない？」

伊原は夢中になって説明する那奈が愛《いと》しかった。不能になったらすぐに捨てられると思っていただけに、彼女の心根のやさしさがありがたかった。『わたしが治してあげる』と勢い込んで口走った彼女の言葉が真実だったと思い知らされた。

那奈が靴の先で軽く蹴《け》ってきた。

ふたりの靴の先がぶつかった。

テーブルクロスがかかっているから、彼女のやっていることはウエイターには見られないだろう。奥まった席だから、ほかの客に気づかれることもなさそうだった。

「何？　どうした？」

「この明るさなら、何をしているのか、まずわからないわよね」

「うん？　どういう意味だい？　何を言いたいのか、きちんと説明してくれないかな。那奈の悪いところだよ、ひとりで勝手に暴走するのは」

彼女は照れたような微笑を口元に湛えながらうなずいた。椅子の背もたれに上体をあずけながら、グラスに残っている無添加ビールでくちびるを濡らした。

彼女の足が伸びてきた。

偶然ではない。

なにしろ、今度はパンプスを履《は》いていなかった。こちらのふくらはぎから膝の内側のあたりまでを、ストッキングを穿《は》いた指で撫でてきたのだ。

彼女の大胆さにスリルを感じて胸が高鳴る。

不意打ちを食らっている気がしたけれど、それが心地いい。彼女はきっとスカートをめくり上げている。太ももの付け根のあたりまで剝《む》き出しになっているだろうと想像すると、躯が熱くなる。

「普通だったら、硬く尖ってるだろうけど、残念ながら変化なしだ」

「性急に結論を出しちゃだめ。そういうところがいけないの。ストレスにつながってシュンとなっちゃうのよ」

「確かにそうかもしれないな」

伊原は結論を求めていた。よくも悪くも、とにかく結論が欲しかった。

那奈の上体がさらに沈み込む。

ストッキングに包まれた足を伸ばしてきている。

彼女は、ブラウスの第二ボタンまで外している。流し目を送りながら。ネックレスが揺れる。乳房の深い谷間まで見えるようにしている。

強い刺激になっているのは確かだ。でも、残念ながら、勃起にはつながらない。ピクリともしない。陰茎は熱くなっている。幹の芯がじわじわと痺《しび》れてる。しかし、幹が膨張しているのではない。勃起の兆しかと思ってワクワクしたけれど、そうではないらしい。生理的な変化なのかもしれない。

「ジャスミンティーを注文してくださいね。インポテンツに効くんですって」

「ずいぶんと直截《ちょくせつ》的な言い方をするんだな。せっかくいい気分になっているのに、台無しになりそうだ」

「ごめんなさい。あなたの表情があんまり変わらなかったから……」

「どういう意味だい、それって」

「気持がいいのかどうか、ぜんぜん読み取れなかったから、ショックを与えてみたかったの。ごめんなさい、あなたが繊細な人だってこと、忘れていたわ」

「ウエイターを呼んでもいいのかな？　今の恰好のままでまずくないか？」

「平気よ、これくらい。あなたが興奮してくれるなら、もっと大胆なことだってできちゃうわ」

彼女はいたずらっぽい眼差しを送ってくると、ウエイターに視線を送った。

伊原はジャスミンティーを注文し、那奈はコーヒーを頼んだ。その間も、彼女は足を戻さなかった。大胆だった。愛するが故《ゆえ》の大胆さなのか、彼女がそれによって興奮するからなのか。

ウエイターが立ち去った後、彼女は言った。

「わたしがこれ以上興奮したら、我慢できなくなっちゃうでしょう？　だから、コーヒーでいいの」

冗談のような口ぶりだった。たぶん真実なのだろう。那奈は欲求不満になっている。心も軀も。挿入を欲しがっている。でも、伊原は聞き流すしかなかった。欲しがっているものを与えることができないから。ならば気づかないフリをしたほうが気が楽だ。

「ねえ、あなたのものに直接触りたいの。ズボンのファスナーを開けて。それと、もう少し、テーブルに近づいて」

「無茶なことを言うなって。気づかれたら、追い出されるぞ」

「それくらいのことをしたほうがいいの。あなたは気持よさを味わっているだけでいいの。やるのはわたしなんだから」

伊原は渋々うなずいた。彼女の迫力に負けたといってもいい。さりげなくファスナーを下ろし、椅子をテーブルに近づけた。股間のあたりがテーブルクロスに隠れるようにしていると、那奈の爪先《つまさき》が現れた。

ズボンの窓に爪先が入ってきた。

ぐりぐりと陰茎を押される。ぐにゃりという音が聞こえそうで、哀しくなってくる。那奈は気にせずに足の裏で愛撫する。レストランで食事をすると約束した時から考えてきたアイデアなのだろう。足の動きに迷いがなかった。もちろん、慣れているという意味ではない。足先に想いがこもっていた。

「ねえ、このあと、どこに行くか、決めているの？」

那奈のうわずった声が耳に届く。上体をのけ反《ぞ》らせているせいか、声の調子が弱々しい。でもそれが妖しい響きとなって聞こえる。

「ぼくの部屋に行こうか。それがいやなら、どこかで飲むっていうのもいいかな」

「わたしの部屋は？」

「いいけど……」

「うれしくない言い方に聞こえるけど。あなたの部屋よりも、わたしの部屋のほうがいいでしょ？　いやな記憶がないから」

「それなら、ラブホテルはどうだい」

「あくまでも、わたしの部屋はいやってことね。狭《せま》いから？　それとも、整理整頓していないから？」

「狭いのも汚れているのも、あんまり気にならないよ。だけど、ひとつだけ気になることがあるんだ。壁が薄いだろ？」

「お互い様だから、わたしは気にならないかな。やっぱり繊細なのね、伊原さんって」

「お隣さんに聞かせるのも、愉しいかもしれないな。いつもと違うことを試していかないといけないかもしれないしね」

「やっとその気になってくれたみたい。冒険することが大切なの。性の冒険ができなくなったら、男はだめよ」

「ハーブティーを飲みながら、性の冒険に向かうってことだね」

「わたしがずっとお供するから」

那奈は上目遣いで見つめながら、鼻にかかった掠《かす》れた笑い声を洩らした。淫靡《いんび》な声音と表情だった。腹の底が熱くなった。もちろん、陰茎は萎えたままだ。

2

那奈の部屋に入った。

青梅《おうめ》街道沿いに建っているマンションの八階。ベランダに立つと、音というものが下から這《は》い上がってくるのが実感できる。でも、それはあくまでもベランダに出た時のこと。マンション自体は古いけれど、騒音対策には万全を期していた。ガラス窓が二重になっていた。そのおかげで、交通量が多い昼時でも静かだし、夜中に暴走族がけたたましい排気音をたてながら走ってもさほど気にならなかった。

でも、残念なことに、このマンションの対策は青梅街道を走る車に対してだけだった。階上や階下、そして左右の部屋に対しては、対策というものはなかった。お粗末といっていいくらい天井も床も壁も薄い。

那奈の部屋は東南に窓のある1DKだ。もっともいい方角だ。しかし、やはり壁は薄かった。でも角部屋だったから、隣の部屋のある西側の壁に対して注意を払えばよかった。

那奈が抱きついてきた。瞳を覆っている潤みは厚い。レストランでいたずらをした時と変わっていない。その時の興奮が一時間近く経つのに醒めていない。

「ハーブティーを飲ませてくれるんじゃなかったかい？」

「そうだけど、あなたのものがどうなっているのか知りたいの」

「残念だけど、改善の兆しは見えないな」

「そんな風に決めつけないで」

那奈は真顔で言うと右手を伸ばしてきた。股間をまさぐりはじめた。そうしてようやく、陰茎が萎えたままだというのがわかったらしい。彼女は納得したのか、密着させている上体を離した。

湯を沸《わ》かしはじめる。風呂に湯を溜《た》める。洗濯物を取り込み、ベッドのシーツを洗い立てのものに替える。

「伊原さんは、興奮しなかった？」

「レストランでのこと？　それなら十分に興奮したよ。ウエイターに心臓の鼓動が聞こえるんじゃないかって思ったくらいだ」

「なのに、反応しなかったの？　まったく？　本当はちょっとくらいピクピクッとしたんじゃない？」

「それならいいんだけどね、まったく反応なしだった。何度も同じことを言わせないで欲しいな。ぼくの身にもなってくれよ。辛いことを明かしているんだから」

「だって、いまだに信じられないんだもの。わたしのことをからかっているんじゃないかって思ったり、わたしとセックスしたくないために嘘をついているのかなって……」

「ぼくはそんなに禁欲的な男ではないよ。目の前のご馳走《ちそう》を食べないでいられるほど、自制心もないし……。そんなことより、そもそも、嘘をつく理由がない」

「いくら聞いても、やっぱり信じられないな。興奮するのに勃たないだなんて……。ほんとにそんなことが起きちゃってるのね」

那奈は朗《ほが》らかな口調で言った。冗談めかしたところがあった。そのうちに、湯が沸いてきたので、彼女はキッチンに向かった。

不思議に思っているのは、伊原にしても同じだ。

レストランで陰部をまさぐられた興奮は、今もまだ下腹部に残っている。もやもやした感覚があるのだけれど、それが勃起に向かうエネルギーに変換されない。心に渦巻く性欲に対して、軀が素直に反応していないとも思えた。だからこそ、ほんのちょっとのきっかけで、勃起がいきなりはじまりそうでもあった。悩みながらも、心の片隅に楽観的なものを持っていたのはそうした理由からだ。

那奈はハーブをたっぷりと入れた透明なガラスポットをテーブルに置いた。

湯を注《そそ》ぐ。透明な湯がうっすらと黄色みがかった色に変わる。ハーブが本当に勃起不全に効くのか。効くとしても、はたして即効性があるのかどうか。那奈が力説すればするほど、伊原はそれを怪しいと思ってしまう。いい性格とはいえないが、那奈もそのあたりのことは承知している。

「伊原さん、いいこと？ とにかく、わたしの言うことを信用しなさいね。信ずる者は救われるってこと」

「もちろん信じて飲むよ。でもなあ、ハーブティーってさ、誰でも飲んでいるものじゃないか。飲んでいる人全員に効いたら、大変なことになると思うんだけどな」

「そんなこと言うのって、救われたいとまじめに考えていないからかなあ。もしかしたら、不能のままでもいいって思っているんじゃない？」

「まさか……。三十九歳だよ、ぼくは。この若さで性の悦びを失いたくないよ」

伊原はカップに注がれたハーブティーを飲んだ。那奈への感謝を込めて、もう一度、彼女に向かってにっこりと微笑んだ。不能の男に対してここまで気を遣ってくれる女がいるだろうか。いつ治るのかわからないのだ。もしかしたら、一生、不能のままかもしれない。彼女にしたら、厄介《やっかい》な恋人ということになるだろう。別れるという方向に気持が流れたとしても不思議ではない。

「レストランでやったこと。もう一度、やってみましょうか」

那奈が低い声で言うと、席を立った。何をするのかと思って見ていると、ローソクを点《つ》けてテーブルに置き、部屋の明かりを落とした。そこでまた彼女は坐った。足を伸ばしてくる。レストランの時のように見られる心配がないから大胆だ。陰部にいっきに爪先を伸ばしてきた。

「伊原さん、ファスナーを下ろしてちょうだい。いいでしょ？　それから、おちんちんをパンツから出して」

「レストランの時みたいに興奮してきたよ」

「もっともっと興奮することを、やってあげるから……」

「那奈も興奮してきているな。声の調子が変わってきたぞ」

彼女は粘っこい声を洩らすと、爪先で陰部を突っついてきた。

3

伊原にレストランでの高ぶりが確かに蘇《よみがえ》ってきた。腹の底がゾクゾクする。腹筋に力を入れていないのに、下腹部がひくつく。

パンツから陰茎を引き抜く。陰茎はだらりと垂れたままだ。陰茎の先端に、那奈の爪先が重なる。ストッキングの上からだったけれど、ピンクのペディキュアと、陰茎の笠が交錯する。彼女は加減をしない。

笠を足の爪で引っかいてきた。痛みが走り抜ける。でも、勃起している時とは違って痛みは鋭くない。萎えている時というのは鈍感なのかもしれない。

「おかしな感触……。萎えているでしょ？ 目をつぶっていると、生温かいこんにゃくとかお湯を入れたヨーヨーとかを踏みつけているみたい」

「妖しい気分になるんじゃないかい？ 萎えているかどうかよりも、男の大切なものに触れているという事実に燃えそうじゃないか」

「そうかもしれない……。すごいの、わたし。溢れているんだから」

「見てみたいな、じっくりと」

「恥ずかしいから、いやっ」

彼女は頬を膨らませながら不満げに言った。でも、口元には淫靡な笑みを湛えていた。くちびるの間から舌を差し出す。唾液に濡れて光る舌先が、彼女のエロスを象徴しているような気がする。レストランで見せた妖しさよりも今のほうが伊原の男の性欲は刺激されていると思う。

那奈はいやがったけれど、言葉とは裏腹に、腰を浮かしてスカートを脱いだ。椅子の横に置くとまた、腰を浮かした。今度は、ストッキングを脱いでいる。それをスカートの上に置くと、またしても腰を浮かした。三度目だ。ということは、那奈は今、パンティを脱いでいることになる。伊原は屈みこむと、テーブルの下に頭を入れた。

パンティが足先から抜き取られているところだった。手の動きにためらいは見られなかった。彼女は両足を広げて陰部を晒《さら》していた。

「ねえ、見て。わたしの秘密の場所がどうなっているのか、あなたの目で確かめて」

「ここからだと、よく見えないな。椅子の端《はし》に移ってくれないと」

「伊原さん、その体勢だと苦しいでしょ。椅子から下りて近くで眺めればいいのに」

「近くって……。テーブルに潜り込めっていうことかい？」

「そういうのは、いや？」

「窮屈《きゅうくつ》そうだからね。それだったら、椅子の向きを変えれば？　テーブルに潜り込む必要がなくなるじゃないか」

「そんなことしたら、情緒がなくなるでしょう。わかっていないのね、伊原さんって。すべては、あなたのためにしていることなんだから……」

那奈が厳しい声を飛ばしてきた。少しいらだち気味だった。

不能状態を治すきっかけになればという思いで、彼女はやってくれているのだ。それを忘れていた。いや、忘れるどころか、今までの淫らなことは、彼女自身の性欲を満足させるためにやっていることではないかと思ったりもしていた。

厚かましくて図々《ずうずう》しい考えだ。恥知らずと非難されてもおかしくない。冷静に考えれば、ここまでやってくれる女性など、那奈以外にはいないだろう。感謝するのは当然であって、彼女のことをまるで淫乱女のように見るのはおかしい。

伊原は椅子の座面から滑るようにして下りた。ふたり用の小さなテーブルの下に入り込んだ。両手を広げたら、テーブルから出てしまうくらいの狭い幅だ。それでも、ひそやかな気分になった。

彼女の陰部は、ローソクだけの明かりでは暗くてはっきりと見えない。ペンライトでも欲しいところだ。でも、そんなことをしたら風俗と同じになってしまうと思って、口にしなかった。といっても、実際にそうした風俗に行った経験はない。昼休みに図書館の休憩室で読んでいる週刊誌の情報だ。

那奈の足の間に入った。

彼女の坐る椅子に寄りかかるくらいに近づく。座面に顎が触ってしまいそうだ。甘くて生々しい匂いが漂ってくる。彼女の陰部が源《みなもと》だ。伊原は指を伸ばして、陰毛をかき分けていく。

割れ目を守っている厚い肉襞はすでにすっかりめくれていた。さらに奥の薄い肉襞までもが見えた。ローソクの明かりの中でも、肉襞の輪郭はくっきりとしていた。溢れ出ているうるみは、やわらかみのあるオレンジ色の光を浴びていやらしく輝いている。那奈が深い息遣いをするたびに、外側の厚い肉襞がうねり、内側の薄いそれが前後に揺れるようにして動く。ゾクゾクしてくる。レストランでこんなことができていたら、すぐにでも勃起しそうな気がした。

「どんなふうに、見えてるの？」

「すごく濡れているじゃないか。レストランからずっとつづいていたのかい？」

「ああっ、そうなの。だからわたし、我慢できなくって……」

「でも、ぼくはまだできそうにないよ。どうしたらいいのかな」

「このままだと、わたし、欲求不満で死んじゃうかも……。ねえ、触って」

那奈は言いながらも、自ら、割れ目の肉襞に触れた。左右にめくれている肉襞をさらにめくる。見られていることを十分に意識している指の動きだ。腰を落とし気味にして、さらに割れ目を剝き出しにしていく。

男の欲望が煽《あお》られる。勃起はしていなくても、性欲は増幅する。

頭がおかしくなりそうだ。これまでは性欲と勃起は常に一体だった。物心ついた時から、それはごく自然なことだった。今はそこに一体感がないのだ。心と軀のバランスが崩れてしまいそうだった。

「触って、わたしの大切なところに触って。熱くて、どうにかなっちゃいそうよ。伊原さんの指とお口で、ねっ、お願い。わたしを鎮《しず》めて」

「ほんとにすごいことになってるね。話している間にも、うるみが溢れてきているじゃないか。こんなに興奮している那奈を見るのって、初めてかもしれないな」

「嘘、そんなの……」

那奈は呻き声をあげると、腰を突き上げた。うるみが噴き出してきた。大げさでなく、本当に噴き出した。まるでシャワーのように。しかも、彼女のもっとも敏感なクリトリスをあらわにしながら。

彼女の興奮ぶりに、伊原も高ぶった。腹の底がえぐられるような感覚にすらなった。

「すごいよ、那奈。噴き出したよ。これって、潮吹きって言うんじゃないかな。初めて見たな、こんなの」

「何？ わからない、わたし……。ああっ、おしっこしたみたい」

「たぶん、そうじゃないと思うよ。ぼくの浅学《せんがく》によると、潮吹きとおしっこでは違うはずだよ。これは週刊誌の記事なんかが元ネタだから、間違っているかもしれないけどね」

「伊原さんが言うことなら、全部、正しいはず。わたしなんかより、どんなことでも知っているし、しかも、正しい知識なんだもの」

那奈は深々と息を吐き出した。めくれていた肉襞が収縮していく。絶頂にまで昇り詰めた後のような気がした。肉襞は細かくうねりながら震えている。テーブルの下は生々しい匂いが溜まっていて、髪にも洋服にも染み込んでいくようだ。

情けないと思った。

那奈を満足させてあげられないことが、こんなにも情けないことかと思い知った。那奈は不能の男にはもったいない女性だ。別れたいと言われたら、引き止められないだろう。彼女を説得する言葉がない。不能の男に、男としての魅力はない。

「那奈、ごめんな」

「何、急に。どうしたの？」

「悪いなって思ったんだ。ぼくがこんなだから、那奈もすごく欲求不満になっているんだからね」

「そのうちに、逞しさを取り戻すから……。その時に恩返ししてもらうわ。夜から朝まで、ずっと、わたしのことを舐めつづけてもらいますからね」

「今でもできそうだけどな」

「ううん、いいの、今はね。わたしの性欲のことより、あなたのことのほうが大切なんだもの……」

那奈の言葉が耳に届いた時には、伊原はもう、彼女の股間にくちびるを寄せていた。粘っこいうるみが口に入る。厚い肉襞がすぐにめくれ返る。内側の薄い肉襞が立ち上がって躍るようにうねる。勃起しない男かどうかなど関係のない反応だ。

惨めな気持になってくる。

那奈を満足させてあげられないという事実に、あらためて驚く。それがいかに自分にとって重大な事実だったのかということにも気づかされる。

「舌と口と指でしか、今は那奈を満足させてあげられないんだ。ごめんな」

「わたしのことなんて、ほんとに気にしないで」

那奈はうわずった声で応えた。その声が涙声に聞こえた。

軀の触れ合いは大切だ。

ぬくもりを伝えあうことで、心をつなげることができるし、ふたりの気持に変わりがないということも確認できる。でも、そのためには陰茎の勃起が必要なのだと知った。

4

伊原はゆっくりと、椅子に坐っている那奈の足の間から離れた。

名残惜しいけれど、仕方ない。挿入が果たせないのだから、これ以上の愛撫をしても彼女に悪い。高ぶらせるだけ高ぶらせて、それでおしまいというのでは那奈の軀にも心にもよくないだろう。

「どうして離れちゃうの？　わたしは気持がいいのに……」

「蛇の生殺《なま》しのようにするわけだよ。それじゃ那奈に悪いし、それを強《し》いるわけだから自己嫌悪の気持も強くなるんだ」

「あなたってやさしすぎるのよ……。何度も言うけど、そんなふうに自分を責めていることがストレスになって、おちんちんに影響していると思うの」

「性格だから、いきなり、それをやめて別の考え方にしろって言われても難しいなあ。もちろん、努力はするよ」

「今度、スッポン料理を食べに行きましょうよ。強精剤《きょうせいざい》になるんでしょう？　朝鮮人参《ちょうせんにんじん》にも効果があるってことだから、わたし、インターネットで料理法を調べておくわ……。男性の回春法って、びっくりするくらいにたくさんあるのね。わたしたちって、まだほんの数種類しか試していないんだから、諦《あきら》めるなんて早すぎるわよ」

「わかってるけどね……」

伊原は声を落として応《こた》えた。

気力を奮《ふる》い立たせているけれど、力のない視線が宙を泳いでしまう。自分がいちばんわかっているのだ。どんなことをしても、今は無理だと。

陰茎が軀の一部だという意識が薄まってきている。これまでは軀の中心で存在感を示していたのに。男の存在意義まで小さくなっている気がする。

情《なさ》けない。こんなことでへこたれてしまう自分の弱さが悲しい。頑張《がんば》れ、那奈が支《ささ》えてくれているじゃないか。

椅子に坐っている彼女を立たせた。

ゆっくりと抱きしめる。迫力のある豊かな乳房。やわらかみと弾力。乳房の感触のすべてが、性感につながっていく。そこまでは、ごく当たり前に機能している。感じるのだから問題なしだ。つまり、勃起という結果につながらないだけで、性感の刺激はきちんと受け取っているということだ。だからこそ勃起不全なのだ。その言葉が真実味をもって胸に迫ってきた。息苦しくなってきた。このままでは涙が出そうだ。

「気分を変えたいな。那奈、ちょっと散歩に出ようか」

「あら、珍しい……。わたしの部屋を訪ねて、散歩なんて。初めてかも。でも、それっていい傾向よ、きっと」

「これまでは、部屋に入ったら、朝になるまで一度も出ないっていうのが普通だったからね。裸になった後なのに、外出したくなるなんて変だよな。自分でも驚いている」

「同じことをつづけるよりも、変化をつけたほうが可能性を感じるわ。ふふっ、わたしも希望を持てるな」

伊原は身支度《みじたく》を整えた。那奈のほうが早かった。いつもはのんびりしているのに。のろのろしているうちに、伊原の気分が変わってしまうのを恐れたのだ。

夜十一時過ぎ。

那奈はワンピース姿だ。セックスアピールを感じさせる大人のデザインにそそられる。

玄関のドアを開ける前に、彼女がキスを求めてきた。

短いキスの後、ふたり揃《そろ》って部屋を出た。奇妙な感覚。同棲しているような気になってくる。彼女とつきあっていたのに、初めて一緒に外出するのだ。こそばゆさを感じながら、マンションのエントランスを歩いた。

監視カメラに録画されているはずなのに、彼女は気にすることなく寄り添って腕を絡めてくる。穏《おだ》やかな幸福感に包まれる。駆け引きのない関係が、今ここに確かにある。それを実感できることがうれしい。那奈と出会えた幸運がじわりと胸に響く。

「わたしの記憶だと、やっぱり、あなたとお散歩するのは初めて。わたしのほうが、ドキドキしているみたい」

「散歩程度で、こんなにも喜んでもらえるなんて驚きだな」

「わたしにはそういうウブなところがあるの。わかった？」

「さあ、ほんとにウブなだけかな。洋服の内側がどうなっているのか……」

「ふふっ、どうして？」

「ワンピースを着ているのをチラッと見たんだよ。鈍感じゃない限り、那奈の大胆さには気づくんじゃないかな。寒くないのかな」

「あなたと一緒だからこそ、パンティをはかなくてもいいかなって思ったの。どんな時でも迎えられるようにしておきたいもの。それに、いつでも触って確かめてもらえるようにしたほうがいいでしょう?」

「ぼくの理想だな。それでこそ、那奈はぼくの彼女だ」

確かにそのとおりだ。

男が想像できそうにない意外なことをする那奈は魅力的だ。しかもそれは、意図的に驚かせようとして行動しているのではなく、あくまでも天然だからいいのだ。計算や打算でやっていたらつまらない。

住宅街を歩く。道幅が狭くて街灯も少ないために、ふたりで歩いていても心細くなる。男がそう思うのだから、那奈のほうがもっと強く感じるはずだ。

「街灯が少ないせいか、このあたりは暗くて怖《こわ》いな。だから、電柱に『痴漢注意』とか『夜道のひとり歩き注意』なんていう看板がくっつけてあるんだね」

「一ヶ月くらい前にも、不審者が出たってことで騒然となったもの」

「やっぱりそうか……。この暗さが、人間の狂気を引き出すような気がするな。気をつけろよ、那奈」

「普段はこんなに遅い時間にこのあたりは歩かないから安心して……。今夜は特別。この暗さに狂うかもしれないな」

「いいじゃない? ぼくはもう、軀が狂ってるよ。那奈、ふたりで狂おうよ」

「だったら、ねえ、ここで触って……」

彼女は狭い道の前後を見て人影がないのを確かめると、小さなマンションの地下駐車場の塀際《へいぎわ》に立った。目ざとい。ここなら誰にも見られることはないだろう。住人にも通行人にも。街灯の明かりも差し込まないから、ほかの場所と比べて闇は濃い。

那奈を抱き寄せる。

華奢《きやしや》な女体だ。胸におさまってしまいそうなくらいだ。男の征服欲所有欲といったものがくすぐられてすごく気持がいい。

右手でワンピースの裾《すそ》をめくる。

太ももに温められていた空気が噴き出してくる。ひんやりとした空気がしっとりと肌にまとわりつく。火照《ほて》りが風を湿らせる。彼女の高ぶりが火照りを強くする。

割れ目にいっきに向かう。那奈は愛撫を受け入れやすいように足を広げる。バランスもよくなり、上体がぐらつかなくなる。

陰毛の茂みをかき分ける。うるみですでに濡れている。そのためだろうか、硬いはずの陰毛はしんなりとしていて足下に向かってなびいている。

割れ目に指を差し入れる。

粘っこいうるみが指に絡みつく。肉襞がまとわりついてくる。下腹部が前後に大きく動く。那奈の息遣いが荒くなる。しがみついている手に力がこもる。

太ももが痙攣《けいれん》を起こしたように震え、膝が落ちそうになっている。

那奈が感じているのがわかる。それが心地いい。

今は不思議なことに、彼女の高ぶりのことだけに集中していて、陰茎が勃起するかどうかについては意識は向かっていない。そんな精神状態でいることには気づいているから、こういう平穏な心の時にふっと治ったりするんだよな、と考えたりもする。もちろん、虫のいい話にはならない。パンツの中で縮こまったまま、陰毛の茂みに隠れている。

彼女の太ももの痙攣が大きくなってきた。しかも、間隔が短い。昇っていくのではないか。それでもかまわない。自分が昇っていけないのなら、せめて、那奈だけでも十分に満足感を味わって欲しい。それを認め、そうするのが男の務めだとも思う。

指先を割れ目に埋める。硬く尖ったクリトリスを撫でる。そこを集中的に。指の腹で円を描くように。その愛撫ばかりしていると刺激が単調になるので、タイミングを見計らっては、指のつけ根まで埋めていく。その後、割れ目の溝に沿ってうるみを掻《か》き出すように指を滑《すべ》らせる。

「ああっ、いい……。ごめんなさい、声がでちゃう」

「いきそうなんだろう? 那奈の軀は正直だから、わかるんだ」

「こんな場所で触られているんですもの、興奮しちゃうわ。ああん、いってもいい?」

「もちろん、いいさ」

「ごめんなさい、伊原さん。お返しはたっぷりとさせてもらいますから」

「そんなことは気にしなくていいんだよ。今この瞬間に集中するんだ。ぼくが言うのも変だけど、快感は集中力によってもたらされるんだ。心を研《と》ぎ澄ませば、気持よさとともに、ぼくの心や想いも感じられるはずだよ」

「ああっ、素敵」

那奈は小さな呻き声を洩らすと、額を押しつけてきた。胸板にくっつけたまま、言葉にならない喘《あえ》ぎ声を何度もあげた。太ももの痙攣が上体にまで移ってきた。喘ぎ声と呻き声が交互にあがる。闇の空気が震える。濃密な性的な交わりに、住宅街の空気も濃くなっていく。

「いってもいい？」

「いいさ、もちろん。いく時にぼくにわかるように言うんだよ。勝手にこっそり昇っていくことだけはダメだからね」

「はい、わかりました」

那奈はうなだれながらうなずき、丁寧な口調で応えた。それがきっかけとなった。

彼女は昇りはじめた。

呻き声が響かないように、くちびるを胸板に押しつけてきた。屈伸運動をしているかのように膝の上下動が激しくなった。しがみついてくる指に力を入れた。洋服がちぎれそうになった。

「ああっ、伊原さん、いくわ、わたし、いっちゃう」

「こんな場所でもいけるんだね。那奈はどこでもいける淫乱な女なんだな」

「そんなこと言わないで……。ううっ、恥ずかしい」

「昇っていいんだよ」

「はい、わたし、ううっ、いきます」

那奈は昇った。割れ目に差し入れている指が締めつけられた。サラサラとして粘り気の少ないうるみが溢れ出てきて、彼女の太ももを伝《つた》った。

陰茎はぴくりとも動かない。

興奮しているのに。ふぐりの奥のほうは火傷《やけど》するのではないかと思えるくらいに熱い。火照りというより、燃えている気がする。太ももにまで熱気は伝わっているし、陰茎の芯にまでそれは拡《ひろ》がっている。なのにやっぱり、だらりと垂れたままだ。

残念だ。何度も残念と思うことに麻痺《まひ》しそうで不安になる。

勃起しない陰茎を自然な状態として受け入れるようになってしまうのが怖い。そんなことは絶対にしないと心の裡《うち》で声をあげて誓う。

陰茎に神経が通《かよ》っていないわけではない。腹筋に力を入れてみると、ほんのわずかに、陰茎が上下する。筋力によるものだ。ということは神経が通っている証拠でもある。

那奈は荒い息遣いをつづけている。ぐったりとした表情だ。昇ったのだから当然だと思う。眠そうな顔にまでなっている。しかし彼女がいくらそんな顔をしても、伊原はまだ部屋に戻る気にはならない。もう少し、気分を変えるために外の空気を吸っていたい。

「もう少し、歩こうか。気持いいからね。いやだったら戻るけど……」

「ううん、平気。あなたの望みで散歩に出てきたんですからね。わたしが勝手に戻るなんて言えない」

「お腹は空《す》いていない？」

「平気。ラーメン屋さんにでも入りたい？　だけどわたし、お財布《さいふ》を持って出てこなかったけど……」

「小腹《こばら》が空いたな」

「それだったら、喫茶店があるの。マンションのすぐ近く。そこに行ってみる？　五十歳過ぎのマダムがひとりで切り盛りしているの……。といっても、わたしまだ入ったことがないんだ」

「こんな時間にやってるのかな？」

「たぶん。ずいぶん前だけど、タクシーで深夜に帰宅した時、明かりがついていたのを覚えているから。人通りの少い住宅街でよくやっているなあって感心したの」

腕を絡めて歩く。彼女の足取りは軽いようでいて重い。微妙な足の動きだ。昇った直後だけのことはある。そのことを知っているのは自分だけだ。こそばゆい優越感が拡がっていて気分がいい。

マンションの裏手に向かう。

エントランス側よりも幅の広い道路だ。喫茶店はすぐに見つかった。このあたりで明かりが点いている店はその一軒だけだった。よくこんな住宅街で営業ができるもんだと感心する。看板を掲《かか》げてもいない。

入口のドアのすぐ横に、小さな窓がひとつあった。店内の明かりが洩れていて、様子がうかがえた。客はひとりもいないようだ。

「変わった店だな。食事ができるのかな」

「食事ができない喫茶店なんて、すぐに潰《つぶ》れちゃいますよ」

「人口が多いからその逆で、何も知らずに店に入っちゃう人がたくさんいるのかもしれないよ」

「面白そうだから、とにかく早く入ってみましょ。いいでしょう？　ぼったくられる心配はないはずだから」

彼女がにっこりと微笑んだ。疲れが少しとれたようだ。すっきりとしていて健康的に感じられた。人というのは、なんておかしなものだろう。割れ目を愛撫されて絶頂に昇った直後なのに、健康的な表情に見えるのだから。そう考えると、大切なのは今だとあらためて強く思う。過去でも未来でもない。今この瞬間なのだ。

黒色に塗ったドアを開けた。

ピアノのクラシック曲が流れている。店内の壁は濃い赤色、テーブルが黒、床は焦《こ》げ茶。小さな店にありがちな、ポスターだとかチラシの類はいっさいない。カウンターに七席、その後側にテーブルがふたつあるだけだ。

「いらっしゃい」

カウンターの奥から嗄《しわが》れた声が飛んできた。客が入ってきたというのに、迷惑そうな響きのある声だった。とんでもない店に入って失敗したと思っていると、マダムが顔を出してきた。

マダムはメイドスタイルだった。五十歳過ぎのメイド。不思議と合っている。メイドスタイル以外で似合うファッションを見つけるほうが大変ではないかと思うくらいだ。

美人だった。高級クラブでホステスでもやっていたのではないか。水商売を長くつづけてきた雰囲気が漂っていた。水商売に素人《しろうと》の中年女性といった感じではなかった。

プロのホステスだった名残を感じる。それは彼女の瞳が放つ光の強さだ。メイドスタイルや乱れた髪や厚化粧からは安っぽさしか感じないけれど、そんな表面的なものには騙《だま》されないぞと思う。伊原がマダムに声をかける。

「何時まで営業しているんでしょうか」

「いつまででも」

「いいですか、入っても」

「好きにしなさい。悩みを抱えているものは自分の好きにしたほうがいいんだから」

奇妙なことを言うものだなと思ったけれど、小さな店にはアクの強いオーナーがいたりするものだ。例に漏れず、マダムもそのひとりらしい。

不潔そうだけれど、それは見かけの印象にすぎない。うっすらといい匂いの香水が漂《ただよ》っているし、メイドの洋服もこんな深夜にもかかわらずアイロンを当てた跡がきっちりと残っている。

メニューはほぼ飲み物だけだった。アルコールとソフトドリンク。腹の足しになりそうなメニューはない。ミックスナッツがあるだけだった。いかにも、ものぐさなマダムだ。客はこれではくつろげないではないか。だとしたら、なぜ、営業しているのか。客を喜ばせてこその仕事のはずだ。

「ビールをください。ふたりに」

伊原は頼んだ。もっとも無難な注文だ。これなら失敗はない。ミックスナッツを頼みたかったけれど、絶対に湿気《しけ》っていると思ったから思いとどまった。

「あなたねえ、悩みがあるなら、もっと早くここに来ればよかったのよ」

マダムは壁面に置いたビールグラスを二客取り出しながら言った。背中を向けていたけれど、間違いなく言った。独《ひと》り言《ごと》ではなかった。伊原も那奈も確かに耳にした。

ふたりは顔を見合わせると、今のは独り言のつもり？　わたしたちに言ってるのか？　そんな意味のことを、驚いた顔をして見つめあうことで交わした。

マダムがグラスをカウンターに気だるそうに置いた。グラスにビールを注《つ》ぎはじめたのを見て、伊原は声をかけた。

「マダム、さっき口にした言葉って、ぼくたちに言ったんですか」

マダムは無表情のままだった。ピアノが奏でる繊細《せんさい》な旋律《せんりつ》を聞いているようだ。緊張を強いられる辛い店だ。二度と来ない。伊原が思っていると、マダムが真っ赤な口紅を塗ったくちびるを開いた。

「あなたに言ったのよ。ここに来ることはわかっていたからね」

彼女は自信に満ちた口調で言った。夜中にいい加減なことを言っている様子ではなかった。冗談であれば笑って忘れられたのに、今は怖くて軀がこわばっている。

5

「それって、どういう意味ですか」

伊原はためらいがちに訊《き》いた。言葉がすんなりと出てこなかった。今しがた襲われた恐怖感に、思考能力も軀の動きも支配されたようだった。

ここに来ることがわかっていたなんて……。

彼女に予知能力があるというのか？

まさか。伊原はそういう能力を持った人がいることは否定しない。それどころか、絶対にいると漠然《ばくぜん》と信じてもいた。でも、こんなにも身近な場所に超人的な能力の持ち主がいるとは信じられなかった。

マダムの縦ロールの髪が揺れている。不気味だ。哀れみの眼差しで見つめてくるのがわかる。洒落《しゃれ》や冗談のつもりとは思えない。

入ったばかりだけれど、すぐに出たっていい。でも、それができない。頼んだビールを飲み干していないからではないし、マダムに遠慮しているわけでもない。

隣に坐っている那奈の表情を見ても、居心地がよさそうには思えない。マダムの先ほどのひと言が効いていた。『ここに来ることはわかっていたからね』と、自信に満ちた声で言ったのだ。

「信じなくてもかまわないけど、わたしには力があるの。あなたは深い悩みを抱えている。それを解決するために、ここにやってきた。解決したいという強い思いが、この場所に導いたのよ」

訊いてもいないのにマダムは言った。

彼女とは初対面だ。那奈にしてもそうだ。それなのになぜ、ずけずけと心の内側に入り込んでくるのだ。あまりに無遠慮だ。

伊原は無視しようとした。那奈は可笑しそうに笑い声をあげると、マダムと話しはじめた。彼女にとってこの店は近所だから、気を遣っているのかもしれない。

「わかったなんて、すごいですね。マダムは子どもの頃からそういった能力を持っていたんですか」

「意識したのは高校生になった頃からだけれど、母が言うには、小学生の頃から特異な能力を発揮していたみたいね」

「で、この人の悩みが具体的にわかるんですか？」

「もちろん、わかるわよ」

「正直、信じられません。どうしてわかっちゃうんですか？　その前に訊かなくちゃ。これって有料なんですか？」

「お金はもらわないわよ。悩みを直截的に解決できるなら有料でもやっていけるんでしょうけどね、わたしはそれができないから」

「つまり、マダムの能力って、悩みがわかって当てられるということですか？」

那奈のきつめの口調の問いかけにも、マダムは動じることなく微笑んだ。うなずくしぐさに、自信がみなぎっている。たとえまやかしであっても、彼女の自信に満ちた表情は、救いを求めてここにやってくる人に安心感を与えられるだろう。

「能力を限定すると、人はそれ以上のことができなくなってしまうの。あなたはこの男性のことをとても愛しているのね」

「ええ、そうだと思いますよ」

「だから、あなたなりに守ろうとして、普段では遣わない言葉を投げつけているのね。無理したらダメよ。どんな時でも自分らしくいることが大切なんだから」

「話が飛んでしまいました。訳《わけ》がわからなくなっちゃうから元に戻します。マダムはわたしたちがこの店に来ることを予知していた。そうですね。でも、ご自分では彼の悩みを解決できないとおっしゃった。ということは、なぜ予知できたんでしょうか」

「解決する術《すべ》を伝えられるから……。なぜそれができるのかということは、わたしにもわからない。神が与えてくれた能力でしょう」

「神に近い人ということですか？」

「神なんていうことを言い出すと、新興宗教の勧誘と間違われるから言いたくなかったんだけど……。いいこと、お嬢さん。わたしには、あなたの隣に坐っている男の人の悩みが何なのか、それを解決するための方法があるのかどうかが、見えるのよ。わたしの能力はそれだけ」

「それだけって、言われても……。本当のことだったら、それだけでも十分にすごいことだと思います」

「信じていない口ぶりね。仕方ないけど、ちょっと悲しいなあ。あなたはこの人の悩みを解決してあげたいという気持が強いはず。なのに、なぜ解決策を知ろうとしないの？　求めないと、答は得られないのよ」

「解決策を真剣に求めています。だけど、本当に信用できないと、この人の悩みについての話はしにくいんです。わたしたちを信用させてください」

那奈は真顔で言った。信用したいけれどできない。それは当然だ。何度も言うように、この店には偶然入った。そこでいきなり悩みの解決策を知っていると言われたって、すぐに信用などできるはずがない。

都会には足下《あしもと》をすくってくる悪い輩《やから》がごまんといる。信頼している人であっても平気で裏切ったりする。そんな世の中を生き抜くには、簡単に人を信用してはいけない。ましてや、初対面で信頼などできるはずがない。

「そんなに信用できないなら、何に悩んでいるのか当てないと……。まあ、信用されないならそれでもいいんだけど」

「言ってみてください」

「この人はね、男性としての機能が、うまくいかなくなっているの。そうでしょう？」

マダムは小さな声ながらも、自信に満ちた表情で言い切った。

伊原はわずかにのけ反《ぞ》った。当たった驚きは大きかったけれど、これには裏があるという疑念がすぐに脳裡に浮かんだ。那奈とマダムが通じている。那奈と自分しか知らないことなのだから。

「どうしてわかったんですか」

那奈が訊くよりも先に、伊原が声をあげた。疑念と同時に、もしかしたら、この苦しみから救ってくれるすごい人と出会ったのかもしれないという期待が膨らんでいた。それを抑え切れなくなったのだ。

今必要なのは希望や期待である。胡散臭《うさん》いものであっても、希望があればすがりつくべきなのだ。しかし、伊原には、そのうちに治るとのんびりと構えているところがあった。鈍感なのではない。深刻に考えないという方法で、心へのダメージを受けないようにしていたのだ。

「あなたが店に入ってきた時、見えたのよ。赤い塊《かたまり》が頭の上に浮かんでいたのが……」

「赤い塊、でしたか」

「真ん丸。鮮《あざ》やかな赤色ではなくて、ボルドー色に近い赤だったわね。その球体が、股間に移ったの。陰部と重なった瞬間、すごい強い輝きを放ったのね。でもそれはほんの数秒だったかしら。球体は股間から離れて頭のところに戻ったわ。その時には、玉のボルドー色は黒っぽく変色していたの」

「見えたんですね、赤玉が」

「ええ、はっきりと見えたわ」

マダムはきっぱりと言った。

伊原は鳥肌が背中に広がっていくのを感じた。ゾクゾクした。強い希望の光が灯《とも》った。この出会いによってすべてがうまくいく。そんな期待が募《つの》った。

「ほんとに無料なんですか？」

伊原は訊く。マダムは微笑みながら、首を縦に振った。

理解できなかった。金を取らないということは、それが目当てではないということなのか？　信用させた後で、ごっそりと持っていこうとしているのか？　今どき、金が目当てでもないのに、親切心だけで教えてくれる人などいるのか……。

「金のことに気が向いているということは、まだまだ深刻ではないってことね」

「薄給のサラリーマンですから、心配なんですよ。金持ちだったら気にならないでしょうけど……」

「この店に来るべくして来た人には、金を要求したりしないから安心しなさい」

「よかった……。それで、ぼくはどうすればいいんでしょうか。あなたにはそれが見えているんですよね」

「見えているわ。行くべきところは、西。休みの日でいいから、西を目指しなさい」

「西？　西ですか？」

あまりに突拍子《とつびょうし》もないことだったので、伊原は椅子から落ちそうになった。もう少し気の利いたことを言ってくれると期待していただけに、びっくりしたし落胆もした。ほんとに信用できるのかという気にもなった。

「西とは大阪とか九州ってことでしょうか」

「神がいる場所」

「ということは、どこかな。三重《みえ》？　それとも島根《しまね》？　福岡《ふくおか》？」

神のいる西を目指すといっても、あまりにも漠然としている。そこで誰かがこの勃起不全を治してくれるというのか？　バカバカしい。

「わたしのこと、信用できない？」

「ええ、まあ」

「今はそうでも、そのうちに、あなたはわたしを信頼せざるを得なくなるから。とにかく、今は西を目指すことだけを考えなさい」

彼女は深々とうなずいた。自信に満ちた表情だった。どこからその自信が生まれるのかと不思議に思った次の瞬間、ここまで断言できる人の心にあるのは根拠のない自信だけではないかと思い直した。だとしたら、彼女の自信の拠《よ》り所《どころ》を知ろうとしても無駄だ。

那奈に目を遣った。帰ろうよ。伊原はそういう意味合いを込めた視線を絡めた。彼女もすんなりと同意した。「愉しかったです、また来ます」。彼女は言うと席を立ち、マダムが声をかける前に店を出た。

ふたりは那奈の部屋に戻った。

今しがたまでいた店のマダムの言動を思い出していた。ふたりは目を合わせると、どちらからともなく笑い声をあげた。

「おかしかったわねえ、あのマダム……。どういうつもりで、西を目指せなんて言ったのかしら。まさか、新興宗教ではないでしょうね……。それとも、単に占いが好きなだけなのかなあ」

那奈が抱きつきながら囁いた。太ももを押し付けて、陰部に刺激を加えてきた。今のこの突然の大胆さは、嫉妬《しっと》によるものだと思った。

彼女には見えない赤い玉の存在を、マダムがいきなり口にしたからだ。自分が治してあげるというその気力をくじかれたかもしれない。

「赤玉が見えたなんて、信じられない……。わたしが見えないっていうのに」

那奈が悔《くや》しそうな口ぶりで言った。やっぱりだ。マダムに対する対抗心が膨らんでいるようだ。恋人の秘密をマダムに言い当てられたし、治し方まで言われたのだ。嫉妬だとか焦《あせ》りといったものが芽生えたとしても不思議ではない。

こういう時、男がすべきことは彼女の言いなりになることだ。それでこそ、彼女の気持をなだめることになるし、彼女の自信を育てることになるはずだ。

「きっと同じようなことを、中年の男性客に言っているんだよ。ぼくが頼りにしているのは那奈だけだから……」

「ほんと？」

「西に行けば治るなんてこと、信じられるわけがないじゃないか」

「よかった、あなたが冷静で」

那奈はゆっくりと腰を落とした。背中に回していた手を尻から太ももに下ろしてきた。胸元につけていた頰《ほお》も、みぞおちから下腹部、そして陰部に下がってきた。

くちびるでファスナーを下ろす。もったいぶってゆっくりとしている。そうした動きひとつにも変化をつけて、性的な刺激を加えようとしているのを感じる。ありがたい。勃起できない男なのにと思う。

彼女は顔を陰部に突っ込むようにして押しつけてきた。

湿った息を吹きつける。それをつづけながらくちびるを動かす。陰茎と彼女のくちびるのふたつのやわらかみがひとつになる。興奮してくる。それでも勃起しない。いつ勃起してもおかしくないのに。

勃起しないことに慣れない。彼女がそれを認めてくれているのにやっぱり恥ずかしい。伊原は胸の裡で、恥じらってはいけないと自分を戒《いまし》める。でも同時に、恥じらいを捨て去ってしまったら二度と勃起しなくなるのではないかと不安になる。

彼女はくちびるをパンツの中に入れてきた。

存在感を発揮しているのは、萎えた陰茎ではなくて陰毛の茂みだ。陰茎は茂みの中に埋まっている。パンツの中だからこその立場の逆転が起きている。

陰茎が引きずり出された。

萎えたそれはだらりと垂れ下がっている。情けない。腹筋に力を込めても、まったく反応がない。意のままに操れるのが当たり前だったから、この情況が奇妙に思える。

陰茎がくわえられる。やわらかい幹がくちびるに圧迫される。彼女の鼻息が陰毛の茂みに吹きかかる。ねっとりとした空気が漂う。幹を包む皮が弾《はじ》かれる。小さな笠を舌先で舐められる。勃起していないけれど、それでも気持いい。うれしいけれど悲しい。せつないけれど、軀をよじるくらいに気持いい。苦しいけれど、それをもっと味わっていたいという気にもなる。

「ねえ、気持いい？」

「すごくいいよ、ほんとに。結果に結びつかないだけなんだ」

「わたし、うれしいの。あなたをひとり占《じ》めできている気がして……」

「えっ？」

「今のままだったら、あなたはほかの女の子にちょっかいを出したりしないでしょ？　そうしたくてもできないはずだもの」

「勃起できたとしても、誘うはずがないじゃないか」

「わからないわ、そんなの……。男の人の場合、頭と下半身では別の思考が成り立っていることくらい、わたしだってわかっているつもりよ」

「ぼくに限ってそれはないな」

「道徳心のある男ぶらなくたっていいの。わたしにはわかっているんだから、あなたはすごく貪欲《どんよく》だってことが……」

「まいったな」

「欲望が深い分、勃《た》たないのって悲しいでしょうね」

「確かめるように言われると、余計に悲しくなるじゃないか」

「あなたの欲望をわたしにぶつけて……。どんなことでも受け入れたいの。遠慮しないでいいのよ、これってたぶん、わたしの性分《しょうぶん》だから」

伊原は応える代わりに、腰を突き出して、萎えたままの陰茎を彼女の口の奥に挿し込んだ。彼女の熱意も性分にも満足した。でも、それが勃起不全を治すことにはつながらないのではないかと思った。もしそうなら、もう治っていてもおかしくない。それくらいに、彼女は尽《つ》くしている。

「西、行ってみようかな」

伊原は腰を突き入れながら呟《つぶや》いた。彼女は呻き声をあげるだけだった。マダムのことを信用したわけではない。今、勃起不全の男にとって希望はそこにしかなかった。

6

午前十一時。

那奈のマンションを出たところで、伊原は深呼吸をひとつした。

彼女に悪いことをしてしまった。頑張って陰茎をくわえてくれたのに、結局、まったく勃起の兆しがないまま眠りについてしまった。自分ではどうにもならない肉体的な問題だと思いながらも罪悪感は消えなかった。

気持のいい青空が広がっている。でも、心は暗澹《あんたん》たるものだった。彼女だけでも満足させてあげればよかったと思う。

駅に向かうつもりだった。でも、歩いて数分で伊原の気は変わった。昨夜訪ねた喫茶店に行こうと決めた。

西に行けというアドバイスについて詳しく聞くことにしよう。西というだけではあまりにも漠然としている。西とはつまり、ウエスト、西日本、西洋、この場所よりも西側、西《さい》行《ぎょう》ゆかりの地、西鶴《さいかく》の描《えが》いた地……。

ひと晩経ったことで、冷静に昨夜のことを考えられるようになった。

五十歳過ぎのマダムの顔を思い浮かべる。メイドスタイル。派手な化粧。グロテスクとも思えるくらいの真っ赤な口紅。不思議なもので、常人《じょうじん》ではない雰囲気だからこそ信頼できる気がする。もちろんその一方では、まったく信頼できないという気持もある。その幅が広いのだ、ごく普通の人の場合よりも。

店の前についた。店の看板はやはりなかった。営業中なのかどうかわからない。丸い窓から覗き込んだ。明かりがついているけれど、マダムの姿は視界に入らなかった。

店に入る。昨夜より緊張している。客はひとりもいない。ガムラン音楽が流れている。バリ島の音楽。これも西といえば西だ。

「いらっしゃい……」

カウンターの奥からマダムが現れた。

昨夜と同じメイド姿だ。口紅も真っ赤。くしゃくしゃの髪。下瞼《したまぶた》に塗っているアイライン。彼女のすべてが常人ではないという雰囲気を放っている。昨夜より今のほうが、強烈に胡散臭い。夜の暗さが印象を薄めていたのだ。

「やっぱり来たわね」

「覚えていましたか、ぼくのことを」

「もちろん。ところでコーヒーでいい？　たった今淹《い》れたばかりだから、おいしいはず。

今はまだほかの注文は受け付けませんから。悪《あ》しからず」

カウンターにコーヒーが置かれた。素晴らしい香りだ。こんなに胡散臭い女性でも、おいしいコーヒーが淹れられるというのだから、コーヒーは平等な飲み物だ。

伊原はこれまで一度もそんなことを考えたことがなかったから戸惑った。これはマダムのペースだ。彼女の放っているオーラとこの店の雰囲気に呑まれているのだ。集団ヒステリー的なものに似ているかもしれない。

「ぼくに何を告げたか、マダムも覚えていますか?」

「忘れない。それに、たとえ忘れたとしてもあなたの顔に書いてあるもの。それにね、あなたの背後で、赤い玉がぷかぷかと浮かんでいるのが見えるわよ」

「やっぱり見えるんですか。ぼくはどうすればいいんですか」

「西に行きなさいと言ったはずだけど……。赤い玉がどこかに消えてしまう前に行かないと。手遅れになる前にね」

「ということは、赤い玉の意味が何なのかわかっているんですね。今のぼくには見えないけど、マダムには見えるってことですね」

「赤い玉には、あなたの性欲のすべてが詰まっているのよ。じっくり見れば、どういう性癖かわかるくらいに……。でも、安心していいわ。わたしは見ないから」

伊原は振り返って、マダムが送っている視線を追った。そこには赤玉が浮かんでいる。

見えないが、手を伸ばして掴《つか》んでみる。何の手応えもない。指の先に集中してみるけれど、何かに触れたという感触もない。

バカげていると思ってみるけれど、伊原は信じた。赤玉を見ていたから。鏡を介して。あの時、鏡がなかったら、見ることができなかっただろう。

赤玉を見たからこそ、薬で治すものではないと思った。勃起しないのは病気になったからではない。赤玉が軀から抜け出てしまったせいで勃起しないのだ。

赤玉を体内に戻せばいい。それで解決だ。今までどおりに芯から硬い勃起を取り戻せるはずだ。でも、それは薬では戻せない。たぶん。

「マダム、名前を教えてもらえませんか」

「どうして？　わたしはここにいるのに？　西に向かうために必要なこととは思えないんだけどな」

「マダムの名前どころか、店の名前さえも知らないんです。知らなくたって信頼しているんですけどね、もっともっと信頼したいんです。教えてくれない理由があるとは思えないんですけど……」

「マダム倫子《みちこ》と呼ばれているわ。それとこの店は、クク。カタカナ。開店当初は、漢字の苦という文字を重ねた名前だったんだけど、さすがに気味悪がられたからね」

「ぼくは伊原と言います」

「苦しみを掛け合わせたら、伊原君、どうなると思う？」

苦しみが倍増するのか。それとも、マイナスの二乗がプラスになるように、苦しみの二乗は喜びという意味なのだろうか。もしそうだとしたら単純すぎる。とても言う気にはならない。黙っていると、マダム倫子が口を開いた。

「わからない？　掛け合わせてもふたつの苦という漢字が並んでいるだけ。それが答。何か別のことを考えていたでしょ？」

「そうですね。複雑な答を出さないとバカにされると思いましたから」

「見たままを受け止めることも必要だってこと。もちろん、自分で考えることも大切だけれどね。今の時代、こねくりまわして考えることが多いでしょう？」

「そうしないと読み解《と》けないからです。見たままを受け止めていればいいという牧歌的な時代は終わっているんじゃないですか」

「複雑に見れば、物事の本質がわかるわけではないわよ。見ることが大切だし、見たことをそのまま脳に伝えることも大切。そうすることで本質が見えてきたりするんだから。分析のテクニックは時代とともに進んでいるけど、逆に、テクニックに振り回されてしまって物事の本質を見抜く力が衰《おとろ》えているんじゃないかしら」

伊原は漠然とうなずいた。話が横道にそれている気がしたから。納得したフリをしないと、いつまでたっても、本題に戻れそうにない。マダム倫子の放つオーラがそれを物語っている。自説を貫こうとするタイプだ、彼女は。

「西に行けば、ぼくの悩みは解決するんですよね、マダム」

「どうかな、それは。あなたの努力と誠実さに関わってくると思うけど。行けばそれだけで解決すると思っているのかな？　あんたって甘ちゃんだあ」

「西ってどこですか。あまりにも広すぎて身動きがとれません。それとも、漠然とした西なんですか？」

「それって、わたしに対する挑発？」

「違います。漠然とした西ということに、意味があるのかなって……」

「挑発ね、やっぱり。東京の西。どこだと思う？」

「まったくわかりません」

「あなたが向かうべき西は、伊勢《いせ》……」

「伊勢って、伊勢神宮の伊勢？　三重県の伊勢？」

伊勢神宮でお願いすればいいのか？　お伊勢参りをすれば解決するのか？　伊勢神宮がスピリチュアルな場所であることは確かだ。だからといって、赤玉を体内に戻してくれるとは思えない。そんなことを考えただけでも罰《ばち》が当たりそうだ。

「三重県ってなじみがまったくないですね。生まれてこのかた、三重県に足を踏み入れたことも、三重県出身者と出会ったこともありませんから」

「なじみがあろうがなかろうが、とにかく行くこと。何かがわかるから」

「何かって……。マダムにはもう、わかっているんですか？」

「わたしがわかっていても意味がないし、何の効力もない。あなたの問題は、あなた自身で解決しなくちゃ」

「伊勢って東京から遠そうですね」

「行くしかないの。どうにもならないと思ったから、わたしにまた会いに来たんでしょ？　信じるしかないの」

彼女に無理矢理信じ込まされている気がしながらも、伊原は反論できなかった。赤玉を見てしまったことで、薬でどうにかなるとは思えなかった。

第三章　道標《みちしるべ》は西

1

伊原は今、三重県の伊勢市にいる。紀伊《きい》半島の右下のあたりだ。

那奈とふたり。ひとりではとても来る気にはならなかったから、彼女を誘った。もちろん、交通費から宿泊費まで伊原持ちだ。マダム倫子のアドバイスには、単独行動という言葉はなかった。

東京から新幹線で名古屋まで行き、そこで近鉄《きんてつ》に乗り換《か》え、伊勢市駅で下車した。急行を利用したけれど、それでも四時間弱かかった。遠かった。沖縄《おきなわ》よりも遠い気がした。

伊勢神宮に向かう前に、レンタカーを借りて、駅前のホテルにチェックインした。

窓から眺《なが》める。東京では見慣れている高層ビルがないせいか、午後の光がのびのびしているように感じる。

那奈が抱きついてきた。彼女は昨日からずっと機嫌がいい。

勃起不全がこれで治る。彼女はそう信じている。だから機嫌がいいし、今まで以上に積極的なのだ。

「まだ午後の早い時間なんだから、だめだよ。那奈、離れてくれないと、明るいうちにどこにもいけなくなっちゃうよ」

「いいじゃないの、明日までたっぷりと時間があるんだから……」

「伊勢神宮にお参りすればそれで済むっていう問題じゃないんだからな。たぶん、そこで何かを思いついたりするんだ」

「そうかもねえ」

「どこかにヒントがあって、別のところに導かれることになるんだよ。そこでようやく赤玉が体内に戻されて、ぼくの能力は元の状態になるんだ」

「神秘的なことが起きるのね。それにはもってこいの場所だわ、伊勢って」

那奈はズボンの上から陰茎をまさぐってきた。萎えた陰茎がパンツの中で揺らぐ。皮がよじれる。引っ張られたり戻ったりして、そのたびに、先端の笠が隠れたり剝き出しになったりする。

勃起はしないものの、愛撫されれば当然、欲情する。那奈を抱きたくなるし、陰茎を舐めて欲しいとも思う。勃起しないだけで、ほかはすべて今までどおりだ。

那奈が腰を落とした。

陰部の前に顔を移す。ごく自然に。しかも、うれしそうに。

伊原は黙って見下ろしているだけだ。彼女に陰部を委《ゆだ》ねている。何も求めなくても、彼女が快楽に満ちた愛撫をはじめてくれる。

おかしなものだと思う。皮肉とも言える。勃起不全になってからというもの、愉悦に痺れるくらいに愛撫をするようになった。情熱的になった。彼女は自分から進んで男の軀から愉悦を引き出すようになったのだ。

射精の快楽はないし、肩身が狭い思いもしているけれど、今のほうがずっと愉悦を味わっている。

ファスナーが開けられ、パンツの中から陰茎を抜き出される。勃起していないだけあってすんなりと出てきた。

皮に深い皺が生まれている。情けない姿だ。彼女がそれをやさしく手で包む。指の腹で圧迫する。芯がやわらかい幹。腹筋に力を入れて跳ねさせてみる。ほんの少し反応する。でもそれは筋肉の動きであって、勃起ではない。勃起につながるものでもない。

「この可愛らしいおちんちんが、いつか硬くなるのね。わたし、このままでもいいかもしれないなあ」

「嘘《うそ》言うんじゃない。あれから一度も、那奈に挿入していないじゃないか。そんなことで満足するはずないだろう？」

「男にはわからないでしょうけど、女は挿入がなくても、気持よくなるの。わたしもようやく、わかってきたんだ」

「ぼくに負担をかけないようにするために嘘をついているんじゃないのか？」

「一年も二年もつづいたら困るだろうけど、少しくらいなら平気。好きな人と一緒にいることのほうがうれしいの」

那奈は上目遣《うわめづか》いで囁くと、萎えた陰茎をくわえ込んだ。

舌やくちびるのやわらかみを感じる。硬く尖っている時とは違う感触だ。不思議だけれど、萎えている時のフェラチオのほうが心地いいように思う。萎えていることに慣れてしまったせいだろうか。負《お》い目《め》を感じることなくフェラチオを味わえるようになったのかもしれない。

人間とは常に、現状を認めて、現状を元に価値を創出する。つまり、萎えていることを前提に、セックスだとか快感についての価値をつくろうとしている気がする。

「ねえ、伊原さん、ベッドに行って。もっとたくさん、おちんちんを味わいたいの」

「観光できなくなるよ」

「観光が目的ではないでしょ？　この地にやってくることが目的だったはず。ここに来ることで、何かが転《ころ》がりはじめるって……」

「きっかけはこの部屋にいても生まれない気がするな。だから、那奈」

「ううん、だめ。これもきっかけのはず」

「ずいぶんと頑《かたく》ななんだな」

「いや？　だって、流れが大切だと思うから。頭で考えて行動することより、気持を優先させたほうがいいと思うの」

那奈は強い調子で言った。確信に満ちた表情だ。今ふいに思いついて言葉にしているというより、以前から考えていたことを口にしているようだった。まさか、マダム倫子のアドバイスなのか？

「那奈はあの時以降、行ったかな？　あのマダムの喫茶店に」

「隠す必要はないから言うけど、確かに行きました。あなたと伊勢に行くと伝えて、心構えを教えてもらったの」

「ありがたいな。で、気持の流れに任《まか》せるという忠告だったわけか」

「適切だと思ったわ、すごく。だって伊原さんって、頭で考えがちでしょう？　行動よりも考えることを優先するほうだから」

「で、今はベッドに入るのが、気持の自然な流れっていうことか」

「そうよ、だから、ベッドに寝てちょうだい。洋服は自分で脱いでくださいね」

那奈にうながされて、伊原は全裸になってベッドに上がった。陰茎は相変わらずだ。こんもりと盛り上がった陰毛の茂みに半分以上が隠れている。

那奈の細い指が陰茎を探しだす。垂直に立てる。幹の中ほどで折れる。曲がった先端を、彼女の口が追いかける。陰茎をつけ根まですっぽりとくわえ込む。右手でふぐりを持ち上げると、吸いながら口の中に入れていく。

陰茎とふぐりが、同時に口の中だ。勃起していた時は絶対にあり得ないことだ。不思議だけれど、屈辱感はない。変態行為をしている気がして興奮度が強まっている。体温が上がり、息遣いが荒くなっている。

萎えた陰茎でも愉しめることがたくさんあるものだと感心する。それを引き出してくれているのは那奈だ。ここまで献身的な女性はいないだろう。感心が感謝につながる。慈《いつく》しみや愛しさが膨らむ。

「気持いいよ、那奈。こんな舐められ方をしたのって初めてだ」

「今浮かんだやり方よ。これだけでも、伊勢に来た甲斐《かい》があったかもしれないわね……」

「ほんとに？」

「嘘なんてつきません。思いついていたら、やっていました。これがきっかけで治るかもしれないでしょう？」

「旅の開放感かな」

「もっと早く旅行に出かければよかったんじゃないかしら」

「マダムのおかげだな。アドバイスがなかったら、仕事にかまけて、旅の計画なんてしなかったと思うよ」

「ここは東京ではないし、仕事も追いかけてこないの。だから伊原さん、もっともっと開放的になってね」

那奈はもう一度、陰茎とふぐりを口にふくんだ。舌を動かすスペースがない。そのために、勢いよく息を口から吸い込むことで、空気の動きによって刺激を加えてきた。

献身的だった。しかも、創意工夫に満ちていた。伊原は言った。彼女の想いに応えたかったから思い切った。

「つながってみたいんだ」

陰茎は萎えたままだ。挿入できるかどうかわからない。けれども、那奈のためにもやってみたい。彼女への愛しさが、軀のつながりを求めていた。

2

「気を遣って無理することないの。だからこのまま、わたしにさせていて」

陰茎をくわえつづけながら、那奈はくぐもった声で言った。かれこれ十五分は口を動かしているだろうか。献身的だ。

那奈への愛しさが挿入を求めているのだ。

気を遣っているわけでも、勃起の予感があるわけでもない。だからこそ無謀だと思う。

それでも、伊原は自分の心に素直に従うことにした。

軀の叫び声に耳を傾けるべきだ。そうでなければ、勃起不全は治らないだろう。

「那奈、つながりたいんだ。もしも萎えたままでも笑わないでくれるよね」

「当たり前です。だけど、ほんとに大丈夫？　硬くならなくて焦ったりしたら、逆効果になったりしない？」

「バカにされなければ……。笑われたら、ほんと、へこむと思うな」

那奈は大急ぎでベッドに横になった。洋服を剝《は》ぐようにして取った。下着姿になったところで毛布の下に潜り込んだ。

全裸にならないところが奥ゆかしい。那奈はあけっぴろげな性格だけれど、女としての羞恥心《しゅうちしん》もあるし感受性も豊かなのだ。

毛布の動きからブラジャーを取っているのがわかる。次にパンティだ。全裸の伊原は引き寄せられるように、毛布に潜った。

那奈の足の間に入る。残念ながら陰茎は萎えている。

気にせずに陰部を割れ目に押しつける。ぐにゃりとした感触。自分の笠のやわらかみであり、汗ばんでいるふぐりの皮の感覚。萎えている。その事実に気持が負けないように努める。そんなふうに自分を鼓舞《こぶ》することと自体がもう、気持が負けていると思ったりする。

男としての自負心はやはり傷つく。想像していた以上に落ち込む。それでも那奈から離れない。気分を切り換える。勃起していなくたって女を満足させられるはずだ、と。何の根拠もなく楽観的に考える。そうだ、これでいい。傷ついた自負心は癒《い》えないけれど、どうにか挽回《ばんかい》していく。

これまでは深刻に考えすぎていた気がする。考えれば考えるほど、心はダメージを受けるものだ。その泥沼から抜け出せなかった。それが今は、短い間に気分を変えられる。勃起不全のおかげで、心が逞しくなったのかもしれない。このままいけば、勃起しそうな気がする。何の根拠もないのに。楽観的になった。途端に性欲が全身に満ちた。陰茎のつけ根が熱くなった。笠の端の細い切れ込みには透明な粘液が滴となって溜まった。勃起しているのと同じ状態になった。

割れ目にもう一度、陰茎を押しつける。ぐにゃりとした感覚がまた生まれる。

「ああっ、伊原さん、気持いいの。触れ合っているだけなのに、わたし、すごく気持いいの……」

「ほんとかなあ。正直に言っていいよ。今の言葉って同情で言っているんじゃないよね。そうだとしたら、男として立ち直れなくなるな」

「いっちゃうかも……。それがわたしの正直な気持。だって、ずっと我慢していたんだから、いかないようにって」

「このまま、ぐりぐりと押しつけているだけで、昇れるのかい？」

「たぶん、いけそうよ。クリトリスに時々当たるの。おちんちんの先っぽが」

「敏感なんだな、那奈って。それだけでいけちゃうんだ」

「あなただから……。挿入だけがすべてじゃないの。指で触られているだけでも、わたし、昇っていくわ。クリトリスを舐めてもらっていてもいっちゃうもの」

「そうかもしれないけど、やっぱり、しめは挿入じゃないのかい？　正常位でがっちりとつながってこそ、深い満足が得られると思うんだけどな」

伊原はこれまで心の底にため込んできた疑問を吐き出した。

彼女への愛しさが、触れ合いを求めていたはずなのに、絶頂のことばかりを気にしていた。それが自分でも可笑しい。絶頂だけがすべてではないとわかっているのにだ。

「ねえ、わたし、いってもいい？」

「もちろん、いいとも。いけるのかな」

「指でお願い」

「それだけでいいのかい？」

「クリトリスを撫《な》でるだけじゃなく、指を奥のほうまで挿《さ》し込んで……。二本がいい。三本にして窮屈にしてくれてもいいから」

那奈は絶頂に飢《う》えていたのかもしれない。コスプレだとか、SMプレイといった遊びをしてきたけれど、言葉であけすけに表す女ではなかった。

指でクリトリスを探《さぐ》る。ぷくりと屹立しているそれはすぐに見つかった。指の腹で撫でる。ゆっくりと、円を描くようにして。うるみが厚い肉襞から滲み出る。いくらか乱暴に指を動かすことで、くちゃくちゃっという粘っこい音を引き出す。伊原は瞼を閉じて、愛撫に集中する。ここがどこなのか脳裡から抜け落ちそうになるたびに、伊勢市駅の近くのホテルの一室だと自分に言い聞かせる。西にいるということを忘れるべきではないと思うからだ。

「ああっ、とろけちゃう。いつの間に、こんなに指遣いが上手になったのかしら」

「躯の一部の機能が欠落すると、ほかの機能が飛躍的に向上すると言うじゃないか。目が不自由になると耳が普通以上によくなるって。もしかしたら、それと似たことが起きてるのかもしれないな」

「おかしな人」

「冗談で言っているんじゃない。ぼくは真面目《まじめ》に思うんだ」

「あっ、そこ」

指の腹は円錐《えんすい》の形をしたクリトリスの頂点を的確に愛撫している。外《はず》さない。頭で考えなくても、指がわかっている。

旅先だということも、ふたりの心を開放的にしている。だから指までもが敏感になっているのだろう。それに、東京よりもずっと暖かい。しかも、高層ビルがまったくないので、とにかく空が広くて大きい。そういうことも心に影響を与えているらしい。のびやかな気持になっている。

東京にいる時には、知らず知らずのうちに高くて大きな建物に、圧迫感を受けながら生活しているのだ。視線の高さをせわしなく変える必要がないことが、穏やかな心を育《はぐく》むのかもしれない。

「そこがいいの、ああっ、伊原さん、いっちゃいそう」

那奈が腰を上下させはじめた。汗が噴き出している。キメの細《こま》かい肌の火照りが増していく。厚い肉襞が何度もうねる。めくれたままひくつく。クリトリスの硬さが強まる。荒い息遣いがくぐもってくる。鼻にかかった擦《かす》れ声になる。

陰茎を求めてきた。もちろん、挿入をねだっているのではない。本心はそうかもしれないけれど、指で摘んで感触を確かめる。

「ああっ、すごい。伊原さんのおちんちんが欲《ほ》しい……。くわえてもいい？」

「いいけど、無理しないで欲しいな。このままいってもいいんだよ」

陰茎をくわえるために、那奈は上体をよじった。クリトリスを愛撫している指が離れていかないように気をつけている。

那奈に陰茎をくわえられた。

勃起をうながすためのフェラチオではない。それが新鮮だった。勃起不全になってからというもの、彼女の舌もくちびるも歯も指もてのひらも、勃起させようとしていた。快感に漂《ただよ》って欲しいとか、気持よさに浸って欲しいといった、男とつながろうとしている女の純粋さがなくなっているようだった。

それだ。そこに勃起不全を治すヒントがありそうな気がした。

伊原は自分の感覚の鋭さだとか、導き出したヒントの上出来ぶりに満足した。はるばる東京から西を目指してやってきた甲斐があったというものだ。

「那奈、頼みがあるんだ」

「なあに？　珍しいんじゃない？　自分から何かを求めてくることなんて、久しくなかったでしょう。どんなことでもするから、なんなりと言って」

「うれしいよ、ぼくだって……。硬くならない男が、偉そうに求めるのはダメだと思っていたからね。でも、そういうことは気にしないんだ」

「すごい進歩。その割り切りが大切なのよ。今度は期待できそうだわ。で、何？」

「勃起しているつもりでくわえてくれないかな。勃起させようという意識は捨てて欲しいんだ。義務感があると、それはぼくに伝わるはずだからね」

那奈は納得したようだった。

陰茎まで十センチというところまで顔を近づけると、反省の言葉を洩らした。男の人が繊細だってことを忘れていたわ、萎えているから鈍感かといったらそうではないのよね、勃起している時よりも感受性が豊かなんだなあって教えられたわ、ごめんなさいね、わたしが鈍感で、あなたが治るのを妨《さまた》げちゃったみたい……。そこまでいっきに言った後、萎えた陰茎を深々とくわえ込んだ。

陰茎の先端を舌の上で転がす。笠の外周を取り囲む皮の内側に、舌を差し入れる。くちびるで幹を圧迫する。勢いよく吸い込む。皮の緩んだふぐりを舐める。舌先で転がす。ゆっくりと吸う。ふぐりと太ももとの境目を丹念に舐める。唾液を塗り込む。

何もかもが勃起している時と同じだ。気持いい。伊原は何度も呻き声をあげた。そして、彼女に言葉でも伝えた。いいよすごく、そこをもっと舐めて、勃っていないけどいっちゃうかも、などとだ。

昇ったのは那奈だった。クリトリスを的確に撫でられつづけたし、なによりも、自分が舐めることに没頭するうちに、快感に浸ったからだ。

「わたしいっちゃった。すっごく気持よかった……」

「ぼくがいかせたんだな。感慨《かんがい》深いものがあるなあ」

「もう負い目を感じることはないわね。伊原さんも気持よかった?」

「快感に酔いっぱなしだったよ。勃起している時と変わらないかもしれないな」

正直な感想だ。嘘ではない。といっても、すべてを正直に明かしたわけでもない。那奈を喜ばせられそうなことだけを言ったのだ。

気持よかったけれど、それを打ち消してしまうだけの自己嫌悪に襲われていた。勃起できないことを受け入れてしまっている自分がいることや、勃起しない中でささやかな幸せを感じ取ろうとしているけなげさに気づいた。悲しかったし、そして、悲しいと感じてしまうことにうんざりした。せっかくおおらかな心を取り戻したはずなのに……。

夕方になった。

レースのカーテンから夕陽《ゆうひ》が差し込んでいる。青味がかったオレンジ色の陽。東京では見ることのない夕闇の混じった光だ。

激しく求め合ったために、ふたりとも眠ってしまった。先に起きたのは伊原だ。白い樹液を放《はな》っていなかっただけに、眠りが浅かったようだ。那奈は熟睡《じゅくすい》している。

夕食まではまだ時間がある。

伊原はひとりでホテルのロビーに向かった。目的があったわけではない。那奈が目覚めるのを待っているのが辛かっただけだ。そしてもうひとつ。わずかな時間でいいから、単独行動をしてみたかったのだ。

那奈とふたりで動いている時とは違うことが起きるかもしれない、と。勝手な妄想を浮かべていた。たとえば、美女が言い寄ってきてベッドをともにするとか、それによって勃起不全が治るとか、この場所ではない別の西の場所があると見知らぬ人がこっそりと教えてくれるとか……。

ロビーに人影はない。小さなラウンジがあったが、中途半端な時間だからだろうか、いるはずの従業員の姿がなかった。コーヒーを飲みに来た客がいるというのに。誰も応対に出てこない。のんびりしている。でも、不思議と心が落ち着く。サービスがなっていないと文句を言って目くじらを立てる気にはならない。

誰もいない。この事実を淡々と受け入れていた。そのおかげでいらつかない。それが心に平安をもたらす秘訣《ひけつ》だろうか。伊原はホテルを出ることにした。このラウンジでしかコーヒーを飲めないわけではない。

伊勢の街は夕闇に包まれていた。

伊勢神宮がどの方角なのか、どれくらいの距離にあるのかわからないけれど、胸の裡で手を合わせて拝《おが》んだ。日本で有数のスピリチュアルポイントだけのことはある。そんなことをしようと思っていたわけではないのに、勝手に心が動いていた。

人影はない。といってもゴーストタウンではない。走っている車は多い。商店がいくつか目についたが、シャッターを下ろしているわけでもなかった。さびれた地方都市のイメージではない。

「あんた、東京から？」

人影がないと思っていたから、伊原は意表を突かれてひどく驚いた。いきなり、地元の人に声をかけられるとは。

ホテルの従業員ではない。畑仕事を終えてきたばかりといった恰好だ。齢は五十代半《なか》ばか。タバコをくわえているけれど、立ち昇る紫煙《しえん》が目に入って苦しそうだ。

「男が行かなくちゃいけないところが、あるんだよ、伊勢には」

男はタバコをくわえたままで意味深《いみしん》なことを言うと、口からも鼻からも煙を出した。奇妙な感覚だった。この感覚を求めていた、と直感した。こういう経験をしてこそ、マダムの言葉に従った意味があったと思う。

「わかっていましたよ、ぼくには。西に来るという意味もね」

「ははあ、謎には謎で返すとは。東京からのあんたさん、やるね」

「意味のある西がどこか、あなたは知っているんでしょう？」

「かつて女子島《おなごじま》という空想の島があったことを知っているかな？」

「何ですか、その島。初めて聞きました」

「女が男に尽くす島と言われていてね。平安時代末期からの言い伝えだから、歴史は古いんだよ」

「そういった伝承があるなんて……」

「東京にいたらわからんことだな。東京にいてわかることなんて、たかが知れてる。金《かね》にまつわる情報はおびただしい量だけどな、先人の知恵となると、途端《とたん》に、少なくなる。皆《かい》無《む》と言っていい」

「情報とはそういうものです。知ろうとした時には手に入らずに、必要のない時に手に入るものだと言われていますからね」

伊原は真剣に応えた。この人からなら、必要な情報を手に入れられそうな気がした。マダムが西に行けと言ってくれたから出会えた人だ。畑仕事を終えたばかりといった雰囲気《ふんいき》を漂わせているけれど、吐き出す言葉は洗練されていて、ことごとく意味をもっていた。

「会うべくして会った人には、真実を明かすべきだと思うんだよ」

くわえたままのタバコから灰が落ちる。中年男はそんなことはまったく気にしていない。彼は微笑みながら、言葉が返ってくるのを待っている。

「全員にとって必要な真実もあれば、ごく限られた人にとってだけ必要な真実もあるんじゃないですか。西に行けと言われたから、ぼくは今日、やってきたんです。女子島に行けばいいんですよね」

「たぶん、そうだろうな」

「島という名がついていますけど、地理上でも島なんですか？　たとえば、伊豆《いず》半島のつけ根に三島《みしま》っていう市がありますけど、そこは海にも湖にも面していないんです」

「今夜、午前零時にこの場所に来ればわかるよ。女子島につれていってあげるから」

ぽん引きか？　さすがの伊原も警戒心を抱いた。

「ぼくひとりで、ですよね」

「悩みを抱えている者であれば、ひとりでもふたりでもかまわないけど」

「女性同伴では？」

「だめ。意味がなくなるから。ひとりの女で満足できないのなら、話は別だけどな」

「恋人とふたりで来ていますからね。夜中に抜け出せないと思うんです」

「今は？」

「ひとりです。でも、偶然ですから」

「偶然だと思うのかな？」

「ほかに理由が見つかりません。説明もつきません」

「つれが眠っている間にあんたが部屋を出たことも、ホテルのラウンジに入っても誰も応対してくれなかったことも、そしてわしが声をかけたことも、西に行けというあんたの言葉に疑問を返さなかったことも、すべて偶然だと？」

ゾクゾクした。偶然だとは思わない。すべてが必然なのだ。しかもこれは、不能に陥っている陰茎の回復のためにつくられた必然なのだ。

軀から抜け出た赤玉はいったいどうなるのだろう。体内に戻るのか？　供養《くよう》をきちんとしたら新たな赤玉が生まれて育つのか？

「恋人に知られたら、どうなるんでしょうか。あなたが姿を現さないとか？」

「さあ、どうかな。すべてが必然で成り立っているということだ。それで十分に説明しているつもりだけどな」

伊原はにっこりと微笑んだ。この出会いが必然であるなら、那奈のことは気にせずに心おきなく外出できる情況になるはずだ。

部屋に戻る。足取りは軽い。不思議《ふしぎ》な高揚感がみなぎる。部屋のドアを開けると、那奈の声が飛んできた。

「わたしをひとりにして、どこに行っていたのよ。さみしかったんだから」

「ごめん。あまりにぐっすり眠っていたから、起こしちゃまずいと思ってね」

「熟睡《じゅくすい》したから、今夜はすぐには眠れそうにないな」

「面白いことを言うね」

「えっ？　変な人。今の言葉のどこが面白いっていうの？」

伊原は応えない。西にやってきたのも、畑仕事の男に出会ったのも必然なら、那奈は午前零時には熟睡しているだろう。

何から何まで面白くなってきた。

3

午後十一時を過ぎた。

風呂から出たばかりの那奈はバスローブを羽織り、バスタオルで長い髪を覆っている。眠そうな様子はまったく見えない。

このままでは部屋を出るわけにはいかない。中年男と会うのを諦めるか、那奈とともにその男に会うしかない。

「伊原さん、どうしたの？　落ち着かないみたいね」

「べつに、何もないよ。ちょっと早いけど、寝ようと思っていたところなんだ」

「ほんとに？　せっかく東京を離れたんだから、夜を愉しみましょうよ」

「体力あるんだなあ、驚くね。三十後半になると、移動だけでも疲れるっていうのに」

「疲れているけど、なぜか元気なのよね。伊原さんとの初めての旅行だからじゃないかしら。もったいなくって、寝られない」

「欲張りだなあ、那奈は。今日は東京からの移動だけじゃなくて、いろいろと激しくやったじゃないか」

「ねえ、こっちに来て」

那奈はベッドに横になると、手招きしてきた。甘えた声だった。そして毛布の下に潜り込んだまま、バスローブも脱ぎ、髪を乾《かわ》かしていたバスタオルも取り去った。

また誘われている。応じていたら間違いなく時間がなくなる。夕方のことを正直に話すべきか、それともギリギリまで那奈が眠るのを待つべきか。

那奈の傍《かたわ》らに坐る。ベッドには入らずに。そして彼女の濡れた髪をゆっくりと撫でる。伊原は必然という言葉を信じたかった。だから、何も言わない。『男が行かなくちゃいけないところが、あるんだよ、伊勢には』と言い切った中年男の言葉が胸にこだまする。軀が熱くなる。もちろん、そんなことでは陰茎は反応しない。

那奈が甘えた表情を浮かべながら、視線を送ってきた。やさしい微笑で応えると、彼女が口を開いた。

「遠くまで来たわね、わたしたち……。マダムの言葉を信じて夢中でやってきたけど、伊原さん、後悔していない？」

「その質問は、ぼくのほうこそ、那奈に訊きたいことだな。無理してつきあってくれたわけだから」

「無理なんかしていないもん、わたし」

「そうだといいけどな……。不能の男と長くつきあっているのも辛いだろうし」

「面白い経験ができるから、気にしないで。それに、セックスでも満足させてもらっていますから」

「ぼくもある程度は満足しているよ」

「そうなの？　ということは、伊勢にわざわざ来た理由がなくなるじゃない。伊原さん、正直に言って」

「何を？」

「不満なら不満だって……」

「贅沢《ぜいたく》は言えないからね。こんなにも可愛《かわい》らしい女性がそばにいてくれるだけでも満足しないといけないんじゃないかな？」

「そんなお世辞《せじ》言って……。正直になれないのかな。それとも、わたしには言えないのかなあ。だとしたら、悲しいな」

「言えるよ、どんなことでもね……。正直に言おう」

「そうして、お願い」

「不満がないと言ったら嘘になるけど、不満ばっかりじゃないんだ。セックスが直線的ではなくなったと思わないかい？　ただ愛撫して、ただ挿入して、ただ射精してお終《しま》いっていうものではなくなっただろう？　那奈は以前にも増してねっとりと触れ合ってくれるようになったからね」

那奈は瞼を閉じたまま、うなずいた。眠たげだ。

信じられない。

見る間に、軽い寝息をたてはじめた。やはり、すべてが必然だったということなのか。ベッドに入ってたった数分で眠りにつくなんて。

「那奈はどう思うかな？　セックスが大変になったと感じていないかい？」

静かな口調で問いかけてみた。でも、彼女からの返事はない。薄い瞼に浮かんでいる瞳の輪郭が細かく動いている。

眠ったらしい。ベッドに入ったと同時に、今日一日の疲れが溢れ出たのかもしれない。いびきにも似た寝息が混じるようになった。眠りはどうやら本物だ。

伊原は時計に目を遣った。

午後十一時四十五分。十五分残して、那奈は深い眠りについたのだ。この事実は偶然とは思えない。やはり、すべてが必然として起こっているのか？

身支度を整えると、部屋の明かりを消した。早朝までには帰ってこよう。那奈の頬に軽くキスして部屋を出た。ドアを開ける時の鈍《にぶ》い音、鍵を閉める金属音、ドアを閉めた時に吐き出された部屋の温かい空気、そして那奈の残り香《が》にドキドキした。

ロビーに出た。夕方でも人気《ひとけ》がないくらいだから、当然、客もホテルの従業員の姿もない。人の気配どころか、空気が動いていることさえも感じられない。蛍光灯の青白い明かりが寒々しい。

自動ドアが開いた。

彼だ。夕方会った中年男。あの時と同じようにタバコを口にくわえている。それがまるで目印であるかのように。紫煙が目に入っているらしい。瞼をしばたかせている。

「あんたにも必然というものがあると、わかったんじゃないかな?」

「偶然が連続して起きているのかもしれませんよ」

「まだそんなことを言うのかい。東京で培った教養やセンスだけが正しいわけではないんだからね。自分の心が感じていることを、信じないと……。理屈や理論や社会常識といったものに凝《こ》り固まっていると、大切な真実を見逃してしまうからね」

「それくらいのことはわかっているつもりです。だからこそ、伊勢にやってきたし、深夜にわざわざ部屋を出てきたんです」

「用意はできているね」

「朝までには戻ってきたいんですけど……。連れの女性に心配をかけたくありませんから。それで大丈夫でしょうか?」

「わしにはわからん。それはあんた次第じゃないかな」

伊原は中年男とともにホテルを出た。

彼の名前を聞いていないけれど、さほど気にならない。必然による出会いだとしたら、名前を知ったところであまり意味がない気がしたからだ。駐車場にエンジンをかけたままの軽トラックが停めてあった。乗り込むと、すぐに走り出した。交通量が極端に少ない。町中を走っている気がしない。対向車どころか前後にも車のライトは見えない。

「女子島というところについて教えてくれませんか。ちょっとは知識を仕入れておいてもいいでしょう？」

「江戸時代からおなごだけがいる島として知られているそうだ。『定本女子島絢爛《けんらん》記』という日記があってね、これは江戸の材木問屋の三代目によって書かれたものだけど、そこに詳しく書かれているんだよ。男にとって夢のような島があるとね。どんなに不幸なことが起きていても、島にやってくれば幸福になると……。軀と心、どちらの病《やまい》もたちどころに治るとね」

男は話しつづける。その間もタバコを口にくわえている。紫煙を吸っているのかどうかは定かではない。吸い終わるとすぐまた新しいタバコに火をつける。東京では最近、見かけないチェーンスモーカーだ。

「場所はどのあたりなんでしょうか」

「あと十五分くらい走るかな。山道を抜けて海岸を走るからそのつもりで」

闇が深くなっている。

伊勢を訪ねたのは初めてだから、土地鑑はまったくない。どこを走っているのか見当もつかない。紀伊半島のどのあたりかも定かではないくらいだ。街灯のない道を走る。このままどこか見知らぬ国に連れていかれそうな気がしてくる。心細さが募《つの》る。その間にも、車は上りと下りを繰り返しながら山道を走りつづける。

月が雲間から顔を出して、青白い光を放つ。東京よりもずっと青くて、ずっと白い。

「あなたと出会って、ずいぶんと、必然について考えましたよ。一緒にやってきた恋人が起きていたら部屋を出られないと思っていたんですけどね、十一時四十五分頃になぜか、眠ってしまったんです」

「悩んでいる男にこそ起きた必然だったのではないかな」

「東京にいる時、ある人に、西に行けと言われたんです。素直に西に向かい、あなたと出会って、今、ここにいるんです。人生、面白いもんです」

「あんたの言う面白いというのは、東京では味わえない変化だからだね。つまり、真に面白いと感じたうえでの感想ではないんじゃないかな」

「変化を面白いと感じるのは、おかしなことでしょうか」

「面白いということの本質ではないからね。過程の段階で思いを込めすぎると、真の面白さを見抜く目が濁るんじゃないかな」

「ぼくは大丈夫です。変化に富んだ東京という巨大な刺激に、日々鍛《きた》えられていますからね。それに、ここまで必然がつづいているんですから、本質もきっと見抜けるでしょう」

海が近いようだ。月の光が海面に当たって耀《かがや》いている。

期待と不安が心の中で綱引きをしている。期待感が強まれば不安は薄らぎ、不安が強くなれば期待は萎《しぼ》む。

海岸線に沿って走る。男は運転しながらまた新しいタバコに火をつけた。大きく息を吐き出すと、スピードを落としはじめた。小さな港に入った。ここがとりあえずの目的地らしい。アスファルトで舗装した駐車場に車を止める。

観光地なのか？　三十台はゆうに止められるスペースがある。ふたりは車を降りる。ブロック塀を積み上げて造られた東屋《あずまや》の壁に蛍光灯が光っている。中年男はそこに目がけて歩いていく。伊原は五歩程歩いたところで、「あっ」と驚きの声をあげた。

船が待っていた。

ふたりは船に乗り込んだ。定員が十五人程度の小さな客船だ。料金は片道百五十円。

船長は夜中だというのにサングラスをかけている。薄い茶色。中年男が船長に視線を送ったようにも、目配《めくば》せしたようにも感じられたけれど、伊原は見なかったことにした。必然と偶然について論じるこの中年男を、ちんけなぽん引きに貶《おとし》めないためにもだ。

「女子島まではどれくらいかかるんですか？」

「五分くらいかな」

「必然ということを何度も言っていますけど、あなたがここにいるのは、ぼくにとっての必然なんですよ。商売が目的ではなくて……」

「わしは農家だからね、商売と言われてもなあ。そうか、わかった。あんたは勘違いしているみたいだな。わしは客引きではないからね」

「よかった、商売でなくて……。東京だったら見知らぬ人が声をかけてくる場合、夜なら客引き、昼なら新興宗教の勧誘が多いんですよ」

「東京で生活している視点で見ても、ここのことはわからないんじゃないかな」

船のスピードが遅くなった。エンジンがうなりをあげて逆回転をはじめた。桟橋《さんばし》に近づく。そのすぐ近くに鳥居《とりい》が見える。月明かりを浴びたそれは黄金《こがね》色に光っている。

桟橋に船が横付けされた。

ふたりで船を降りた。女子島に初めて足を踏み入れた。といっても、感動も感慨も浮かんでこない。桟橋以外に、島の様子がわからないから。人の姿はまったくない。ホテルが三軒並んでいるようだけれど、賑《にぎ》わっている様子はうかがえない。時間が遅いせいかもしれないが、海側に面した窓から明かりが洩れているのは十カ所程度だ。

船は停泊したままだ。深夜に運航していることに驚いてしまう。こんな時間に乗客なんていないだろう。そんな心配をしていると、どこからともなく湧いて出てくるように、多くの男女が姿を現した。

月光に照らされている人はざっと二十人弱。女性が八割。二十代から四十代まで。この島はいったい何だ？　伊原は驚いて中年男を見遣った。そろそろ、名前を知っていたほうがいい。名前にさほど意味はないだろうけど、話しかけやすい。

「すみません、おじさん。お名前を教えてもらえますか？」

「飯野《いいの》です、よろしく。それにしても、おかしなもんだよ、あんたと会うことになっていたなんてね」

「必然だったんでしょう？　女子島にやってきたことも必然だったんですよね。期待しますよ、ぼくは。悩みが解消できるかもしれない」

「久しぶりだよ、わしがここに来るのは。何も変わってないな」

「この島ってひと言で説明すると、女性が男をもてなしてくれる島ということになるんでしょうか」

「ちょっと違うな」

「新宿の歌舞伎《かぶき》町の風俗店がごっそりとこの島に引っ越してきた。そんな理解も違っていますか？」

「違う、もっと違う。女性を大切にしない男はもてなしてもらえない島、ということになるかな」

「そんなことって……」

していると金《かせ》ぐために男たちにサービス

伊原は絶句した。女子島の女性も歌舞伎町の女性も、金を稼《かせ》ぐために男たちにサービスしているはずだ。大切なのは金である。なのに、真心が金よりも優先されるという。男にとっては都合のいい話だ。うまい話には用心しないといけない。

「いらっしゃい、ようこそ女子島に……」

闇の中から華やいだ声が投げられた。

声のしたほうに目を遣った。ふたりの女性の姿。船に乗り込もうとしている人たちとは別グループだ。どこかで見張っていたのだろうか。

ふたりの女性は顔が近づいてきた。きれいだ。二十代半ばくらいだろうか。日本人だ。出稼ぎでやってきたような東南アジア系の美女ではない。

「このふたりの女性が声をかけてくることも必然ということになるんですか?」

「あんた次第ではないかな」

「奇妙な言い方ですね。自信に満ちた言い方をしてきたのに……。飯野さんも一緒に過ごすんですよね。まさか、帰るんではないでしょう?」

「一緒にいるつもりだけど? あんたがこの島で何をすべきかわかるまでは、そばにいてあげるよ」

「何をすべきかって……」

伊原は口ごもった。女性たちに金を払い、性的なサービスを受ける。そのほかにやるべきことはない。なのに、女子島特有のしきたりでもあるのだろうか。伊原の知っている風俗店のサービスだとか風俗嬢とのやりとりといったものとは、どうやら違うらしい。

　ふたりの女性に、男ふたりは挟まれる。桟橋を背にして歩きはじめる。ふたりの女性は親しげに腕を組む。ワンピース姿。エロティックではない。

「わたしの名前は、マキ。そっちのおじさまと腕を組んでいるのがミサキ。よろしくね」

　しなだれかかるようにして腕を絡ませながらマキが自己紹介をした。人なつっこい笑顔。初対面だというのに、彼女たちには見ず知らずの男に対する警戒心というものが感じられない。不思議なことに、それが落ち着く。東京で、たとえばキャバクラ嬢と腕を組んで歩いても、こんなに穏やかな気持にはならない。楽しませなくてはいけないとか、気に入られるためにはどうしたらいいのかといったことばかりを考えてしまう。

「君たちはどこの店の子？」

「わたしたちはどこにも所属していないの。女子島で暮らしている子って、全員がフリーじゃないかなあ」

「へえ、そういうものなんだ。これって、仕事だよね」

「どうかなあ、それは」

　マキは曖昧な返事をすると、波の音に混じってくすくすっと可笑しそうに笑い声をあげた。狭い路地を歩く。

自転車さえ通れそうにない狭い道。家の軒先《のきさき》づたい。六畳ほどしかない畑。猫の額のような小さな庭。肩を寄せ合って暮らしている雰囲気。狭い島ならではだろう。宅地や畑に利用できるような平坦な土地が限られているためだ。それにしても美しい風景だ。

飯野は黙って女たちについていく。伊原は客引きではないと言った彼を信じる。不思議なことに、こんなに気持がよくなるなら、騙されてもいいかもと思ったりする。東京で騙されて金を取られるのは絶対にいやだけど、今なら許せる気がする。

実際に騙されたら怒るだろう。許せると思いつくことがうれしいのだ。それだけでも、マキやミサキと出会った価値がある。不安や恐ろしさを押して飯野に従《したが》った甲斐があるというものだ。

道幅が広くなった。

数軒のバーの看板。喫茶店が二軒。こぢんまりとしたホテル三軒があった。桟橋から見えたホテルだ。陸地側から見ていることになる。どのホテルも入口は小さい。東京で見かけるビジネスホテルの五分の一くらいの規模だろうか。

「少し飲みたいけど、ねえ、おふたりさん、つきあってくれる？」

マキが飯野に向かって言う。黒地に紫色の文字で、「茜《あかね》」という看板の前。了解が得られるまで入るつもりはないようだ。看板には酒の料金の一部が書かれている。一杯三百円前後のものばかり。良心的だ。これなら、飯野の分までもったとしても心配はない。彼に連れてきてもらった。だから、酒代や食事代くらいは奢《おご》ってあげたい。

「いいですよね、飯野さん、入りましょうよ。すぐには帰らないでしょう？」

飯野はうなずくと、ドアの前で声をあげた。ごきげんな表情だ。

「女性陣の皆さん、東京からやってきたこの男を、どうか、やさしく迎えてやってくだされ。悩みが深い大人でもあるからね」

「ねえ、ミサキちゃん。わたし、伊原さんと親しくなっていい？」

マキは朗《ほが》らかに言う。屈託《くったく》のない声音。そして小声で、「この島に来るのは悩みの深い人ばかり。でもね、朝には爽《さわ》やかな顔で島から出る人ばかりだから」と囁いた。

期待が脹《ふく》らむ。とにかく、その前に飲もう。マキを味わうのはその後だ。

伊原はドアを開けた。「あっ」。思わず声をあげてしまった。足が止まった。目線が宙を泳いだ。

赤い色が強烈な店内。どこかで見たことのある内装……。

すぐにわかった。西に行けと言ったマダムの店と同じだ。

4

東京のマダムの店と同じ赤色の内装だ。あまりに似すぎている。違うところは、店の奥にカウチのソファが五台あることくらいか。スペースも東京よりもずっとゆったりとしている。地価の高い東京の店がせせこましいのは当然だ。

伊原はマキとともに奥のカウチに向かう。飯野にはミサキが寄り添っている。客はふたりだけ。女もふたり。店主の姿は見えない。

「おかしなバーだね。ここには店の人はいないのかい?」

カウチに腰を下ろしたところで、伊原はマキに向かって囁いた。店には音楽がかかっていなかったから、囁き声であっても飯野の耳に届いた。正確には、彼に聞かせるために大きな声で言ったのだ。

「店主がいないから、面白いんだよ。女子島観光協会が運営しているといったことになるかな。強いて言えば、NPO法人として営業していると思ってもらってかまわないよ」

飯野が真顔で応える。真面目な人だ。伊原は感動すら覚える。素朴な人たちと触れ合うことで、伊勢の田舎《いなか》にやってきたという実感が湧きあがる。

「店主がいないのに営業ができるなんて、東京では考えられませんね……。ところで、ぼくはこの店と同じ内装の店を、東京で知っているんですよ」

「そういう偶然って、あるかもね」

マキがさらりと言い、ミサキがうなずく。飯野はソファに横になったままで視線だけを送ってくる。リラックスしているのはふたりの女性と飯野。伊原だけが緊張している。

偶然なのか？　東京の店のマダムは、もしかしたら、女子島出身なのでは？　この店に出入りしていたからこそ、似たような内装にしたのではないか。マダムの苗字《みょうじ》を思い出せない。何だったたか。いや、そもそも名前を聞いていなかったかもしれない。

「東京の店のママにアドバイスされたんだ。悩みがあるなら西に行けと……」

「西というのが、女子島だったというわけ？　それとも漠然と西の方角という意味だったのかしら」

マキが話に応じてくれる。真剣な眼差しだ。自分の話に興味を抱いてくれることがうれしい。しかも、初対面にもかかわらず親しみのこもった対応である。今しがた彼女が言った、『この島に来るのは悩みの深い人ばかり。でもね、朝には爽やかな顔で島から出る人ばかりだから』という囁き声が蘇ってくる。

ミサキが近づいてきた。手にはトレイを持っていて、ビールグラスが載《の》っている。注文していないのに。サービスなのか？

何もかもがおかしい。いくらNPO法人だからといって、これではバーとしての機能を果たしていないではないか。といっても、伊原はそんなことに目くじらを立てるつもりはない。居心地《いごこち》がよかったからだ。

親身《しんみ》になってくれるマキがいる。話も真剣に聞いてくれる。耳障《みみざわ》りなBGMもない。すぐそばには飯野とミサキがいるけれど、まったく気にならない。マキとふたりきりという感覚。心から落ち着く。時間もゆったりと流れている。それらすべてが、心身を穏やかにしてくれるようだった。

　四人で乾杯をした。音頭をとったのは飯野だ。

「伊原さんの悩みが飛んでいってしまうことを願って、乾杯しましょう」

　伊原は照れ臭さを隠すように、曖昧な微笑を浮かべながら「乾杯」と声をあげた。

　自分のための乾杯なんて、いったい、いつ以来だろうか。主役になった気分。男の自信に触れた気がした。その瞬間、自信をこれまで感じたことがなかったかもしれないという思いに駆られた。男の自信、つまり、オスの自信を、東京で暮らすうちに置き忘れてしまったらしい。

　自信がないと東京はつまらない。自分が最高だというくらいの自信と自意識がないと、すべての他人を羨《うらや》むことになってしまう。そうなったら最悪だ。劣等感に襲われながら生きることになる。

「この店の支払いは誰にすればいいんだい？　店の人がいないということは、マキちゃんに払うの？」

「お金はね、この店を出る時に出入り口に置かれている貯金箱に入れるだけ」

「のんびりしているなあ。それって、野菜の無人販売みたいじゃないか」

「ははっ、そうね。だけど、売っているものは野菜じゃない。何も売らないから、悩みを抱えた人にはいいんだと思うな」

「不思議な言い方をするねえ。マキちゃんは心理学だとか精神医学のほうの勉強でもしたのかい？」

「まったくありません。女の心とひとりの人としての心があるだけ。それだけあれば、十分でしょう？　悩んだ人の心は癒《いや》せるし、尽くすこともできるわ」

伊原はマキが自分の恋人のように思えた。彼女の考え方がすっと入ってきた。安心できる。こんな女性と軀を重ねたら、不能が治るかもしれない。そうだ、思いきって、悩みを打ち明けてみよう。それがこの女子島にやってきた目的だったはずではないか。

「ぼくにはね、深い深い悩みがあるんだ」

思いきって囁いて、マキの表情をうかがった。勢い込む様子はないけれど、かといって、無関心ということでもない。待ち受けているという雰囲気。これならすんなりと心の裡を吐露《とろ》できそうだ。この女性なら、真実を明かしてもバカにしないだろう。

初対面なのに、なぜか、そこまで信頼できるから不思議だ。この店がそうさせているのか？　マキの性格？　女子島がそんな空気をつくっている？　それらがうまく組み合わさった結果かもしれない。

「悩みを言ってもいいかな。マキちゃん、訊いてくれるかい？」

「言いたいことは言ってください。でも、これは強制ではないの。この島には強制という言葉はないから。自分の心を苦しめる言葉が存在しないと思ってもかまわないわ」

「やっぱり、面白いね。それって、女子島の売り文句？　マキちゃんが考えたこと？」

「伊原さんが好きに決めていいわ。大したことではないから。そんなことより、伊原さんのことのほうが大切よ」

「ぼくはかわいそうな男なんだ。この若さで、不能になっちゃったんだから……。三十九歳なのに。まだまだ若いだろう？　血気《けっき》盛んな年頃なのに、まったくだめ。恋人が協力してくれるけど、それでも反応ゼロだから……」

「大変ね。男として頑張る姿を恋人に見せたいだろうし、肉体的な気持よさも自分で味わいたいだろうし……」

「わかっているじゃないか、男の気持だとか快感のことを」

「だって、それを理解してあげることがわたしの天職だと思っていますから」

「すごいや、ほんとに」

「感心してばかりいると、本題に戻りにくくなってしまいますよ……。伊原さん、もしも、だめになった話がいやなら、話題にはしませんから。さっきも言いましたけど、ここには強制という概念はないんです。自分の思うままにすることが重要なんです」

「ぼくが自由に振る舞うことが、マキちゃんにとっての喜びになるわけだね。ようやくわかってきたよ、この島の仕組みが」

伊原は女子島の不思議な概念がようやく腑《ふ》に落ちた。

彼女たちの心には、金が欲しいだとか、客を騙《だま》そうといった邪悪さがない。客の喜ぶ顔が自分の喜びになる。客の悩みの解決が、自分たちの心の清らかさにつながる。彼女たちはそう信じていた。地元で暮らす飯野も信じていた。だから、観光客を自信を持って誘えるのだ。つまりこれは単純な話なのだ。彼女たちは、信じることを喜びにしているということだ。その純粋さが新鮮だし、珍しい。

「ぼくは勘違いしていたよ、この島のこともマキちゃんたちのことも」

「理解されないでしょうね。だから、表舞台で紹介されないんです。悩みを解決した人たちが公《おおやけ》にしたくなくて秘密にしているという考え方もできるんですけど」

「春を売る島かと思っていたんだ。でも、まったくの見当違いだった。ごめんよ、マキちゃん。テクニシャンのホステスが、不能を治してくれるのかと思っていたんだ」

「そのほうがよかった？」

「ちょっとは期待していた。でも、それがよかったとは今は思わないよ。だって、今すごく気持がいいからね。セックスしていないのに、不能が治る予感がしているんだ」

「精神的なことが影響して不能に陥《おちい》るということかしら？　わたしはそんな風に言うつもりはありませんから。医者でもないし、心理カウンセラーでもないんです。女の心と人の心を持っているだけです」

「それだからこそ、頼もしいよ。有名な医学部を卒業したといったことよりも、マキちゃんのほうがよっぽど信頼できるな」

「わたしに医療はできませんから、変な期待をしないでくださいよ。できることは女の心を晒《さら》すこと、そしてその心で男の心を包み込むことくらいです」

「ぼくの不能を認めてくれるんだね」

「もちろんです。おちんちんが硬くならなくたって、伊原さんの心に変わりはないでしょう？　自信がなくなったかもしれないけど、本質的には変わっていないはずです」

「もちろん、そうだよ。エッチだという本質もね……」

カウチに横になった伊原は、すぐ隣に坐っているマキの胸元に手を伸ばした。強引な持っていき方。オヤジ臭《くさ》い遣り方だと思うけれど、それを許してくれる雰囲気がある。それはマキはもちろんのこと、穏やかな空気に包まれたこの店にも感じられる。

薄手のワンピースに触れた。マキはいやがる素振《そぶ》りは見せない。不快そうな表情もつくらない。かといって、何をしてもいいという下品さも感じられない。節度を保つようにうながす気配に満ちていた。

「この場所ではお話だけなんです。もう少し親密になるには、この奥のスペースに行かない……」

「行ってもいいのかな？　いや、そんな消極的な気持じゃない。絶対に行きたい。ぼくはこの島で悩みが解決できると期待しているんだからね」

マキはうなずいた。喜んでいるのかどうか、彼女の表情からは読み取れなかった。彼女の心が少し遠くに離れた気がした。気のせいかと思ったけれど、彼女の瞳が苦しげな光を放っているのを見て取り、自分の漠然《ばくぜん》とした感覚が正しかったと思った。なぜ？　奥のスペースは、ふたりを客とホステスという関係にしてしまうのだろうか。売春という違法行為だから？　その瞬間に、心の交わりがなくなってしまうから？

「朝になれば、悩みを解決できているかもしれないんだよね」

「この島はね、悩みを抱えた人を癒すために存在している島。それができなければ、沈没して消えるでしょうね。そうならないためにも、わたしもミサキも頑張るだけ」

マキは立ち上がった。彼女にうながされて伊原もカウチから腰を浮かした。飯野が見つめている。彼はカウチに横になったままだ。伊原は彼に目礼して奥に向かう。期待が膨《ふく》らむ。マキのむっちりとした腰の肉付きを見遣りながら、高ぶりが胸の奥からじわじわと迫《せ》り上がるのを感じていた。

5

奥の部屋といっても、同じ屋根の下のスペースではなかった。マキとともに裏口からいったん店を出た後、狭い路地の先にある別の家のドアを開けたのだ。

十畳程度の広さのいかがわしさが満ちたスペースだった。

外に看板はない。店内にも名を示すものがない。お香を焚《た》いていた。明かりを極端に落としていて、部屋全体の雰囲気を摑むことができない。椅子もテーブルもないがらんとした空間。人の気配を感じるけれど、視界には入ってこない。マキの声しか聞こえないし、彼女の姿しか見えない。

「不思議な場所でしょう。でも、怖がらないでね。あなたの悩みが解決できるかもしれない空間なんですから」

マキは耳元で囁くと、手を握ってきた。握り返そうとすると、ここは広場のような場所なの、空《あ》いている部屋に連れていきますから焦らないで、安心してくださいね、と囁き声で説明してくれた。どういう意味なのかわからない。ほかのスペースに移るということなのか、この空間内での移動ということなのか。

「癒されようとしているのに、ぼくは今、ものすごく緊張を強いられているよ」

「ごめんなさいね。でも、慣れたら愉《たの》しい刺激になるはずですから」

「慣れる前に、ぼくは東京に戻らないといけなくなるな」

明かりが点いた。空き部屋という意味だろうか。それはラブホテルの部屋のドアの上の壁に付いている明かりと似ていた。

マキがドアを開ける。黒色の板壁と同色のドアだった。すべてが同じ材質と色。だから壁としか思えなかったのだ。

部屋に入る。待ち合いの空間とはまったく違っている。クリーム色の落ち着きのある壁。気持が穏やかになるオレンジ色の光。アジアンテイストのベッド、そしてソファ。今までいた場所とは違う趣向だ。

別の次元にワープした感覚。そこにマキとふたり。軀は火照っている。この女なら抱きたい。愉悦を味わいたい。自分の弱みを見せてもかまわない。でも、空間に慣れないせいか、性的な高ぶりを感じるゆとりはない。

「突っ立っていられると落ち着かないから、とにかくソファに坐ってください」

「変な気分だよ」

伊原は言いながら腰を下ろした。これはつまり、マキを買うということになる。おかしい。女子島は悩みを抱えた男たちが朝になったら明るい顔で帰っていく場所のはずだ。それが売春だったのか？　それでは夢がない。バー茜では、金を取らなかった。男の夢の空間だったのに、今は売春という現実が目の前にあるだけだ。

「変って、どうして？」

「マキちゃんを買うんだよね。直截的な言い方をして悪いんだけど……」

「ううん、そうじゃない。伊原さんが勘違いするのは当然だけど、そうじゃないの。わたしは軀を売らないし、あなたはわたしを買ったりしないの」

「意味がわからないよ。ここは売春宿なんだろう？　まさか、ラブホテルってことはないよね。ぼくたちは出会ったばかりで、恋人同士でもないんだから」

「怒った？」

「そうじゃないんだ。夢を見させてもらっていたのに、急に現実をぶつけられた気がしただけさ。金、かかるんだろう？」

「さっきも言いましたけど、わたしは軀を売りません。そんなことをして、伊原さんからお金を取ろうとは思っていません」

「まったくわからない」

伊原はため息を洩らした。

金を払って彼女を買うのであれば話はわかりやすい。でも、マキの言い方からすると、本当に、売春行為はないようだった。金のやり取りもない。それなのに、こんなにゆったりとした空間を利用できるのは変ではないか。金はどこから出ているのか？　夢のようなこの情況を味わっていればいいのに、ついつい、余計なことを考えてしまう。

「ベッドに横になって……」

マキに誘われてベッドに移動した。ドキドキする。法外な金を要求されるかもしれないという怖さが消えない。その一方で、東京ではあり得ないことが、伊勢では現実としてあるのだと思ってときめく。

「リラックスしてください。シャワーを浴びてさっぱりしたかったら、奥にブースがありますからね」

「お風呂まで付いているなんて……」

「残念ながら、シャワーブースだけですよ。バスタブはありません」

「やっぱり変だ。充実した設備とこんな美人がいてくれて、金がかからないだなんて。世間の常識からすると、おかしいよ」

「心配しないで。伊原さんからいただくことはありませんから。あなたが考えることは、ご自分の悩みのことですよ」

「そうだろうけど、気になるじゃないか」

「東京の人って、かわいそう。こんなに素敵な場所にいるのに、堪能《たんのう》できないんだもの。悩みができちゃうのも、無理もない話かもしれないなあ」

「マキちゃんは、誰からお給料をもらっているんだい？　まさか、さっきのバーの経営をしているNPO法人じゃないだろうな？　それとも、女子島観光協会かな？」

「本当に、今はそういうことを考えなくてもいいんです。わたしの心と触れ合うことだけを考えてください。躯に触れたくなったら、その時は我慢しないで……」

「この島では我慢をしなくてもよかったんだよね」

「そうですよ、伊原さん。だから、触れたかったら触れて。心を重ねたかったら、あなたも心を正直に晒すようにしてください」

マキがやさしい声音で言った。まさか、そんな言葉を囁かれるとは思わなかった。背中に鳥肌が立った。恋人の囁きだ。慈しみと愛情に満ちていた。どんなことでもできそうだった。彼女の言葉には、男に勇気と希望を与えてくれる響きがあった。そうは思っても、陰茎の芯に力が入るわけではない。現実は甘くはない。でも、焦る必要はない。今は深夜の二時前。朝までたっぷりと時間はある。そのうちに、ふっと元気になるかもしれない。

そんな期待を抱かせてくれるだけの雰囲気をこの空間もマキも持っている。

マキが頭を撫でてくれる。母のようなやさしさが、彼女のてのひらから伝わってくる。微笑は恋人であり、口調は親しい友だちのようでもあった。

「いつからなの？　元気じゃないのって」

「数週間前かな。こんなことがつづいたら、おかしくなっちゃうよ」

「自慰もできないの？」

「男としての力を示すことがまったくできないと思っていいかな」

「勃起しなくても、男を示すことはできるでしょう？　男の快感は？」

「あるといえばあるし、ないといえばないかな。マキちゃんにはわからないと思うな」

「教えて。ねっ、いいでしょ？」

「萎えていても、陰茎の先っぽを触られたら気持がいいものなんだ。勃起していたらもっといいんだけどね」

「そういうものだったなんて、わたし、初めて知ったわ」

「そりゃ、よかった」

憎まれ口を叩いたのではない。親しみを感じてたからこそ、そんな口ぶりになったのだ。伊原は何かの兆しを感じた。勃起なのか、それとも別のものなのか。

躯の奥から、力がじわじわと湧きあがっている。兆しは本物のようだった。でも、それは何の兆しだろう。期待を抱きながら、伊原は身震いした。

6

伊原は手を伸ばした。

マキが微笑みながら長い髪を掻き上げた。

ベッドのすぐ横の椅子に坐っている彼女の乳房まであと十五センチ。愛撫を許すという意味合いの微笑。性欲に勢いがつくのを感じる。腹の底の熱気がぐつぐつと煮えたぎっていく。

でも、勃起しない。欲望のエネルギーが勃起という結果に結びつかない。

伊原はそれでも諦めない。プラス思考に徹する。欲望をなくしたら勃起はなくなる。それが最悪であって、今はまだ希望があると気持を奮い立たせる。欲望があるじゃないか。だから十分に救いがあるはずだ。

こういう時、悪く考えたらいくらでも悪く考えられそうである。たとえば、完璧に勃起しなくなったら、男として生きる愉しみの半分以上は失うことになるとか、男としての魅力もなくなるとか……。

マイナス思考ではこの苦しい情況を変えられないとわかっていた。だから、悪い考えがチラとでも浮かんだら、すぐに頭から追い出すように気をつける。それが今できる勃起しない男の努力なのだ。

「触れたいのね、わたしに……」

マキのねっとりとした口調に、男の欲望が煽られる。彼女はそれがわかっている。意識的に前屈みになって、ワンピースの胸元から見える乳房の谷間を強調する。そして囁く。

「いいのよ、触れても。伊原さんが好きなようにしていいんだから……。ここは女子島。男の天国なの」

「日本にこんな極楽があったなんて、信じられないよ。これほどのところだったら、マスコミでも、インターネットでも評判になっていいはずなのに、どうして、知られていないのかな」

「伊原さんはここが有名になって欲しいの？　観光地みたいになったら、どんなことになるか、簡単に想像がつくでしょう？」

「サービスが悪くなるし、静かな島が騒々しくなるだろうね。似て非なる店がたくさんできて、この島自体の評判が悪くなってしまうかもしれないね」

「ということは？」

「黙っていたほうが賢明だってことだね」

「ここを訪ねた皆がそう考えてくれているから、女子島は静かでいられるの。つまり、大人の男の知性と教養と慎《つつし》み深さと欲望によって、この島は守られているの」

「ぼくも賢明な男のひとりにならないとね」

「そのためにも、伊原さんに満足して帰ってもらわないと……。それが島を守るためにもなるんですから」

マキは言うと椅子から腰を浮かして、手が届くところまで上体を近づけてくれた。これも彼女なりの気遣いであり、島を守るためのサービスということなのだ。遠慮なく触れよう。伊原は思いきって手を伸ばした。

乳房に触れる。ワンピース越しながらも、やわらかみが伝わってくる。ここ数年、つきあっている那奈の乳房にしか触れていなかったから新鮮だ。ドキドキする。下腹部が熱くなる。勃起の兆しに違いない。それが明らかに強まっている。もうすぐだ。もうすぐ勃起するぞ。

乳房の感触を味わうことへの意識が、いつの間にか、陰茎と勃起の気配に移っていることに気づいた。その途端、下腹部の熱気がすっと醒《さ》めていった。

ダメかもしれない。マイナス思考が脳内にさっと拡《ひろ》がった。集中力が削《そ》がれていくのを食い止めるために、乳房の感触に没頭する。

若さに満ちあふれた乳房だ。弾力に富んでいる。乳輪の形も美しくてみずみずしい。しかも、可憐で清楚《せいそ》なのだ。これまで幾人《いくにん》もの男の指に触れられてきたはずなのに、彼女の肉体は穢《けが》れてはいなかった。

乳首に触れた。親指と人差し指の腹で、硬く尖っている乳首の幹を撫でた。芯が硬い。コリコリしている。マキは瞼を薄く閉じてうっとりとした表情を浮かべている。乳首の快感に酔っているようだ。演技ではない。その証拠に、指の動きと連動するように、彼女の頰《ほお》や瞼が小刻《こきざ》みに震える。

「気持いい？　伊原さん、訊《き》いてもいいかな。わたしにしてくれているその愛撫には、どんな意味を込めているの？」

「どんな意味って……。ずいぶんと難しいことを訊くんだな。気持よくなったらいいなとしか考えていないよ」

「わたしが？　それとも、伊原さんが？」

「ふたりだよ。でも、マキちゃんがほとんどで、ぼくの比率は小さいかな」

「それでも欲張りね」

「男なら、誰でも同じくらいの比率じゃないかな。女性を悦ばせてこそ、男なんだからね……。それはいけないこと？」

「ううん、そうは言わないけど、今は緊急事態なんだから、考え方を変えたほうがいいんじゃないかなって思ったの」

「一理あるな」

伊原は深々とうなずいた。勃起していた時と同じことをしていてはいけない。変化による刺激が、きっと、次のステージに自分を連れていってくれるはずだ。そのためにも、現状を変えないといけないし、変えることに抵抗してもいけない。

「ぼくはどういう愛撫をすればいいのかな」

「自分の欲望と向き合うことね。おっぱいを愛撫したいのは、なぜ？」

「なぜって……。正面切ってそんなことを訊かれたのって、初めてだから面喰《めんく》らうよ」

「女を気持よくさせたいから？　男の好奇心を満足させるため？」

「その両方だな。男の性欲を満足させるためでもあるかな。だからつまり、ひとつを選ぶことはできないってことかな」

「すべてを得ようとすると、何も得られないかもしれない。それがセックスの教訓かもしれないわ。伊原さん、今は男の側の欲望だけを考えてみたらどうかしら」

「というと？」

「女のわたしを気持よくさせようと考えないってこと。愛撫はすべて伊原さん自身の快感のためにするの。もちろん、わたしに気を遣うことはありません」

「ワクワクするな、そこまで徹底したことがなかったから」

伊原はうわずった声で応えた。相手の女性の気持を考えないセックスなど一度も経験したことがない。どちらかというと、自分は二の次にして、相手の女性の快感を優先させてきた。

那奈の場合は少し違う。男の快感や欲望を優先させてもよかった。だからこそ、彼女に魅力を感じて長いつきあいをしてきたとも言えるだろう。

マキの場合はさらに違う。彼女のことはいっさい考えなくていいのだ。セックスの快楽は、彼女によって引き出される。そんな風に考えていいということだ。

女子島は本当に素晴らしい。男にとっての桃源郷《とうげんきょう》だ。こんな島が存在していることが奇跡ではないか。それとも、これは夢か？　伊原はこの幸せな情況を疑うことで満足感に浸っている。

マキは従順だ。といっても、それは演技ではない。彼女の心の素直さが表れている。何を言っても従うだろう。いやという言葉を、彼女は持っていないはずだ。

「脱いでくれるかい？　ぼくが見ているここで全裸になって欲しいな」

「男の人ってエッチね」

「女性だってエッチだろう？　マキちゃんは脱ぎながら興奮するんじゃないかい？」

「さあ、どうかしら。ご自分で、脱いだ後で確かめてみれば？」

「ゆっくり脱ぐんだよ、いいね」

彼女に念を押すと、伊原はベッドに仰向けになった。枕をふたつに折り曲げて、後頭部にあてがった。狭い部屋の妖しさが増す。濃密な熱気が粘っこくなる。

マキは視線を絡めたまま、ワンピースを脱ぐ。ブラジャーとパンティだけの姿になる。言ったとおりに、ゆっくりだ。華やぎのある女体だ。若々しさが弾《はじ》けている。清楚さと可《か》憐《れん》さを失ってはいない。素肌があらわになったことで、彼女が穢れてはいないという確信は強まった。

「きれいな軀だね。いろいろな男のいやらしい視線を受けてきたとは思えないな」

「わたしはきれいな軀です。それに、今は伊原さんだけのものです。余計なことを考えないこと。女子島で一夜の快楽の夢を見ればいいんです」

「濡れているところを見たいな」

「言うとおりにしますけど、わたしの大切なところを見ながら、自慰をしたら？　おちんちんをさらけ出してもかまわないから……」

「情けないものを出したくないな」

「何言ってるの。勇気を持ちなさい。さあ、わたしの恥ずかしいところを見せますから、伊原さんも、さあ」

マキはブラジャーを取った。

豊かな乳房が溢れ出るように現れた。その瞬間、狭い部屋に満ちている濃密な空気が揺れた。女性特有の生々しい匂いが拡がる。乳房の谷間からなのか、パンティに隠されている割れ目からなのか。両方からかもしれない。

彼女の瞳の潤みにさざ波が立つ。ねっとりした眼差しが熱を帯びる。視線を絡めてくるだけで、けっして、陰茎のあたりは注視しない。勃起の兆しはあるもののピクリともしないだけに、そんな彼女の心遣いがうれしい。

パンティを脱いだ。ゆっくりと。しかも、エロティックな動きで。非日常の脱ぎ方。全裸になった後、彼女の身のこなしにはまったく隙《すき》がない。しぐさもまた非日常だ。そこからしか、極上のエロスは生まれない。伊原にはわかった。だからこそ、息苦しいくらいにドキドキしているのだ。唾液が口の底に溜まる。呑み込んでもすぐまた溜まる。

マキにうながされて、伊原は思いきって陰茎をズボンの中から引き出した。

力なくだらりと幹の中ほどで折れる。何度見てもやっぱり情けない姿だ。かつて勃起する力があった時には、こんな状態を新鮮に感じた。数週間しか経っていないのに、陰茎の中身がまったく違っているのが不思議だ。

「自分でしごいてみて。わたしが見ていてあげるから……」

「くすぐったい気分だな。初めてだよ、オナニーするところを見られるのって」

「だからいいの。でも、緊張しないでね。といっても無理ね、きっと」

マキはそこまで言ったところで、くすくすっと笑い声を洩らした。親密感に満ちた微笑。緊張感がほどよくほぐれる。計算ずくの笑いなのか。そんなことを考えてしまうくらいにタイミングが抜群だった。

その拍子《ひょうし》に、陰茎の芯に力がこもった気がした。幹がびくりと。ふぐりはひくひくっと。勃起だ。伊原はハッとなって、指の腹で幹を圧迫した。勃起を感じたかった。でも、錯覚？　幹に力はなかったし、勃起の名残も感じられなかった。

「すごいよ、マキちゃん。一瞬だけど、勃起したかもしれない」

「ほんと？　何に感じたの？　やっぱり、恥ずかしがらずにおちんちんを出してよかったじゃない。もう少しね、きっと。これで希望が持てたでしょう？」

「何に感じたかっていうとね、マキちゃんの笑い声だった気がするな」

「えっ？　笑い声が？　そうなの？　だとしたら、ちょっと複雑だなあ」

「裸になってくれたのに、それよりも笑い声が強い刺激になったなんてね……。でも、これって総合的なものだと思うんだ」

「そうかもしれないわね」

「がっかりしないでくれるかなあ。ぼくまで悲しくなってくるよ。いくつかの刺激が重なっていたんだよ。最後の引き金をひいたのが、たまたま笑い声だっただけ。すべてのことが好影響を与えていた気がするな」

「そうね、確かに。ひとつのことだけが、その結果を導き出したわけではないものね」

「男を愉しませるために存在する女性が悲しげな顔をしたら、ダメだよ」

「ほんとにごめんなさい」

マキがぺこりと頭を下げた。可愛らしいしぐさだった。彼女は全裸なのだ。いかがわしかった。妖しさも満ちていた。それでいて清純で美しかった。

女性の理想を見ている気がした。

今夜限りだと思うと、彼女のすべてが愛おしい。記憶に留《とど》めようと思うけれど、記憶よりも快感の実感のほうが大切ではないかと思い直す。そのために、陰茎をしごく。ゆっくり、何度も指を上下させる。

刺激を加えても陰茎はぴくりともしない。今しがた感じ取ったものは蘇ってこない。それでも伊原は確かめられたと思う。幹とふぐりに走り抜けた兆しだ。錯覚ではなかった。間違いなく勃起だった。

希望が胸に満ちる。でも、マキとは朝になったら別れないといけない。

いい女と出会うと別れる時が辛《つら》くなるものだ。

風俗嬢だとしたら、こんなにもウェットな感情に襲われることはなかっただろう。マキは風俗嬢ではない。これによって金を得ているわけではないから当然だ。

とすれば、マキは何者？　最初に出会った時の疑問がまた蘇ってくる。

強いて言えば、女子島におけるボランティアの女性ということになるのか？　では、女子島とはいったい何？　それもまた最初の疑問だった。男性を癒すために設立されたNPO法人か。女子島観光協会が男を癒すという方針をつくった結果なのか。

今はそのどれでもかまわないとも思った。

マキとふたりきりでいられることに集中すべきだ。キメの細かい肌に触れ、ぬくもりを感じることが重要なのだ。それらを自分の体内に取り込むことで、男の芯の部分の疲れが癒されるのではないかと思う。

「マキちゃんとキスしたいな」

「伊原さん、素敵よ。欲望を素直にさらけ出せるようになってきたわね」

「で？」

「いいわよ、もちろん。女子島はあなたが望むことが必ず叶えられる島なんです。それに、わたしもそれを望んでいましたから……」

伊原はその言葉を最後まで聞いてから、マキをベッドに引き込んだ。当然、抵抗しなかった。全裸の彼女の躯はしなやかだった。波打つような美しさだ。

乳房が輝いている。眩《まぶ》しさを放っている張りとキメの細かい肌だ。乳輪の凹凸が淫《みだ》らな彼女の情欲を表している気がする。その中央で屹立している乳首もまた淫らでいかがわしい。多くの男たちに弄《もてあそ》ばれてきたはずの乳首は、不思議なことに初々《ういうい》しさを漂わせていた。男性経験は少ないと思ってしまう。そんなことは絶対にないと思いながらも、女子島ならばありうるという気にもなる。この島は男の希望や期待を叶えてくれる島なのだ。つまり伊原は、この島の魅力にすっぽりとはまったということだった。

「マキちゃんは東京に出ないのかい？　君の年齢の女の子なら誰しも、都会に憧《あこが》れるんじゃないかな」

「憧れないといったら嘘《うそ》になるかしら。でも忙しいから……。わたし、この島から離れられないんです。東京に行くとしたら泊まりになるでしょう？　今はとっても無理です」

「人気なんだね」

「違うの、そんなことではないの。女子島の精神を理解している女性が少ないから、暇《ひま》なわたしが駆り出されることになるの」

「暇？　こんなにきれいな女性なんだから、恋人がいるんじゃないの？」

「いないんですよねえ、それが。でも、今は伊原さんがいるから満足。それに、勃起の兆しもあったみたいだから、わたし、伊原さんと出会ってよかったと思っているの」

マキの言葉に男心がくすぐられた。こういう女性を求めていたのだと思う。伊原は学んだ。性欲のことで困った時、そして困難を打開する時は、理想の女性を求めるべきなのだ。

並んで横になっているマキを腕枕しながら抱きしめた。

弾力に満ちた乳房を感じる。萎えたままの陰茎を、彼女は太ももで圧迫してくる。さりげないけれど意図的だ。偶然を装《よそお》っている。技巧的だけれど嫌味《いやみ》ではない。それが彼女のけなげさを際立《きわだ》たせていた。

伊原のときめきは増している。彼女への好意がさらに強まっている。恋人の那奈が伊勢市内のホテルで待っていることをチラと思い浮かべる。それでも罪悪感はない。勃起不全が治れば、彼女にとってもうれしいことだろう。そのために、彼女もわざわざ伊勢まで一緒についてきてくれたのだ。

マキとくちびるを重ねる。

やわらかさと強い弾力が同時に感じられるくちびるだ。若々しさに満ちているし、初々しさにも富んでいる。キスの経験があまりないのかもしれない。そんなことを本気で思わせる拙《つたな》いキスだ。

舌を絡める。おずおずと応えてくる。舌先で突っつき合う。乳房を含めて、触れ合っている彼女の肌のすべてが熱を帯びていく。鼻にかかった呻《うめ》き声が洩れてくる。

キスに慣れていないようだけれど、快感は素直に受け止めているのが伝わる。ああっ、気持いいキスだ。伊原はうっとりして、キスの快感に浸る。唾液を交換する。舌に載《の》せて彼女の口に流し込むと、同じように、彼女も唾液を送り込んでくる。まるで恋人同士のキス。風俗嬢が仕事でするキスとは違う。

「早朝には帰らないといけないんだ。名残惜しいよ」

「わたしだって同じ気持です。あなたの希望どおりに、おちんちんが硬くなればいいなって思っていますから」

「こういう場合、頑張ると言えばいいのかな。たとえ勃起しなくても、マキちゃんはまったく悪くないからね。女子島に来れば必ず治るなんてことはないんだ」

「そう言ってもらえると、ちょっと気が楽になるかしら」

「この島は、男の心と軀を癒す島であって、奇跡を起こせる島ではないんだよね」

「癒しが奇跡につながればいいなという期待はいつもあるんですけど……。伊原さん、まだ諦めないで。朝まで、まだたっぷりと時間があるんですから」

伊原はうなずいたが、さすがに眠くなっていた。午前三時近い。寝ないと明日がきついと思いながらも、このまま眠ってしまうのは愚行《ぐこう》だと自分を叱咤《しった》した。

乳首を口にふくんだ。硬く尖ったままだ。マキの高ぶりが、眠気を吹き飛ばしてくれる。弱まった性欲がまた戻ってくる。勃起はしないものの、下腹部の熱気や渦を巻くような情動は強い。

勃起の兆しだ。スイッチが入りさえすれば勃起する。期待が脹らむ。確かな手応えだ。それを、ふぐりの奥から滲み出ている熱からも感じ取れたりする。

「わたしでダメでも、諦めないでくださいね。女子島のことを悪くいわないでくれるとうれしいな」

「約束するよ。不特定多数に広めないし、悪口も言わない。マキちゃんのことが大好きになったんだからね」

「うれしい……。伊原さんを信頼して、ふたりきりになってよかった」

マキは軀をぴたりと寄せてきた。男の腋《わき》の下に潜り込むように頬をつけると、きっと治るわ、伊原さんは西を目指してきたんだもの、と囁いた。

7

朝になった。

緊張していたためか、疲れ切っていたはずなのに、伊原は自然と目を覚ました。もう朝になったのか。ぼんやりした頭でそんなことを思った途端、眠気はさっと失せた。帰らないと。那奈が起きる前に。

ベッドの端に置いた腕時計に視線を遣る。午前五時半を過ぎたところだ。よかった、まだ早い。時間を確認して安堵《あんど》した。が、次の瞬間、一緒に眠ったマキが横にいないことに気づいて飛び起きた。

部屋にひとりきりということだ。緊張感がみなぎった。

「マキちゃん、いないの?」

シャワーブースに誰もいないのを見遣りながら声をあげた。返事はなかった。当然だ。狭い部屋なのだ。いないのはわかっている。それにしても、これはどういうことなんだ?このまま帰っていいということか?本当に金を払わなくてもいいのか?信じられない。これが女子島の流儀ということか……。

ベッドを下りる。下着をつけ、洋服を着る。身支度を整える。二時間程度しか寝ていないのに、支度に三分もかからなかった。

早く部屋を出たいし、周囲の様子を確かめたい。当然、不安も募っていた。吐きそうになるくらいの強い緊張もつづいていた。伊勢市内のホテルに残してきた那奈のことも気になった。

これは夢ではない……。伊原は自分に言い聞かせる。そして、これは夢なのかな?と、問いかけたりもする。とにかく、現実感が乏《とぼ》しかった。だからこそ早く外に出て、女子島の朝を肌で感じたかった。

美人の女性が寄り添って眠ってくれて、金を払わないでいいなんてことがあるのか？ しかも、彼女は悩みまで聞いてくれたし、解決しようとして軀まで投げ出したのだ。で、無料？ 信じられない。金を受け取って欲しいと思う。タダほど高いものはない。手痛いしっぺ返しが、東京に帰った後で待っているのではないか。

伊原は外に出た。

眩しい光に満ちていた。光の粒が見えるようだった。やさしく降り注いでいた。この光に包まれていると、幸せになっていくような気がした。自分だけが幸せだと思えるだけではない。ほかの人にも幸せになって欲しいという願いが生まれる。人としてのやさしい発想が、女子島のこの光を浴びていると自然に生まれた。

東京のささくれている光とは違う。他人を追い落として自分が成功しろ、と悪魔の囁きを東京の光は秘めている。でも、女子島の光は穏《おだ》やかでやさしい。心の奥まで照らしてくれるようなのだ。

それなのに、陰茎は萎えたままだ。なんという皮肉。これほどの素晴らしい光に包まれても、女子島ならではの女性のやさしさに触れても、陰茎は元気にならないというのか。それとも、これからの豊かな人生では勃起は必要ないということか？

深呼吸をする。二度三度と繰り返して、軀の奥底にまで女子島の空気を満たす。手足を軽く動かす。ラジオ体操の真似事をやってみた。といっても、最初のほうのいくつかの形だけ。それでも新鮮だった。

久しぶりに軀を動かしている気がしてならなかった。なぜ？　二週間に一度、多い時には十日に一度の割合で、スポーツクラブで汗を流しているというのに。今のほうがずっと新鮮で運動量も多く感じた。細胞に多くの酸素が送り込まれている気がした。

女子島は特異な場所なのだ。自然にしても島の風習にしても、マキのようにこの島を拠点にしている人も特異だ。

「伊原さん……。あら、もう起きていたんですね。わたしが起こしちゃった？」

部屋に戻って一分も経たないうちに、マキが戻ってきた。寝起きの顔ではない。化粧をきちんとしている。ほのかに甘い香りも漂《ただよ》う。さすがに女子島の女性だ。どんな時でも、男の心を気持よくさせてくれる。

「どこに行ってたんだい？　心配したよ。このまま帰ってこなかったら、どうしようかって……」

「どうしたかった？」

「とりあえず、待てるだけ待って、それでも戻ってこなかったら、ひとりで帰ろうかと思っていたかな」

「わたしね、あなたに会わせたい人を探していたの」

マキは朗《ほが》らかな表情でうなずくと、腕時計に視線を落とした。午前六時まであと十数分。こんな朝早くに会わせたい人とは、いったい誰？　穏やかでやさしい光を浴びているせいか、疑問に思っても苛《いら》つかない。早く会わせて欲しいと焦ったりもしない。

女子島はやっぱり不思議な場所だ。そんなことを考えていると、ドアをノックする乾いた音が響いた。

マキが応対する。ドアをさっと開ける。伊原はベッドの端に腰を下ろして待ち受ける。東京だったら、全身を緊張させて警戒していただろう。今はなぜか、警戒心はまったく湧いていない。

老女だった。

伊原は立ち上がって目礼《もくれい》した。普通ならば目礼はしても立ち上がることはない。そうさせるだけの迫力が老女に漲《みなぎ》っていた。

齢は八十歳を超えているだろうか。七十代前半かもしれない。地方に住んでいる老人は老《ふ》けている人が多いから年齢を正確に摑めない。街や人が与える刺激が少ないからだ。彼女の髪は白髪《はくはつ》、いや、銀髪《ぎんぱつ》といった色。でも艶《つや》があって、パサついていない。

髪だけを見ると、五十代の女性と判断してしまいそうだ。

「女子島の長老のタネさん。せっかくこの島に来てくれたのに、あなたの悩みを解決できなかったでしょう？　申し訳なくて、タネさんに相談してみたの」

マキが簡潔に説明してくれたことで、彼女が部屋にいなかった理由も、老女がどういう存在なのかもわかった。

タネと目が合う。やさしげだ。銀髪に目がいってしまうけれど、それ以上に、皺の深さが印象的だ。彼女の存在が女子島の神官のように思えてくる。

「この島での長老って、どういう役割をする人なんですか？」

伊原は訊く。町内会長のような存在なのだろうか。世話人代表だとか相談役のような立場か。呪術的なことを密《ひそ》かに行っている人なのか。都会では考えられないことが、この島ではごく当たり前にある。東京の常識が通用しない場所なのだ。

タネは何も言わずに、見つめてくるだけだ。マキが老女を支《ささ》えるようにして寄り添いながら言う。

「わたしたちの心の支えなんです。それに百科事典のような存在です。なんでも知っているんです。この島の成り立ちもわかっていますし、慣習も土俗的なこともすべて」

「で、ぼくのことを相談してくれて、どうだったの？」

「タネさんは自分で言うっていうから、連れてきたんです」

タネは深々とうなずいた。

横顔が神々《こうごう》しい。深い皺に神秘が刻まれている。出会ったことのないタイプの老女だ。

「六十年くらい前は、わしもマキのように男衆の悩みを解決してあげていたんだ。悩みを抱えた人に、直接会って、解決の糸口を伝えるのは、女子島のおなごの礼儀だ」

タネが口を開いた。老女とは思えないくらいに、彼女の声は活力があって生き生きとしていた。しかも、説得力がある。タネの言うことのすべてを信じられそうだ。

「マキちゃんが頼りにした人ですから、きっと、本当に助けてくれるんですよね。ぼくはこれから伊勢市内のホテルに戻らないといけないんですけど、もう一泊すべきだと言うなら、この島にまた戻ってきます」

「伊原さんという名だったたね。あんたは戻ってこなくていいんだ」

「えっ？　それってどういう意味ですか？　ぼくの悩みは解決できないんですか？　タネさんにも無理ということですか？」

「焦らずに聞きなさい。あんたが必要としているのは、女子島ではないんだ。わかるか、その意味が……」

「見当違いのところに来てしまった、という意味でしょうか」

「いや、そうではない。東京から伊勢にやってきたからこそ、女子島を知ったんだろう？　島を訪ねたことでマキと出会った。そして、わしと話もしている。このすべてが偶然だ。だからといって、このどれかひとつが抜けていたら、わしとも、マキとも出会っていない。つまり、見当違いのようでいて、あんたはこの島に来るべくして来たんだ」

「ということは、ぼくにとって必要とする場所に近づいたということですね。女子島を訪ねたことで、次に行くべき場所がおのずと見えるんですね」

伊原はうわずった声をあげた。興奮していた。血沸《わ》き肉躍《おど》るようだ。宝物を探す旅をしているような気分になった。老女の意味深な言葉が、宝物を隠している場所を暗示している気がした。

「タネさんが教えてくれるんですね。ぼくは導かれているんだ。マキちゃんやタネさんに。東京の奇妙な喫茶店に入ったのも、ここでタネさんに会うためだったんですね」

「わしに会うためであり、大切な人と出会うためでもある。わしが最後の人ではないということ。人生そのものだ」

「で、ぼくはどうすればいいんですか。女子島に戻らなくていいんですね」

「あんたが行くべきなのは西だ」

「やっぱり、西ですか。西といっても、漠然としていて、どこに行ったらいいのかわかりません。わかっているんですよね、タネさんには」

「わしにもわからん」

「そんな……」

伊原は絶句した。わからないのに西へ行けと言うのは無責任ではないかと思う。しかし、冷静だった。戸惑っただけで、怒りの感情はまったく入り込まなかった。女子島の穏やかな空気と光、そしてマキとタネのやさしい雰囲気のおかげだ。

「わからん時は、猿田彦《さるたひこ》に行くんだ。必ず、導いてくれる」

「猿田彦神社という意味ですね。わかりました、タネさん」

伊勢にやってくる前に、伊原は少し勉強をした。伊勢神宮には内宮《ないくう》と外宮《げくう》があること、内宮の近くに猿田彦を祀《まつ》っている猿田彦神社があるということ。神社は伊原が泊まっているホテルから車で二十分足らずの五十鈴《いすず》川のすぐ近くにあるということだ。

猿田彦の神とは、導きの神ということだった。だから東京で那奈と話した時、伊勢神宮と猿田彦神社には必ず参詣《さんけい》しようと決めていたのだ。これは単なる偶然か。必然につながる偶然なのか。


伊原は今、マキと飯野とミサキと四人で女子島の桟橋にいる。帰る時だった。

午前六時二十分。向こう岸からこちらにゆっくりと渡し船が進んでくる。

女子島には相変わらず穏やかでやさしい光が降り注いでいる。この光から離れるのが惜しい。マキの慈しみに満ちた笑顔を見られなくなるのも悲しい。でも、別れの時だ。

「ほんとにお金はいらないの？　信じられないよ。マキちゃん、ぼくの心付けを受け取ってくれないかな」

「いりません。この島は、悩んでいる男の人を幸せにして帰すために存在しているんです。それなのに、わたしったら……。ごめんなさい、謝《あやま》ります」

「何言っているんだよ。ぼくのほうこそ、君と出会えて幸せだった。ありがとう、豊かな時を過ごせたよ」

伊原は本心から言った。今では、タダほど高いものはないという恐れは抱いていなかった。無料ということを信じていた。そして、マキにもタネにも心から感謝していた。その気持を表す術は、言葉のほかにはお金しかなかった。金を渡したかった。そうでもしなければ気が済まなかった。でも、マキは受け取らなかった。飯野は女子島のことがわかっているから飄々《ひょうひょう》としていた。ミサキも金をせびったりしなかった。それなのに、彼女は満足げな笑顔だった。女子島は不思議だ。地元の人も初めて訪れる観光客も幸せにしてくれる場所なのだ。

「ミサキちゃんと話すチャンスがなかったね。すごくうれしそうな表情をしているけど、いいことがあったのかい？」

「そうなの、うれしいことがあったの」

彼女は少し照れ気味にうつむくと、飯野の腕にしがみつくようにして寄り添った。カップル誕生ということか？　飯野をひやかす。ミサキが微笑む。豊かな乳房を彼の腕に押しつけている。

「飯野さん、よかったじゃないですか。素敵な出会いになったみたいですね」

「そうじゃないって。誤解、誤解。ミサキちゃんが喜んでいるのは、女子島ならではの理由からだよ」

伊勢の地元で暮らしている飯野はそんなひやかしには動じない。女子島ならではの理由があると言われると、ほんとにそれがありそうな気がしてくる。不思議な島は奥が深い。

「ミサキの幸福そうな笑顔にも深い意味がありそうな気がしてくる。

「ミサキちゃんが幸福なのは、ぼくが十分に満足したからなんだよ。それ以上でもそれ以下でもない。邪推《じゃすい》しないでくれるかな」

「日本にこんな不思議な島があるんですね。ぼく、離れたくなくなりそうですよ」

「ということは、悩みは解決したということかい？」

「だめでした。タネさんが言うには、この島はぼくが必要としている場所ではなかったようです」

「タネさんに会ったのか……。マキちゃんが引き合わせてくれたのかい？」

飯野は驚きの声をあげた。何か言いたげだったけれど、ちょうどその時、渡し船が接岸した。乗客はふたりだけ。乗り込まないといけない。話している時間がない。

「さあ、乗りましょうか」

飯野に声をかけられて、伊原は船に乗り込んだ。

彼女たちは手を振っていた。それは船が本土に接岸して、ふたりが下船した後までつづいた。伊原は、胸の裡で呟いた。ありがとう、マキ。そして、女子島。

伊勢市内に向かった。

飯野は運転しながらにこやかな笑みを浮かべている。それは浮ついた浅はかな表情ではなくて、心の豊かさが表れていた。

8

「伊原さん、さっき話せなかったことだけど、びっくりしたんですよ」

「それって、タネさんの名前を出した時でしょう？　驚いているのがはっきりとわかりましたからね」

「ぼくは会ったことがないんですよ。地元の人でも、名前は聞いたことがあっても、実際に会って話したことがあるのは、ほとんどいないんじゃないかな」

「素敵なおばあさんでしたよ」

「本当にタネさんだった？　生きていたんだ。噂では、亡くなった事実を隠しているんじゃないかと言われていたから……」

「どういう人なんですか。ごく普通のおばあさんといった感じだけど」

「そうだった？　ということは、同じ名前でも別人ということかな」

「神々しさとか威圧感はありましたよ。呪術でもする雰囲気もあったな。銀髪だったし、深い皺も印象的でした」

「やっぱり、タネさんみたいだ」

「教えてください、彼女のこと……」

「女子島の生き仏のような人なんだ。呪術にも長《た》けているとも言われてね、五十年くらい前までは、タネさんのご託宣《たくせん》をいただくために女子島に詣《もう》でていたってことだから」

「なぜ、死んだと？」

「表舞台に出なくなったんだ。ちょうどその頃、神秘主義に対する排斥《はいせき》運動が起きたんだ。皮肉だけど、その運動は女子島からはじまったらしいね。そもそもは、人気を誇っていたタネさんに対する嫉妬が原因だと言われているよ」

「タネさんは言っていましたよ。マキちゃんのようなことを自分もやっていたと……。六十年前に、男衆の悩みを解決してあげていたって」

「やっぱり、その人、タネさんだ。すごいじゃないか。何年ぶりかな、彼女の存在が明らかになったのは……」

「そんな貴重な人だったんですか」

「お言葉をいただけたのかい？」

「はい、でもうれしい言葉ではなかったな。残念だけれど、この島を必要としていない男だって言われました」

「で、どうしろと？」

「西に行けと言われました。東京で西に行けと言われて伊勢にやってきて、ここでもまた西に行けと……。どこまで行けばいいんでしょうね」

「タネさんはそのことについては解決策を教えてくれなかったのかい？」

「西に行ってみますよ、とにかく」

伊原は曖昧に返事をした。猿田彦神社に行けという言葉は呑み込んだ。飯野が地元の住人でいい人だとわかっているけれど、猿田彦については自分と那奈とで受け止めたかった。これはあくまでも自分の悩みだからだ。

ホテルが見えてきた。

飯野との別れの時が近い。

彼に話しかけられなかったら、女子島を知ることもなかったし、島の不思議を経験できなかった。これもタネさんが言っていた必然の出会いだったのかもしれない。とすれば、猿田彦神社で新たな導きがあるということだ。

軽トラックがホテルのエントランスに止まった。

伊原は助手席のドアを開けた。飯野が朗らかな表情で声をかけてきた。「また、どこかでお会いしましょう」と。伊原は車を降りる。ドアを閉める寸前、ふっと浮かんだ疑問を彼に投げかけた。

「神秘主義に対する排斥運動が盛り上がった後、どうなったんですか？」

「運動は十年近くつづいたかな。そして、地下に潜ったタネさんが、女子島の今のスタイルをつくったということになるんだ」

「今はもう、排斥運動はすたれたということですね」

「だって、そもそもが、タネさんの人気に対する妬《ねた》みからはじまったことだからね。タネさんが地下に潜った時、すたれることはわかっていたんじゃないかな」

「排斥運動の首謀者は？」

「さあ、どこに行ったのか。そうだ、確か、あんたみたいに、『西に行く』という言葉を残して島を去ったらしいよ。名前は、白鳥《しらとり》イチ子。今生きていたら、八十歳近いんじゃないかな」

飯野は言うと、にっこりと微笑んだ。あんたのおかげで、わたしも悩みを解決することができたよ。彼は助手席の窓を開けながら言うと、車を発進させた。

第四章　過去が教える

1

朝から雲ひとつないすがすがしいまでの晴天だ。

伊原は那奈とともに、猿田彦神社の境内《けいだい》にいる。敷地の端から端まで、全速力なら二十秒もあれば十分だろうか。内宮だけでも広大な伊勢神宮と比べるまでもない狭さだ。すぐ近くで車の排気音が聞こえる。だからといって、おごそかな雰囲気は厳然とあるし、張りつめた空気にも満ちている。神々しさと周囲から忍び込んでくる世俗的な雰囲気が心地よく絡まり合っている。

午前十一時三十分。

伊原は境内をうろうろしていた。ホテルはすでにチェックアウトしている。

女子島に出かけたことは那奈には明かしていない。男にとって特別な島のことは、女の那奈には理解できないと思ったからだ。でも、島の長老のタネという老女に出会ったことは教えた。そうでなければ、猿田彦神社を訪ねる理由がなかったからだ。

　那奈が眩しそうに目を細めながら天を仰《あお》いだ。いぶかしげな表情をしている。東京からの旅に疲れが出ているのかもしれない。そういえば、朝食がバイキング形式だったのに、サラダとコーヒーだけしか取らなかった。性欲以上に食欲が旺盛《おうせい》な那奈にしては珍しい。やはり、旅疲れなのだろうか。

「ほんとに誰かが来て、伊原さんに重大なことを告げるの？　そんなことってあるのかしら。わたし、実際にそうなってみるまで、絶対に信じられないな」

「ぼくだってそうさ。でもね、伊勢という街には何かがある。そうとしか思えない。見ず知らずの老女が、『わからん時は、猿田彦に行くんだ』と教えてくれた。そんなことは、東京ではあり得ないだろう？　老女のことも猿田彦のこともぼくは信じたいよ」

「わたし、ちょっと感動したな。きっとつながっているのね、この土地と東京が……。そうでなかったら、導かれたりしないもの」

「本当に、何かが起きるのかな」

「絶対に起きるわ。あなたが不安になってどうするの？」

「不安にもなるさ。なぜ、いろいろな出来事が、ぼくの機能不全と関係しているのか、説明がつかないから」

「確かにそうね。不思議だわ、すっごく。あなたの勃起が日本の社会にとって重大なことは思えないものね」

「ごめんよ、取るに足らないつまらないことで……」

「伊原さんたらもう、大人げないなあ。それくらいのことで、いじけないでちょうだい。世間は厳《きび》しいんだから」

那奈がようやく笑顔で軽口をたたいた。気分が良くなってきたのだろうか。青白かった顔色に精気が戻ったようだ。

生きる力というのは、こんなにもはっきりと見えるものなのかと感心した。その途端、伊原はハッとなった。ということは、勃起しない今の自分は、精気のないしょぼくれた男に見えるということか？

急に不安になった。生き生きとしていると思っているのは自分だけだったのか、と……。那奈はもちろんのこと、面識のある人たち全員が、自分のことを精気のない男だと哀れみの目で見ていたかもしれない。

セックスとは生きるエネルギーだ。伊原は常々そう思っていた。

男がセックスに向かう時の源ともいえる陰茎が勃起しないのだ。セックスできない。つまりそれは、生きるエネルギーが小さくなっているのと同義ではないか。そう考えるのが自然だ。考えれば考えるほど、自分を否定することになっていく。

「那奈は鋭いから、わかっているんじゃないかな?」

「何のことかしら」

「ぼくは変わっただろう?」

「藪から棒に、何を言うのかと思ったら……。変な人。変わったなんて感じていないわ。あなたは、勃たなくてもエッチだもの。それに、わたしを抱きたいといつも考えているでしょう? 女性への興味もまったく衰えていないし……」

「しょぼくれた男に見えているんじゃないかな。心配だよ、すごく」

「まあ、呆れた。そんなことを心配していたの? どうでもいいことじゃない? 今必要なのは、軀に働きかける何かのきっかけを見つけることでしょう?」

「うん、そのとおりだ。ぼくは血迷っていたみたいだ。ごめん、那奈。惑《まど》ってしまうものなんだね、うまくいかないと……」

「いいわよ、もう謝らなくても。あなたには弱気になって欲しくないの。おちんちんが元気じゃない分、ほかのところで元気いっぱいでいて欲しいの」

伊原はうなずいた。なんていい女なんだ。あらためて彼女の素晴らしさに感じ入る。だからこそ、勃起不全を治して那奈を喜ばせてあげたい。

彼女は仕事を休んで東京からついてきてくれたのだから、どうしても、彼女のために手がかりを見つけたい。手ぶらでは帰京したくない。絶対にいやだ。

那奈が腕を絡めてきた。乳房を擦りつけながら、腕を引っ張る。

「ちょっと散歩しましょう。駐車場のあたりまでだけど」

「ここを離れたくないんだけど……」

「出会いが必然だとしたら、待っていなくても出会うはずじゃないかな。そうでしょ？

無理に出会いを求めるなんて変だわ」

「それもそうだな」

伊原はあっさり納得すると、彼女に引っ張られるようにして歩きはじめた。神社に漂っている特有のおごそかな空気とは違う、のびやかな空気を吸う。おいしい空気だ。なぜか、光もおいしいと思う。

那奈とともにすぐ近くを流れている五十鈴川沿いを歩く。伊勢神宮の内宮の前を流れていたのも、この五十鈴川だ。のんびりとした光、穏やかな風景。東京ではけっして味わえない空気。すべてが懐かしいと感じる。初めて見ている光景なのに。

向こう岸の河川敷は駐車場になっていて、何十台も駐車している。両岸に遊歩道が整備されている。ふたりはのんびりと当てもなく歩く。時折立ち止まっては見つめ合う。会話はつづく。とめどなく言葉が出てくる。彼女の言葉が刺激となって、次の言葉が紡《つむ》ぎ出される。かけ合いになっている。それが面白い。彼女も負けずに言葉を出してくる。

「キスしたくなってきたな、わたし」

「昼間だし、ここは東京ではないんだから、行動には注意したほうがいいよ。まあ、咎《とが》められることはないと思うけど」

「神社にいる時に、わたし、キスしたくてウズウズしていたの。でも、それってあんまりでしょう？　だから、散歩しましょうって誘い出したの」

「素晴らしい気遣いじゃないか。でも、それは当然かな。神社にも歴史にも過去にも敬意を払うべきだ」

「伊原さんらしいな。やっぱり、そう言うと思った。だから、連れ出したの……。ねっ、いいでしょ？　昨日の夜は、おあずけされちゃったし、今朝《けさ》だって、すごく眠そうで、不機嫌だったでしょう？」

「確かに眠かったし、不機嫌でもあったな。なかなか寝つけなかったんだ。寝られたのは朝日が昇ってからだからね」

伊原は咄嗟《とっさ》に嘘をついた。有意義な嘘だ。那奈が知らなくていいことを、わざわざ、教えることはない。誰よりも献身的な彼女だからこそ、誰よりも嫉妬深い。女子島の存在や、そこで男は歓迎されるということを知ったら、怒って帰京してしまうかもしれない。

杉の大木が三本、立っている。遊歩道の真ん中だ。ご神木《しんぼく》なのだろうか。その三本を守るための柵がぐるりを囲んでいる。

日陰に入った。木漏《こも》れ日が気持いい。川風が通り抜けていく。葉音がサラサラと軽《かろ》やかな音を立てる。

ふたり以外、ここには誰もいない。自然と自分たちだけしか、この世に存在していないように思える。無心にさせてくれる空気。ふたりの心を邪《よこしま》なものから遠ざけてくれる気配。スピリチュアルな土地だと感じられただけでも、ここにやってきた甲斐《かい》があったと思う。

キスを求められた。ごく自然に那奈を受け止めることができた。数秒前に経験したふたりだけという感覚のおかげだ。三本の大木がふたりのキスを隠してくれる。木漏れ日の中で、くちびるを舐め合う。性感を引き出す舐め方。淫靡な舌遣い。彼女の妖しい眼差しに、性欲が膨れ上がっていく。ああっ、これで勃起できたら、今すぐにも挿入するのに……。

性欲が溢れてくる。それがうれしいし、悲しくもある。いっそのこと、どちらかにして欲しい。性欲が湧かなければ、勃起しないことに困ったりしないだろう。そこまで考えた時、欲のないことや楽なことに流されてしまうのはよくないと戒《いまし》めた。勃起を蘇《よみがえ》らせるために苦労しているのだ。自分だけではなくて、那奈だって、大変な思いをしているんじゃないか。周囲の協力や理解があるからこそ、伊勢にまで来られたのではないか。

強い川風が吹き抜けた。つむじ風のようだった。大きな音。土埃《つちぼこり》。静まり返っていた空気に車の排気音や話し声といった雑音が混じった。

伊原は那奈と目を合わせた。

彼女は驚きの表情をしていた。それは伊原にしても同じだった。

一陣の強い風とともに、老人が目の前に現れていた。前ぶれもなく、いきなりだ。マジックのようだった。しかも、今朝紹介された女子島の長老のタネとうりふたつだった。銀色の髪も似ていた。杖《つえ》をついているところもそっくりだった。男でなかったら、タネさんと呼びかけるところだ。

「必然を信じるかな、あんたは」

老人は何の前ふりもなくいきなり言うと、返事を待つような表情を浮かべた。

杖をつきながら、三本の大木の周《まわ》りをゆっくりと歩きはじめた。川風と川音、車の排気音に葉擦《はず》れの音、そして杖がアスファルトを鳴らす音があがる。杖をつくのは、足が悪いからなのか、腰の調子がよくないからか。

「変な人。ねえ、気味が悪いわ、わたし。離れましょうよ」

「訊かれたことには答えないと……。きっと、この人なんだ」

「何？」

「この人なんだよ、ぼくたちが待っていた人というのは」

「そう思うの？　どうして？」

「猿田彦にヒントがあると教えてくれた老女のことは覚えているよね。タネさんという名だけど、彼女と今目の前で杖をついている老人の顔がそっくりなんだ」

「高齢の人の顔って、女性も男性も似てくるものでしょう？　伊原さんの思い過ごし。老人の顔をまじまじと見たのって、たぶん、今が初めてじゃない？　一生のうちで初めてなんだから、見分けがつくはずないわよ」

「那奈、とにかく、気味が悪いと思っても我慢してそばにいてくれるかな。ぼくは返事をしないといけないんだ」

大木の向こう側に姿を消した老人を待った。返事はもう決まってる。必然も偶然もすべて信じる。そう言うつもりでいた。

老人がまた姿を現した。

タネそっくりだった。

「必然を信じるかな？」

「はい、信じます。何もかも信じます。ところで、あなたはタネさんなんですか？」

「違う。タネは別人だ。といっても、浅からぬ仲だけどな。あんた、タネを知っているのかい」

「今朝、会いました。そこで『猿田彦に行くように』という言葉をいただいたんです」

「珍しいな、タネが姿を現すだけでなくて、言葉を伝えるなんて……」

「地元の人も驚いていました。亡くなっているという噂さえあると言っていましたから……。それくらい、人前に姿を現さない人みたいですね」

「あいつの人嫌いは徹底しておるな。実は、わしとタネは双子《ふたご》でな、タネが妹なんだ。だから、似ておるんだよ」

「ここにいらしたのには、理由があるんでしょう？　タネさんに伝言を頼まれたんではありませんか？　だから、必然、という言葉を投げてきたんでしょう？」

伊原はまくしたてるように言った。

あまりに早口のせいで、老人はすべてを聞き取れなかったらしい。きょとんとしているばかりだった。杖を両手で押さえるようにして、老人は立っていたけれど、辛そうに軀を左右に小さく揺すりはじめた。貧乏揺すりではない。平衡感覚が保てなくて、自分の意思とは別の力によって、上体が動いてしまっているのだ。

そういうことさえも、必然なのだと思う。神社ではない場所で声をかけられたことも、杖をついて立っていることも、那奈とキスをしようとして性欲をたぎらせている時に老人が現れたということも、すべてが必然なのだ。

必然によって世の中はでき上がっている。ただのひとつとして、偶然はない。死ぬのも必然だし、生を受けてこの世に誕生するのも必然だ。

伊原はハッとなった。

すべてが必然だとしたら、悩んでいる勃起不全も必然ということになる。これだけが例外ということはない。

「あんたは誤解しているようだが、タネに頼まれてここにやってきたのではない。散歩しているうちに、なんとなく、ここに来てしまったんだ。見ず知らずの観光客に声をかける気なんてなかったのに、無意識のうちに声をかけていた」

「ぼくがタネさんを紹介してもらったのも、あなたがここにやってきたのも、すべて必然だったということです。ぼくとあなたは出会うべくして出会ったんです」

「あんたはその言葉を、どこか別のところでも言っておるね」

「必然という言葉が、伊勢に来た途端、とても重要なキーワードになったからです」

「大切にしないといけないよ、言葉はね。それに、必然も……」

「どの必然でしょうか」

老人の謎かけのような言葉にも、伊原は丁寧に応対する。キレることはないが、気を許すと、苛《いら》つきかねない。すべてが意味深で、そんな勘《かん》ぐりをさせるように言葉を選んでいるようだった。タネとこの老人の言葉の遣い方は似ていた。さすがに二卵性の双生児だけのことはある。

「西に行くんだ」

老人は言った。きっぱりと。言葉の響きの底には確かに意味が隠されていると思えた。だからこそ、老人の言葉は真実として、伊原の耳に聞こえた。

「東京の西でしょうか。それとも、この場所からさらに西という意味なんですか？　それによって、ぼくが向かうべき場所が変わってきてしまいます」

「西に行けば、必然が待っている。わしがあんたに会ったように。必然だけが、あんたの悩みを解決できる力を持っているんだ」

「どういうことですか？　それって、医薬品や民間療法では治らないという意味と思っていいんですか？　ご老人はぼくが何を悩んでいるのか、ご存知なんですか」

「知らん。タネと違って、わしには特別な能力などない」

伊原は力なくうなだれた。

超能力を持っている人が、ここにやってくると期待していた。たとえば、手を股間にかざしてくれることで勃起するようになるとか、いわくのある水を持ってきて、飲んだ途端《とたん》に勃起がはじまるとか……。幻想だった。そんな甘い期待は打ち砕《くだ》かれた。

西に行け。それだけなのか？　能力がないと自分で認めている老人が言っていることを鵜《う》呑《の》みにしていいのだろうか。

ふたりの傍《かたわ》らで耳を傾けていた那奈が老人に問いかけた。

「必然だけだったら、どうして、偶然という言葉があるの？」

「どうしてだろうね。でも、世の中は必然で成り立っている。ふたつを結びつけている糸が見えていれば必然ということになるし、その糸が見えないと、人はそれを偶然と呼ぶ。

すべてのものに糸がある。モノにも現象にもだよ」

「ということは、とにかく西に行けば、必ず、結びつく糸があるということですね」

「そうだよ、必然とはそういう真理によって成り立っているんだ」

「この男性にとっての必然とは何でしょうか」

「それを見つけるのは、本人ではないかい？　あんたでもわしでもない」

「西ってどこですか」

「タネが教えていたじゃないか。『猿田彦が教えてくれる』と……」

老人はそこまで言うと、歩きはじめた。

腰が曲がっているけれど、生き生きとしている。健康的にすら見える。背中が小さくなる。ありがとうございました。伊原は胸の裡に感謝の言葉を浮かべた。猿田彦が教えてくれる。老人の言葉を信じて、神社に戻ろう。きっと何かが待っている。

2

猿田彦神社に戻った。

木々が陽光を浴びて耀《かがや》いている。軽やかな葉擦れの音が心地いい。川風が神社まで運ばれているようだ。

老人と出会った川沿いの場所から神社までは、歩いて五分ほどなのに、いつの間にか、午後零時二十分になっていた。老人と話したのは二、三分のつもりだったのに、どうやら、二十分近く言葉を交わしていたようだ。

那奈は何度も振り返っては、老人がついてきていないかを確かめている。彼女には老人の意味深な言葉が信用できないのだ。

疑心暗鬼になるのは無理もない。もし、彼女が女子島の存在を知り、実際に経験したとしたら、老人を信じられただろう。彼女に教えてあげたい。でも、女子島の存在について は明かせない。口外しないと約束したわけではないけれど、言ってしまったその瞬間に、女子島という男にとっての楽園が消えてなくなりそうな気がするからだ。

那奈の表情が曇《くも》っている。腕時計に目を落として、時間を気にしている素振《そぶ》りを見せる。帰京のための電車の時間を考えているのだろう。明日は火曜日。伊勢でもう一泊というわけにはいかない。

「ねえ、ここにいても無駄じゃない？　わたし、お伊勢さんの内宮にお参りしたいんだけど……」

「もう少し待ってみようよ。さっきの老人が言ったこと、覚えているだろう？　『猿田彦が教えてくれる』って」

伊原は小首《こくび》を傾《かし》げながら、にっこりと微笑んだ。意識的に、穏やかな表情をつくった。

那奈の急《せ》く気持を落ち着かせたかった。帰りの電車の時刻を考えれば、そろそろ、観光という別の楽しみを味わいたいのだ。

あと五分。そこまで待って何事も起きなかったら、那奈につきあって観光しよう。伊原は胸の裡で時間を区切った。

諦めてはいなかった。絶対に誰かと出会うと思っていた。ここにいるのは偶然ではないと信じられるからだ。

何かによって導かれている。それが確かなことに思える。

すべてが必然なのだ。東京で奇妙な喫茶店に入ったことも、そこで不思議なマダムと出会ったことも、伊勢までやってきたことも、女子島に導かれたことも、島の長老のタネさんを紹介されたことも、猿田彦神社にやってきてタネとうりふたつの老人と出会ったことも。そうでなければ、今自分がここにいることの説明がつかない。

雲が出てきた。いっきに太陽が隠れる。たった今まですがすがしいまでの陽光を浴びていたのに、夕方のように薄暗くなった。川風が強くなった。枯れ葉が乾いた音をあげて転がっていく。

「ねえ、伊原さん、雨が降ってきそうよ。ねえ、行きましょう」

那奈は言うと、神社の裏手に停めたレンタカーに向かった。伊原はうなずきながら、時間を確かめた。あと二分ある。たった二分だけれど、那奈の不機嫌そうな後ろ姿を見ると、長い二分ということになる。自分で決めたのだから待とう。

雨がぽつぽつと降りはじめた。

伊原は神社の軒先《のきさき》に移動する。周囲に人影はないけれど、諦めない。時間はまだある。現れてくれ。懇願するような気持になっていく。このままでは、タネの言ったことも、女子島のことも、すべてが必然だということも、その必然によるつながりをたぐっていくことで勃起不全が治るという期待も、すべてが信じられなくなってしまうではないか。

二分が過ぎた。誰も現れなかった。人影すらなかった。

もう少し待ってみようか。

落胆しながらも、伊原は迷っていた。観光よりもここで待ってヒントを得ることのほうが大事ではないか、と。雨は本降りになりそうな勢いだ。これなら那奈も諦めてくれるのではないか。それにそもそも、観光のためにやってきたのではない。

本降りになってきた。

本殿の軒先で雨宿りしている伊原の足のあたりまで雨が吹き込みはじめた。コンクリートが濡れて灰色に変わっていく。糸をひいたように降る。まるで白い糸の雨。那奈の姿が霞《かす》む。ズボンが濡れないようにと思って、本殿の壁に背をつけて雨をよける。

「あっ……」

伊原は思わず大声をあげた。雨に濡れるコンクリートに目が釘付けになった。

雨がコンクリートに模様をつくっていた。偶然ではない。まさしくそれも必然。幾何学《きかがく》模様だとかまだら模様といったものではない。

コンクリートに、九州が描《えが》かれていた。しかも、その横に、矢印までがあった。宮崎県《みやざき》のあたりを、

こんなことってあるか? 自問した。あるわけがない。すぐに答が胸の裡に響いた。それはそうだ。軒先のコンクリートに吹き込む雨が、偶然、矢印と九州を描くなんてことがあってたまるか。

雨足《あまあし》が強くなった。軒先のコンクリートも雨に濡れていく。九州と矢印の輪郭が少しずつ消えていく。消える、まずい、このままだと消えてしまう。九州と矢印を雨から守るために、伊原は慌てて移動した。

背中に雨が落ちる。太ももやふくらはぎの裏側も濡れる。これでいい。コンクリートに吹き込む雨は防げる。矢印と九州は雨に紛《まぎ》れてしまわない。那奈を呼びたい。これが動かぬ証拠だ。

すごいことになったと思う。

タネが予言したのはこのことだったのか。伊原はずっと、人が現れるのだと勝手に考えていた。女子島に行った時のように、誰かが、向かうべき場所を教えてくれるのかと想像していたのだ。

レンタカーのほうに顔を向けて大声をあげる。手を振る。最初は右手。すぐに両手で。白い糸のように降る雨に遮《さえぎ》られる。これも必然であるかのようだ。

那奈は気づかない。

クラクションが二度短く鳴り響いた。車に戻ってくるように。そんな思いがこもった音。しかしそれは強くなった雨音にかき消された。

ケータイのカメラで撮《と》ればいい。肉眼で見せることができないなら、せめて、証拠を残そうと思った。那奈の希望にもなるはずだ。伊勢までやってきて、何ひとつ成果がなかったというのでは、彼女がかわいそうだ。

ジャケットの内ポケットからケータイを取り出した。そうだ、どうして気づかなかったんだ。これで那奈を呼べばいいんじゃないか。

那奈の名前を液晶画面に呼び出そうとして、電話をかけることを諦めた。アンテナが立っていなかった。

ケータイで写真を撮った。手が震えた。五枚。すべてに、矢印と九州が写っていた。保存もできた。ひと安心だった。通話圏外となったということは、他人に教えてはならないという啓示に思えたからだ。これで那奈に希望を与えられる。

人知《じんち》を越えたことがあると、不思議なもので、怖いことだと思っていないのに、人はその場から離れようとするものらしい。

伊原は今、レンタカーを借りた駅前に向かって車を走らせている。助手席の那奈にはすでに何が起きたのか説明し、ケータイに保存した写真も見せている。

彼女は最初、うわごとのように何度も「信じられない」と呟いていたけれど、五枚の写真すべてを見終わった時には、それを新たな希望の源としたようだった。

「すごいことがあるのねえ……。本当のことを言うと、信じていなかったんだ。東京の喫茶店のマダムの話も、胡散臭かったでしょう？　それに、初対面だったんだから……」

「無理もないさ」

「わたし、ワクワクしてきたわ……。うまくいくかもしれないわね」

「そうだよ、うまくいくんだよ」

「あなたに言わせたら、この一連のことすべてが、必然なんでしょう？　伊勢にやってきたのも、九州に行けと、雨粒が教えてくれたことも……。つまり、病気を治すために必要な段取りということよね」

「そう言われるのって、ちょっと心外なんだよね。ロールプレイングゲームと似ているみたいな言われ方は好きじゃないな。アイテムをひとつずつ取っていきながら最終的な目的を叶《かな》えるというゲームと似ているけど、まったくの別物だよ」

「わたしにとってはどっちでもかまわないです。ゲームだろうが、そうでなかろうが、とにかく、あなたが治りさえすればいいんだから」

伊原はワイパーの動きを止めた。雨はあがっていた。

実は、猿田彦神社から離れてすぐ、雨は止《や》んだのだ。まるで、神社の上空にだけ雨雲が生まれ、雨が降ったようだった。つまり、乾いたコンクリートに雨粒で矢印や九州の地形を描くために、雨が必要だったということだ。

伊原は寒気を感じた。背中がブルブルッと震えた。シャツまでびっしょり濡れていた。このままだと風邪をひきそうだった。新しい着替えはないけれど、今朝、女子島から戻った時に着替えた下着はある。汚れていたっていい。乾いてさえいれば今は十分……。そう思っていると、寒気に襲われ、大きなくしゃみを三回つづけた。

「大丈夫？　このまま東京まで帰るのは辛いんじゃない？」

「着替えができればいいんだけどね」

「それだけでいい？」

「熱いシャワーを浴びてから着替えたいっていうのが本音だけど、ホテルをチェックアウトしちゃったからね」

「ホテルなら、どこでもいいのよね……。伊原さん、ラブホテルにしない？」

「いいのかな」

「うん。わたしのほうはまったく問題ありません。行きたいくらい。試してみたいこともあるし……」

「なに？」

「すごい啓示を受けたから、効果が表れているんじゃないかと思ったの。だって、不思議なことが起きたんだから、あなたに影響を及ぼしているはずだもの」

那奈は囁くように言うと、ねっとりとした視線を送ってきた。性的な高ぶりに酔っている。今すぐにもエッチなことをしたいと瞳の輝きは求めている。

助手席から細い手が伸びてきた。

ためらいを見せずに、股間を押してくる。陰茎は萎えたままだけれど、そんなことにはおかまいなしに、陰部を撫で回す。指先に放たれている熱気が、陰部に伝わってくる。勃起していなくても、それは十分に刺激的だ。だからといって、勃起につながるきっかけにはなりそうにない。

「左側に、ほら、看板。ラブホテルの看板……。ひとつ目の信号を左折って書いてあるわ。入りましょうよ。今さら、わたしに遠慮することはないでしょう？」

「そうだね、ラブホテルということでためらうのって、変だよね」

「わたしはためらっていないわよ。それって、伊原さんの心の問題でしょう？」

伊原は軽く受け流すと、信号を左折した。二車線だった道路が狭くなり、車線がなくなった。森を抜けるような道。けっして山奥に向かっている様子はない。いかにもラブホテルにつづくような雰囲気だ。

「看板がまた出てきたわ。あれっ、三キロ先だって……ずいぶん遠いわね。最初の看板からすると、すぐ近くだと思ったのに」

「あっという間だよ。東京の三キロだと一時間かかったとしても不思議ではないけど、信号のない田舎道の三キロなんて、十数分じゃないかな」

「我慢できないな、わたし」

「何の我慢？」

「撫でているだけじゃ不満だから……」

那奈は粘っこい声で囁くと、ズボンのファスナーを下ろしはじめた。慣れた手つきだ。シートベルトを装着した窮屈《きゅうくつ》な体勢なのに、ぎこちなさがなかった。

パンツの中でうずくまっている陰茎が引き出されていく。緩んだ皮が数本の陰毛をからめとる。小さな痛みが生まれる。それが悲しい。勃起していた時なら、その小さな痛みの次に、強い脈動が駆け上がる快感や、跳ねる勢いを感じる悦びがやってきた。今はそれがない。小さな痛みだけ。

指の動きが激しくなってきた。那奈の興奮の度合いは、指遣いの荒々しさに比例している。時折、痛みが走る。陰茎は萎えているけれど、感覚を失ったわけではないからだ。だから当然、彼女の愛撫を陰茎で確かに感じる。気持ちいいとも思う。勃起しないだけで、ほかの感覚や性感は、今までとまったく変わりはない。

レンタカーのブレーキを踏んだ。これ以上は、車を運転できなかった。ゆっくりと減速していく。彼女が我慢できなくなったというなら、望みどおりにしてあげよう。

陰茎をいたずらされながらの運転は無理だ。

ここでの愛撫がきっかけとなって勃起するかもしれない。可能性があるものを拒《こば》むべきではないと思う。それにもうひとつ理由があった。車中で彼女が求めてきたということも、起きるべくして起きた必然という見方ができたからだ。その必然とはもちろん、勃起につながるものである。

路肩に車を停めた。

歩道のない道。深い森の中にいるようだった。

重なり合う広葉樹に遮《さえぎ》られ、陽光はわずかしか射《さ》し込んでこない。昼の午後一時頃だというのに、このあたりだけは薄暗い。彼女の愛撫を受け入れるには絶好の場所だ。レンタカーの窓ガラスは透明だから、場所を選ばないと、車内は見られ放題になりかねない。

「よかった、停めてくれて。右手が攣《つ》るかと思ったの。ここで、してもいいのね」

「我慢できなくなったんだから、好きなようにすればいいよ。那奈の情熱が、車の中で増幅するかもしれないしね」

「勃起しちゃうかも」

「するさ、必ず」

「わたしがしてあげることを信じてね。わけのわからない雨のまだら模様よりも、わたしのほうが絶対に頼りになるはずだもの」

「雨に対抗することないだろう？　それとも、嫉妬しているのかい？　猿田彦が教えてくれたと思ったら、嫉妬しないんじゃないかな」

「わかっていないのねえ、女の心が……。神頼みしたいのはわかるけど、わたしと一緒にいる時くらいは、わたしを全面的に頼ると言って欲しいのよ。言葉にしたくないなら、せめて、しぐさだけでも……」

「ごめんね、那奈。頼りにしているってこと、わざわざ表さなくても、わかってくれていると思ったんだ」

「だから、女の心がわかっていないって言うの。女はね、常に欲しているの。自分が愛されていることや求められているという実感をね」

那奈は満足げにうなずいた。言いたいことをすべて投げつけたという充実感が表情に滲み出ていた。

彼女はシートベルトを外した。シート自体を少し後ろにずらして助手席の空間を広げると、前屈みになりながら手を伸ばしてきた。

引き出されている陰茎をしごかれる。芯がやわらかいから、頼りない。付け根をもたれても、すっと折れてしまう。先端の笠の外周にそって指を回されると、付け根から折れそうになったりする。実際には音などあがらないけれど、陰茎が折れそうになるたびに「ぐにゃり」という音が頭の中で響いた。

陰茎に顔が寄ってくる。

長い髪が陰茎をすっと撫でていく。毛先が笠の端の敏感な切れ込みに触れては離れる。快感が生まれては消える。心地よさが腹の底に溜まっていく。この快感が足りなかったのかとも思う。軀に快感を溜めないと、勃起しないのではないか。溢れ出た快感によって、勃起という作用が起きるのだ。軀にまったく快感が溜まっていないか、溜めたと思っても抜け落ちていっているのかもしれない。

科学的ではないとはわかっているけれど、伊原はそれなりに納得してしまう。こういう考え方が浮かぶことも、必然かもしれないからだ。否定ではなくて、すべてを肯定することが、今求められている気がする。

「可愛らしい、おちんちん。わたしね、このおちんちんがいつか見られなくなったら寂しいだろうなって思ったりもするの」

那奈は笠の端をすっと舐めていく。鋭い快感が走る。寒気がしていた背中に、ぞくりと熱いものが走り抜ける。

「おいおい、止めてくれよ。まるで勃起しないほうがいいみたいじゃないか」

「硬くならないおちんちんでも、わたし、愉しめそうな気がしているの。あなたの指もあるし、ほかのものだって使えばいいわけでしょう?」

「ぼくを焦《あせ》らせないために、親切心で敢《あ》えて言っているのかい? だとしたら、それは逆効果だからね。萎えた頼りないものより、硬くて大きくなったものを、早く、那奈に味わわせたいと思っちゃうから……」

「味わっているから、わたし」

彼女は前屈みのまま答えると、陰茎をくわえ込んだ。付け根まで口いっぱいにふくむ。ふぐりにまで容易にくちびるも舌も届く。

張りのない皮を舐められる。緩んだ皮よりも、張り詰めた皮の時のほうが、愛撫が気持いい。わかっていたはずなのに、改めて感じたことでショックを受けた。それを、那奈に感じさせないように、腰を突き出したりして、新たな快感を軀に溜め込もうとする。

雨が降ってきた。

屋根に大粒の雨が落ちて車内に大きな音があがる。雨粒が窓ガラスを濡らす。これならもう、通り過ぎる車からも、覗かれることはないだろう。

フロントガラスに雨滴《うてき》がいくつもくっついては流れ落ちていく。車内の湿気が増して、フロントガラスが曇る。

ワイパーのスイッチを入れた。ひと掃《は》きした。曇りはわずかに取れただけだった。内側が曇っているのだ。エアコンはかけない。この程度曇っているほうが好都合だ。覗かれないためにも。

伊原はもう一度、ワイパーを動かした。その瞬間、目の前のガラスに浮かび上がった模様に気づいた。

矢印だった。

それはまるで、九州に向かえ、と強くうながすためのものに思えた。

3

伊原は那奈とともに、東京に戻った。

レンタカーのフロントガラスに浮き上がった矢印を見た時から、五日が経《た》つ。

伊勢で経験した非日常の出来事を、ようやく、冷静に考えられるようになってきた。それは伊原だけではない。那奈にしても、神秘体験として記憶が強烈に残っていて、日常の生活になかなか戻れなかった。

ふたりは帰京後、すぐには会わなかった。電話もしなかった。仕事が忙しかったからだけれど、本当の理由はそこにはない。そんなことは、伊原も那奈もわかっている。でも、ふたりは互いに、多忙を理由に、連絡しないことを正当化していた。

会えば必ず、伊勢での出来事を語り合わなくてはいけなくなる。つまり、九州に行くという話題につながっていくのだ。しかも薄給《はっきゅう》のふたりにとっては、いくら重要なことはいえ、九州に旅をするのは辛《つら》い。時間も金も潤沢《じゅんたく》とはいえない。

午後八時過ぎ。

図書館の裏口から出た。伊原は女子島について書かれている資料本二冊を持ち出した。秘密裡にではない。こんなことで後《うし》ろ指をさされたくないから、図書館員用の貸し出しノートに書くという手続きは踏んだ。

これまでに二十冊ほど持ち帰って調べてみたが、女子島の歴史や風習といったことを詳《くわ》しく書いたものはなかった。インターネットで検索してみても、県や市の観光局のホームページ以外では、女子島について記《しる》しているホームページやブログはなかった。県や市の観光局のホームページは期待外《はず》れだった。女子島という島の名前は出ていたけれど、具体的な記述はまったくなかった。無人島のような扱いといっていい。まるで、島の存在自体を無視しているようだった。

伊原は自宅には戻らずに、那奈のマンションのある中野坂上《なかのさかうえ》に向かった。

彼女に会うのが目的ではない。西に行けば解決の糸口が見つかると示唆《しさ》してくれた奇妙な喫茶店のマダム倫子に会うためだ。

伊原は確信していた。彼女は女子島の出身者だと。

マダムが『西に行け』と言ったのは、女子島を目指《めざ》せということだったのだろうか。それを確かめたかった。女子島でマキと出会い、彼女に尽《つ》くしてもらったからこそそう感じられたのだ。思い返してみると、マキの言葉と、マダム倫子が投げかけた言葉はいくつも重なっていた。偶然のはずはない。

午後九時十分前。

喫茶店に着いた。看板は掲げられていない。外観を眺めるうちに、屋号を思いだした。「クク」。開店当初は「苦苦」としていたものの、あまりに奇をてらったネーミングだったと反省してカタカナに変えたと教えてもらった。

ドアを開ける。真っ赤な内装が目に飛び込んでくる。女子島で入ったバーと同じだ。客はひとりもいない。あの時と同じで、ガムラン音楽が流れている。

「いらっしゃい。あなただったのね。必ず来るとは思っていたわ」

マダム倫子が顔を出した。この店に来るのが当然といった表情だった。メイド服に紫色の口紅。今夜は赤系で統一している。彼女におどろおどろしさと不気味さを強調する意図があったとしたら、ものの見事に成功していると言える。

「覚えていましたか、ぼくのこと」

「行ったみたいね、西に」

「どうして？　どうして、わかるんです？　もしかしたら、カマをかけているのでしょうか……」

「わたしはね、自分を特別な存在にしたいとは思っていないのよ。神秘的な存在に見せたいと考えていたら、ごみごみした住宅街で喫茶店のママなんてやっていないわ。それくらいの知恵はあるからね」

マダムは視線を送ってきた。目を合わせた。それで終わりではなくて、瞳の奥を覗《のぞ》き込むように見つめてきた。

「目を見ると、何かわかるんですか」

「わかるかどうかはわからない。ただ、西に行ってきたという事実は、あなたの顔を見た時にわかったわ」

「ぼくにもわかったことがあります。マダム倫子は、伊勢の女子島の出身だった。間違いないでしょう？」

「そうよ」

マダム倫子はあっさりと肯定した。伊原の予想では、頑《かたく》なまでに隠すだろうと。そして、どうしても隠し切れなくなって初めて、懺悔《ざんげ》するようにすべてを明かすのだと。あまりにもあっけなかった。

勢い込んで訊いただけに、拍子抜けした。冷静に考えてみれば、女子島出身ということは隠すべきことではない。逆に、誇ってもいいくらいだ。

生ビールを注文した。

マダムがカウンターの内側で動きはじめる。手際《てぎわ》がいい。ほかに客はいない。先日那奈と一緒にやってきた時も客はいなかった。不思議な店だ。客がいなくてもやっていけるというのか。女子島でマキが金をとらなかったことに通じる気がした。

「で、どうだった？」

生ビールをカウンターに置くと、マダムは好奇心に満ちた眼差しで見つめてきた。

「あなたのアドバイスどおりに、西に行きましたよ。伊勢。行くべき場所としては、間違っていないはずです。しかも、そこで出会った男性に女子島という小さな島に連れていかれました。船で渡るんです。マダム、知っているでしょう？　そして、このククと同じ内装のバーで軽く飲みました」

「それだけ？」

「まだいろいろとありましたけどね、すべてを説明できません。結論を言うと、悩みは未解決のままです」

「当然かな。まだ必然の途中だから」

「すべての必然を経験していないということですか？　漠然としていますね。それじゃ、今度はぼくから質問させてもらいます」

「いやだなあ、怖い顔して……。わたしが知っていることにはすべて答えるから、笑ってちょうだい」

「ぼくにとって、伊勢でのすべてのことが必然だったんですか？」

伊原はカマをかけるように、漠然とした言葉を投げかけた。

必然。

伊勢でも女子島でもこの言葉がキーワードだった。マキと出会ったことも、彼女が長老のタネを紹介してくれたのも、猿田彦神社の近くでタネと二卵性双生児だという兄と出会ったことも、すべてが必然ということだった。

こうした必然は、勃起不全からはじまったことにある。しかし、いくつもの必然をつなげてきたのに、いまだに勃起する気配はない。何か目に見えない力が働いていることはわかるが、それがすなわち、勃起不全を治すことにはつながらなかったとしたら？

言われるままに移動しているのは、突然失った男の機能を取り戻すためなのだ。なのに、何の変化もないとしたら？　そして、たとえば半年とか一年先までまったく変化がないとしたら？　必然に頼っているわけにはいかないのではないか。

治療にはタイミングがあると思う。そのタイミングを失ってしまったら、取り返しのつかないことになってしまう。伊原はもっとも根本的な疑問をマダムにぶつけた。

「この必然を、ぼくは経験しないといけないんでしょうか」

店の空気が一瞬凍ったようだった。マダムの表情はそれまでの穏やかなものから、驚きの混じったものに変わった。

「信じていないということ？　信じられなくなったということ？」

「必然を追っているうちに、治せるタイミングを失う危険はないんですか？　薬で治療したほうが劇的な効果を得られるんじゃないかなって……」

「あなたの必然の旅は、はじまったばかり。今から音《ね》をあげていたら、悩みなんて解決できないわ」

「厳しいなあ、マダムの言葉は……。必然に従っていくことに文句を言うつもりはないんです。ただ、治っているという実感が得られないと不安になるのが人情でしょう？」

「当然ね、それは……。でも、あなたは止めない。今すぐに効果の実感が得られなくても、いつか得られるとわかっているから」

「どうして断言できるんですか？」

「必然が積み重なっているから。その不思議さに、あなたは圧倒されているはず。信じるに足るだけの必然の数でしょう？」

「そうなんです。だから、困っているわけです。信じられないと言って、切り捨ててしまえないから……」

伊原はさらに訊く。女子島とは何かと。マダムは答える。克明《こくめい》だ。自分のことであるかのようによどみなく説明する。

「江戸時代。徳川綱吉《つなよし》が将軍だった時、女子島がお伊勢参りの参詣客《さんけい》でにぎわうようになったの。なぜかというと、神様に詣《もう》でた人のことを、神様の分身として、島の人たちがもてなしたの。男も女も関係なく。それが女子島のはじまり。

時代は下って明治に入ると、白鳥ヤエという女性が、女子島の長老として一大勢力を誇るようになったと言われているの。その子どもが白鳥イチ子。彼女は、あなたが女子島で出会ったタネと、家が隣同士で仲が良かった。

幼なじみのふたりは、別々の道を歩むの。運命というべきかもしれない。

タネは成人すると、男に喜びを与えようという思想を島民に説《と》いてまわった。この思想は、お伊勢参りの人たちを神様の分身としてとらえた考え方に似ているの。

我欲《がよく》を棄《す》てることによって、女子島の人々は幸せになると。実際、至れり尽くせりのサービスをしたことで、島にたくさんの男性が押しかけた。噂が噂を呼んだ。彼らは当然、お金を遣った。その結果、どうなったかというと、島が潤った。島の人たちは豊かになった。どうなったか。タネの支持者が圧倒的に多くなったの。当然の成り行き。

しかし、タネのことを神秘主義者として島から追い出す運動をはじめた人がいた。それが白鳥イチ子。理由は妬《ねた》みと言われている。島で唯一の存在としてあがめられる最長老になろうと画策《かくさく》したとも言われているの」

島の成り立ちがわかったけれど、どうして勃起不全に効果を発揮するのか。それがなぜなのか理由が摑めない。男を喜ばせる島だからか？　まだまだ疑問はある。なぜ、マダム倫子は、女子島のバーと同じ内装の店を東京で経営しているのか？

島の概略はわかったけれど、具体的なことになるとさっぱりわからない。そしてもうひとつ。勃起不全になっている男にとって、この店や女子島の存在は、どれだけの価値があるのかということだ。

「必然がはじまったばかりだということが、なぜ、マダムにはわかるんですか？　全貌が見えているみたいじゃないですか」

「あなたにはそう思えてしまっているとしても、不思議ではないかな」

「こういうことって当事者にしかわからないですよね。だから、不可解な神秘主義ということで、排斥《はいせき》されたとしてもおかしくないでしょうね。現代に生きているぼくでも、今のこの情況が怖いですからね。科学が発達していなかった五十年前、六十年前には、悪魔のように思われたでしょうね」

伊原はため息を洩らした。話しすぎて喉《のど》が渇《かわ》いた。三口《みくち》程度しか飲んでいない生ビールで口を湿らした。すっかりぬるくなっていた。いつの間にか、店に入ってから一時間が過ぎていた。

「白鳥イチ子は今もどこかで生きているということだけれど、消息は不明。彼女が島を出てくれたおかげで、島に平和が戻り、江戸時代からつづいてきた喜びを与えるという思想が復活したの」

「西に行け。これが女子島に住んだ人の口癖《くちぐせ》になっているんですか？　マダムはなぜ、西に行かなかったのかな。東京は東。真反対でしょう。それって、女子島の思想の布教のようなものなんですか」

「あなたは勘違いしているみたい。こんなに説明したのに……。女子島の思想は宗教ではないの。尽くすことで人の心を豊かにしてあげたい。そんな熱い気持が、島民の心の底流に流れているのよ」

「ところで、マダムの倫子さんという名は教えてもらいましたけど、苗字は？」

「川中《かわなか》。川中倫子」

「マダムはタネさんの子どもなんですか？」

「そうよ……。驚いた？」

「そりゃ、そうです。偶然ということで片づけられないでしょう？」

「だから必然だって言ったでしょう？」

「しかも、必然の旅ははじまったばかりだってことですよね。驚きです。こんな神秘が今のこの世の中にあるんだから」

　神秘の前ではどんな人も素直になる。神の存在を感じること、神に敬意を払うからだ。神の存在の大きさに、自分の小ささや無力さを思い知らされるのだ。

伊原は今、必然という言葉に怖れおののいていた。そこに神が宿っているかもしれないという思いがあったが、勃起不全という下半身の問題に神を登場させるのは不謹慎にも思えた。だから笑ってしまった。

笑い終えた時、タイミングをはかったかのようにケータイが震えた。店にはほかの客はいない。伊原は店を出たりして気を遣うことなく電話に出た。

那奈だった。久しぶりに会えない？　彼女からのデートの誘いだった。

4

伊原は那奈の部屋にいる。

ふたりはコーヒーを飲んでいる。

マダム倫子の店で落ち合うことも考えたけれど、伊原はそれを避けた。女子島の存在を彼女は知らないし、教えてもいなかった。

伊勢以来だ。ずいぶんと長い間会っていなかった気がして、面と向かって顔を合わせると照れてしまった。

「旅に出かけた後って、派手な宴《うたげ》の後に感じる寂《さび》しさがあるよね」

「そのせいかな。伊勢から戻ってきてからしばらくは、ひとりでいたかったのは……。ごめんなさいね、連絡もしなくて。あなたに会いたくなかったんじゃなくて、ひとりでいたかったからなの」

「ぼくも同じだった。正直、ひとりで自分自身を見つめ直したかったんだ。こんなことって、大学生の時以来かもしれないくらいに珍しいことだよ」

「伊勢ってスピリチュアルな場所なのね。だから、ふたりとも同じ気持になったんだと思うな」

「不思議なことがたくさんあったからなあ」

「いちばんびっくりしたことって、伊原さんは何だった？」

「九州の形が雨粒《あまつぶ》で描かれたこと。それに、ワイパーを動かした時にフロントガラスに矢印が浮かび上がったことかな……。特に、矢印を見た時には、心臓が止まりそうなくらいに驚いたよ」

「わたしは、必然という言葉に驚かせられたかな。すべてが必然なんでしょう？　わたしたちが伊勢に行ったのも、東京で奇妙な喫茶店に入ったことも、九州に行くようにという暗示があったことも……」

「旅費がかかって大変だと思わないか？　もう少し、東京に近い場所をほのめかして欲《ほ》しいよな」

伊原は笑いを誘うつもりで言ったのに、那奈の口元に微笑は湛えられなかった。神妙な顔をしている。何を考えているのだろうか。いつもの明るい彼女ではない。

彼女を抱きしめた。腕の動きも、抱いている時の心もぎこちなかった。落ち込んでいるような彼女の暗い表情のせいだった。言い出しにくいことを口に出しそびれているようでもある。九州には行けないと言いたいのだろうか？ 時間とともに、彼女の表情は暗さを増していく。

「那奈、おかしいぞ？ 落ち込んでいるみたいじゃないか。ほんとに珍しいな。何かあったのかい？」

彼女を抱きしめている腕に力を込める。そうやって、彼女に胸の裡に留めている気持を吐露させようとする。

「実はね、わたしひとりで、西に行けと教えてくれた喫茶店に行ったの。マダムに報告すべきだと思ったから」

「大切だと思うよ、マダムがいなかったら、ぼくたちは伊勢に行っていなかったわけだからね」

「九州の話をしたの。そうしたら、マダム、ひどいことを言ったのよ。九州には同行してはいけないって……。信じられないと思わない？ あなたの助けになればと思いながら同行しているのに、まるでわたしがひとりで観光気分に浸っているみたいに思われていたんだから……」

伊原はマダム倫子の真意について考えた。女子島のような場所があるからだろうか。つまり、男ひとりのほうがいいのだ。恋人とともには行けない。実際、女子島がそうだった。もしあの時、那奈が起きていたら、嫉妬深い彼女を部屋に残して女子島に行けなかっただろう。そういうことを、マダムは心配しているのだ。必然の事態を、那奈が変えてしまう危険性があるからだ。

「ぼくひとりで行かなくちゃいけないってことか。寂しいな、そんなの」

「わたしだって寂しいわよ。あなたの病気を治すために全力を注ぐと決めたのに……」

「マダムの言うことのすべてを鵜呑みにしなくてもいいんじゃないかな。たとえば、九州には行く。でも、その中の特別なエリアは、那奈は同行しないで、男ひとりで行かせるとかね」

「男がひとりで行ったほうがいいところなんて、風俗以外ないんじゃない？」

「まさか、マダムがそんなことを想定して言ったとは思えないな」

伊原はあっさりと言った。深刻に答えていると、那奈が怒りだしそうな気がしたからだ。彼女は本当に心配してくれている。そんな彼女の気持を害してはいけないと思う。それが勃起しない恋人としてのマナーだ。

「九州に一緒に行きましょうね。マダムの言葉を無視しないから、それでいいでしょ？」

「うん、いいさ。那奈が一緒にいてくれるだけで勇気が出るからね」

伊原は深々とうなずいた。勃起しない陰茎を彼女の股間に押しつけながら、抱きしめている腕にさらに力を込めた。

5

伊原は九州にやってきた。

東京は晴天だったけれど、熊本《くまもと》空港は雨だった。

隣には那奈がいる。連れだって九州に向かってはいけないというマダムの忠告を見事に無視したのだ。

那奈がいたとしても必然の事態が変わらないようにすればいい。ふたりで話し合ってそういう結論を得た。彼女は最大の理解者であり、最高のパートナーである。それほどまでに信頼している女性を、いくらアドバイスがあったからといって、ないがしろにするのはバカげている。

レンタカーを借りた。空港のそばの事務所に移動して手続きを済ませた。予約していたおかげですべてがスムーズだった。

排気量千ccの小型車だったけれど、それでもナビが装備されていた。目指すのは熊本と宮崎の県境のあたり。二泊三日の旅のはじまりだ。

豊肥《ほうひ》本線と並行するように九州を横に走る国道五七号を東に向かう。雨とはいえ、快適。初めて訪れた土地にわくわくする。何の予備知識もないだけに、ありきたりの町並みまでもが新鮮に映る。

阿蘇《あそ》の麓《ふもと》に向かった。小型車ではきつい上りを十五分程走った。車が下りを走りはじめたところで、眼前に見事な風景が広がった。

高原の風景。阿蘇独特といっていい。伊原はこれほどまでにのびやかな緑の空間を本州で見たことがない。北海道の広大な土地とも違う。濃密なのだ。空気も緑も。それが独特の雰囲気をつくりだしている。自然が野放図《のほうず》ではない。緑も空気も道路も調和が取れている。

「きれいね、阿蘇って」

助手席の那奈がため息交じりに言う。彼女は自分が都会でしか暮らせない女だとわかっているのに、美しい自然を前にすると、こういう土地で静かに生活できたらいいのに、と必ず言った。彼女がいつその言葉を口にするだろうかと伊原は期待して待つ。

「こういうのんびりとした美しい土地で暮らせたら楽しいだろうなあ。乗馬ができる牧場もあるし、アイスクリームが美味《おい》しそうなお店もあるし……」

伊原はくすくすっと笑い声を洩らした。案の定《あんじょう》だ。こうまで期待どおりのことを言ってくれると楽しさが増す。那奈は訝《いぶか》しげな表情をした後、意を決したかのようにくちびるを噛《か》みしめて言った。

「西に行けと言われていたのに、大丈夫かな。このナビの画面によると、わたしたちは、東に向かっているでしょう？」

「熊本から入って宮崎に向かうってことは、当然、東に向かって走ることになるさ。でも、気にしない。東京を拠点にして眺めたら、西を目指していることになるんだから」

「そうだけど、わたし、ずっと気掛かりだったの。熊本空港といったら、九州の西の端《はし》になるんだもの」

「今さら、そんなことを言われてもなあ。羽田《はねだ》に戻って、宮崎に向かうなんてことはできないじゃないか」

ふたりが目指しているのは、宮崎県の高千穂《たかちほ》だ。といっても、ピンポイントで目的地に決めてはいなかった。

成り行きに任《まか》せることにしていた。女子島の時のように。それに、喫茶店のマダムに西を目指しなさいと言われたけれど、地名を具体的に教えられていなかった。だからこそ、九州には熊本から入ろうと決めたのだ。宮崎に入るよりも、熊本のほうが、どこに向かうにしても便利だという気がしたからだ。

午後一時を過ぎた。

熊本空港から二時間弱が経った。雨は小降りになっている。快適なドライブだ。一般道なのに空いているし、道路もいい。空気も澄んでいて、のんびりとした雰囲気が車内にも伝わってくる。

　阿蘇の中央部を突っ切る。

　美しい風景がつづく。このあたりは目立った森や林というものが見当たらない。ため息が出てしまう。のびやかな広大さは日本とは思えない。ヨーロッパの牧場地帯やフランスのブルゴーニュ地方の広大な葡萄《ぶどう》畑の様子に似ている。その感想は、テレビで観《み》たヨーロッパのイメージを重ねてのことだ。伊原は外国に出たことがなかった。こういう時、自分の経験値の少なさを呪《のろ》いたくなる。

「なぜ、高千穂を選んだの？」

　那奈が初めて訊いた。九州に向かうと決めた時から、彼女は理由も目的地も訊かなかった。必然を変えることになると思って、遠慮していたのだ。

「やっと訊いたね。那奈がいつ訊いてくるのか、気になっていたんだ。好奇心が強いほうじゃないか、君は」

「で、理由は？」

「まず、西だから。東京からも、伊勢からも西に位置している。それに、伊勢の猿田彦が関係しているからだよ」

「伊勢で参詣《さんけい》した神社のこと？」

「神社そのものというよりも、神社が祀《まつ》っている猿田彦のほうだよ。那奈も神話に書かれている猿田彦についてはわかっているよね」

「おかげさまで。伊原さんがレクチャーしてくれましたから」

伊原が教えたのは、まずは、葦原中国《あしはらのなかつくに》についてである。それは日本のこと。それとは別に、高天原《たかまがはら》と呼ばれるところがある。そこには神々が住んでいる。その対極には死者の住む黄泉《よみ》の国《くに》があって、葦原中国とつながっている。

ここで天照大神《あまてらすおおみかみ》の孫が登場する。邇邇芸尊《ににぎのみこと》といい、葦原中国をおさめるために天上から降り立った。そのことを天孫降臨《てんそんこうりん》と言う。

邇邇芸尊が天孫降臨した時、あたりは真っ暗だった。それを助けるために葦原中国を明るく照らしている者がいた。それが猿田彦だったのだ。

つまり、猿田彦は、神の先導役だったということだ。

その役割がわかったからこそ、猿田彦神社のすぐ近くで出会った老人が言った、『西に行け』という言葉がどこを指しているのか、伊原はピンときた。

高千穂だ。天照大神が隠れた天岩戸《あまのいわと》の前で踊った天受賣女《あめのうずめ》とも関連しているに違いなかった。だから、天岩戸伝説が残る高千穂に行くべきだと。

「伊勢から高千穂に行くなんて、神話の世界を旅するみたいね」

那奈が興味深げに言う。ドライブインに立ち寄って買い求めたアイスクリームを食べながらだ。のんびりとした雰囲気。彼女は旅を楽しもうとしているだけに見えた。自分だって楽しみたい。

「神話の世界を追いかけることになったら、高千穂行きだけで終わらないでしょうね。そうなったら、次はどこに行くの？」

「わからないよ、そんなことは……。今日の那奈はちょっとおかしいぞ。いつものように前向きじゃないものな」

「だって、神話を辿《たど》るってことになったら、わたしなんていてもいなくてもいいってことになるでしょう？」

「必要に決まっているじゃないか。こうして話しているだけでも、十分役に立っているんだよ。話すことで頭の中を整理できるし、わかっているつもりになっているだけで、本当は理解していなかったことも見つけられるからね」

「わたしたちって、おかしな世界に入り込んじゃったと思わない？」

「男として不能の男というのは、おかしな世界の住人ということになるのかな」

「悪く受け止めたらダメ。ストレスが原因かもしれないでしょう？」

「とてもそうは思えないよ。ここまでいろいろなことが関連しているんだから」

「わたしね、ひとつ提案があるの。ここまでやってきて、変なことを言うって、怒らないで聞いて欲しいんだけど……」

伊原は那奈の言葉に耳を傾《かたむ》けながら、ハンドルを操る。阿蘇の美しい風景を通り過ぎて国道三二五号に入った。宮崎との県境まであと十数キロだ。

「あなたが必死になっていることは、十分に理解しているつもり。でも、ちょっと立ち止まってみたらどうかなって……」

助手席の那奈はゆっくりとした口調で言った。

重大なことを言葉にしている気配が伝わったけれど、彼女の言いたい真の意味を伊原は摑みかねた。立ち止まるという言葉はある種のイメージで使っているのか、勃起不全を治すための行動を止めろという意味か。

「それって、どういう意味？　まさか、ここまでやってきたのに帰りたいのかい？」

「わたしのことじゃない。伊原さんの後先《あとさき》考えない無茶な突っ走り方が心配なの」

「当然だよ、まだ若いんだから。今頑張らなかったら、いつ頑張るんだい。那奈の口からそんな言葉が出てくるなんて、ちょっと意外だ。というか、正直、すごくがっかり」

「だって、伊原さんが何かに取り憑《つ》かれちゃったみたいだから」

「それくらいに真剣に取り組んでいるということだよ。そうでなかったら、飛行機代を出してまで、こんな山奥にやってこないって。そうだろう？　那奈はついてきたことを、後悔しているってことかな？　だとしたら、正直に言って欲しいな」

「後悔はしていません。とにかく、わたしの話を聞いてください……。あなたは立ち止まったほうがいいと言っているんです」

「いやだな、そんなのは」

「でも、もし、もしですよ、勃起しなくても勃起した時と同じくらいのすごい快感が得られたら、変なことに首を突っ込まなくてもいいわけでしょう？」

伊原はスピードを緩《ゆる》めると、小型車を道路の端に寄せてブレーキをかけた。運転しながら話すことでない。彼女が切り出したことは重大だ。

右が谷、左が山。川が流れているようだ。せせらぎの音が車内に入り込んでくる。民家は一軒も見当たらないし、行き交《か》う車もない。那奈とふたりきり。昼時に国道に停車しているというのに、誰も入り込まない森の中にいるようだ。

「勃起することだけが人生の豊かさではないでしょう？　勃起と同じかそれ以上のものが得られたら満足できるんじゃないの？」

「那奈は女だから、そんな無責任なことを言えるんだよ。勃起しない男なんて情《なさ》けないと思うよ。生物学的には男だろうけど、精神的には肚《はら》の据《す》わった気概《きがい》のある男ではなくなるんだからね」

「そんなの偏見。伊原さんが勝手につくった無茶な論理です。だったら、おじいさんとか病気や事故で勃起できなくなった人すべてが、気概のない弱い男ということになるでしょう？」

「そうだな。確かに暴言だった。だけど、ぼくの気持を考えてくれないか？　今みたいに勃起できないままだと、心がだめになってしまうかもしれない……」

「弱いなあ、伊原さん」

「勃起していたから、強い男でいられたかもしれないな」

「そうやって、今の自分を否定しないで……。どうしたの？　なぜ、そんなに自分で自分を卑下《ひげ》して、つまらない男にしてしまうの？　へこたれない男だったでしょう？」

「那奈がへんなことを言ったから、へそを曲げたんじゃないか。勃起しなくてもいいなんて……。お願いだから、今まで費《つい》やした時間と労力を無《む》にするようなことは二度と言わないでくれるかな」

九州の山奥までやってきて喧嘩《けんか》するとは思わなかった。那奈が一緒に行ってはいけないと、喫茶店のマダムが忠告したのはこういう事態を見越していたからだろうか。

那奈が股間に手を伸ばしてきた。

いきなりだった。いくら車も人も通っていないからといって、今はまだ昼時だ。大胆過ぎる。伊原は腰を引き気味にして、さりげなく、那奈に自重《じちょう》をうながした。

彼女は男のそんな考えなど、無視するつもりでいる。指の動きが大胆になっていた。

性感帯を刺激する触り方だ。

ゆっくりと太もものつけ根から膝のほうに指を滑らせる。シフトレバーが邪魔になるらしい。膝まで辿り着く前につけ根に戻っていく。

ファスナーを下ろす。ズボンの中に指を差し込みながら、パンツの上から陰茎を包むように揉む。気持いい。目を閉じれば、すぐにも快感に集中できそうだ。

「まずいんじゃないかな、公道でエッチなことをするっていうのは……。那奈、やりすぎだぞ」

「だったら、人目につかない場所に移動してください。誰も通らないから、わたしはここでしてもいいくらいだけど……」

「だめだよ、初めて訪ねた土地に対しては敬意を払わないとね」

「早く別の場所に移動して」

伊原は急かされて仕方なくうなずいた。二泊三日の旅の初日なのだ。険悪な関係になりたくはない。とは思うものの、不快感は消えない。同じ目的のためにやってきたと思っていたのに、別のことを考えていたなんて。

ショックだ。彼女が言ったように、勃起不全を受け入れるなんてことは、勃起に価値を見出《みいだ》しているのだから、絶対にあり得ない。強烈に勃起したことで得られる男の自負や自信を放棄したくない。

「ラブホテルにでも入ったほうがよさそうな成り行きだね」

「きっとこのあたりの人にとっては、自然がラブホテルの代わりをしているのよ。わたしはね、伊原さんとこれからも素敵な関係でいたいし、仲良くつきあっていきたいの……。だから、怒らせたり困らせたりしたくて、言っているんじゃないんです」

「勃起できるから偉いわけではないんだよね。そういう考え方は、男には思いつかないし、受け入れ難《がた》いアイデアだよな」

「そうかしら。伊原さん、ちょっと、頭が堅いんじゃないかしら」

「まだまだ柔軟だと思うけどなあ。そうでなかったら、ここにはいないよ。それに、もうひとつ。雨がつくった形を九州だと感じ取ることもできなかったと思うな」

「わたしの言ったこと、とりあえず、受け入れてくれますか。初めて入った胡散臭い喫茶店のマダムの言葉を信じたんだから、わたしを信じても罰は当たらないでしょう」

那奈は強硬だった。尋常《じんじょう》ではない。ここまで主張したことがなかった。伊原はだからこそ、彼女の言葉を受け入れた。

車を移動させた。

百メートルほど走って脇道に逸《そ》れ、けもの道のような砂利《じゃり》道で車を止めた。

エンジンを切って、車から降りた。

山深い場所。青空の面積もここでは狭い。絶対に人はやってこないだろう。現れたとしても、キツネやタヌキくらいだ。

那奈も降りた。

向かい合うと、彼女のほうから抱きついてきた。キスを求めてきた。抑えていた欲情をいっきに噴出させているようだった。無我夢中というよりも、性欲に突き動かされ、それに操られているようだった。

萎えた陰茎を引き出される。

昼の光で見るせいか、それとも、山深い場所だからか、股間で垂れ下がっている姿が、ごく自然に映った。きっと、勃起しているほうが不自然で違和感があっただろう。それくらいに、萎えた陰茎は山間の木々や澄んだ空気と調和していた。

陰茎がくわえられた。萎えたままのそれはつけ根まで那奈の口におさまった。

勃起している時の鋭い快感とは別の気持よさがある。萎えていても、性感帯は消え失せることがないということだ。

川のせせらぎが聞こえる。葉擦れのかすかな音も耳に届く。体重を右足から左足に移し替えると、靴の下から落ち葉を踏む音があがってくる。自然なのか、これも。伊原はふっと思った。勃起しなくなったのは自然の摂理《せつり》だったのかと。

鏡に映った赤い玉が瞼に浮かぶ。

あの赤玉が失せたことも、自然の摂理だったということか。それが必然だとしたら、おかしなことになる。女子島に行ったのも必然だし、タネさんや老人たちとの出会いも必然だった。それは勃起を求めて起きた必然のはずだ。

陰茎が吸われる。緊張感のないふぐりまでもが残らず彼女の口に入ってしまう。ねっとりした舌遣いに快感が呼び起こされる。張りのない皮に、唾液が塗り込まれていく。彼女のくちびるはめくれるたびに、雨上がりの光を反射する。

山間《やまあい》の自然の空気に触れているせいか、のびやかな気分になってくる。性欲は強まっているけれど、それは東京で味わってきた複雑なものではない。舐められて気持ちいいとか、くわえられているからうっとりするとか、もっと舐めて欲しいとか……。とにかく、ここでは直情的な感想ばかりが思いつく。

ここが東京だとしたら、たとえば、彼女のマゾの性癖を萎えた陰茎でも引き出すことは可能かとか、彼女と自分のセックスの時の役割を完璧に交代したらどうなのかとか、性欲が複雑で、快感を強く感じられそうなものを思いつくだろう。

「すごく気持ちいいよ、那奈。自然の中だったら、萎えたままの気持よさもいいかなって思えてきたな……」

彼女は陰茎とふぐりを口から出すと、口の端の唾液を舐め取ってからにっこりと微笑んだ。だらりと垂れた陰茎の先端から、唾液が糸をひいて落ちていく。

「自然の中っていう限定？　それでもすごい進歩。さっきまではまったく聞く耳を持っていなかったんだから」

「聞くしかないだろう。あれだけ強硬に言い張るんだもの。喧嘩別れしてもいいっていうくらいの迫力だったからね。この女、本気だと思った。だとしたら、聞き入れたほうがいいじゃないか」

「マダムのアドバイスには逆《さか》らったけど、わたし、あなたと一緒に来てよかった。勃起しないことも不自然ではないっていう考え方を伝えられたんだもの」

「ぼくを教育するために、九州までやってきたということ？　ご苦労様だね。でも、そればかりではないよね」

「というと？」

「勃起の可能性を見つけるための旅行でもあると言って欲しいな」

「今はそんなことよりも、口にまたふくみたくなってきちゃった……。ねえ、いいでしょう？」

那奈は言うと、陰茎とふぐりをいっきにくわえ込んだ。

美しい稜線《りょうせん》を誇る高い鼻の先が陰毛の茂みに埋まる。彼女の額が下腹部にぶつかっては離れる。勃起していたら、この後に挿入が待っているだろうと思う。その快感は強烈だ。それがないのはやっぱり悲しい。口いっぱいにくわえてもらうことでは味わえない快感なのだ。

不満のことを考えていると、彼女は左手で陰茎のつけ根を握ってきた。陰茎とふぐりを口にふくんだままだ。そして、右手でふぐりの奥の、お尻のすぐそばの襞をゆっくりと撫ではじめた。初めての快感。しかも、立ったままなのに強烈だった。この愛撫と快感は、勃起しているかどうかとは関係なさそうだ。

「どう？」

那奈が陰茎をくわえたまま訊く。口の端に唾液の細かい泡が溜まり、くちびるを動かすたびに破裂する。

「この愛撫？　すごく気持いいよ。不安定な恰好なのに、うっとりしちゃったよ」

「わたし、この愛撫以外にも、気持よくなる方法を考えてきたの」

「だから、挿入なしでもいいだろうなんて言ったのか……。確かに気持いいよ」

「よかった。努力は報《むく》われるのね」

「ぼくの努力も報われたいよ。那奈、いいかい。ぼくがもし治らなかったら、この素敵な愛撫、また頼むからね」

「いやん、エッチ」

はにかんだ微笑を浮かべると、淫靡な光を放つ眼差しで見つめてきた。さっきまでふたりの間に漂っていた険悪な雰囲気は失せた。また少し、心の距離が近づいたようだった。

第五章　神々の導《みちび》き

1

伊原は新鮮な空気を吸い込んだ。

熊本と宮崎の県境《けんざかい》の山深い場所にいる。地名はわからない。なにしろ、国道を走っている時にきまぐれに脇道に入った先の空き地なのだ。カーナビにも表示はない。

どんづまりだから、車は当然通らない。人の気配もない。でも午後のまだ明るい時間だから、不安になったり寂《さび》しさを感じたりはしない。それどころか、感動ばかりが湧き上がってくる。国道から少し外れただけなのに人の気配が感じられないことにも、東京では味わえないおいしい空気にもだ。

心も軀もしゃきっとする。だからといって、勃起不全の陰茎までしゃきっとすることはない。那奈がどんなに熱心にフェラチオしてくれても、幹に力は入らない。残念ながら、その兆《きざ》しすら感じられない。

さわやかな風が梢《こずえ》を揺らす。葉音が軽やかな音を響かせる。せせらぎが聞こえてくる。やっぱり、そうだ。すぐ近くに小川がある。なぜか、ずっと気になっていた。

萎えたままの陰茎を目の前にして、腰を落としている那奈が笑顔を浮かべる。

「自然の中でするのって、すごく刺激的なのね。わたし、びっくりしちゃった」

「その刺激って何？　誰かに見られる気がするから？」

「そんなスリルかなあ、違う気がするなあ……。だって、誰もこないってわかるもの。見られる心配がないのに、スリルもないんじゃないかしら」

「そういえば、那奈とは外で一度もセックスしたことがないよな。だから、新鮮なのかもしれないよ。東京に戻ったら試《ため》してみようか」

「東京では絶対に無理。スリル程度では終わらないでしょう。公然わいせつ罪で捕まっちゃうから、無謀なことは考えないの。それに、外でなんてやりたいとも思わないんじゃないかな。大自然だからいいのよ」

「母なる自然に抱かれる感覚かな。それとも一体感が味わえるから？」

「その両方かも。今さっき、フェラチオしながら、いきそうになっちゃった」

「那奈はどんな時でも性欲十分だな。うらやましい限りだ」

「あなただって、旺盛《おうせい》でしょう？　硬くならないだけで、ほかは人並み以上じゃないかな。だからこそ、はるばる九州までやってきたんじゃない？　その声に耳を傾けて、素直に従っているだけだよ」

「諦めてはいけないって性欲が訴えているんだ。

伊原はふいに、大学時代の友人の顔を思い出した。

彼は急激な抜け毛で悩んでいた。十カ月ほど前から理由もなくいきなり抜け毛が激しくなって、梳《す》いたかのように薄くなっていた。彼は言った。脱毛予防の薬を飲んでいるし、育毛や養毛のローションも頑張って毎日つけているんだ。効果が実感できなくていやになっちゃうよ。でも、止めないつもりでいるよ。金はかかるけど、諦めた途端《とたん》に完璧なハゲになりそうな気がするからね。三十代後半で諦めてはいけない。そんなのって、自分に対する裏切りになるんじゃないかな……。彼の言うとおりだと思う。諦めた瞬間に、勃起への希望はなくなってしまうだろう。

萎えたままでいくら快感が得られても、それは硬く勃起した時の感じ方とは違う。その感覚の違いに慣れることはあっても、満足することはないはずだ。

「東京でも、伊勢でも、西に行けと言われたのよね。わたしはてっきり、神話の世界にヒントが隠されているのかと思っていたけど、実は今は、この自然に触《ふ》れさせたかったたんではないのかって考えるようになっているの。伊原さん、どう思う？」

「わからないな。ここにいるのは偶然だからね。この場所に来るように、誰かに導かれたんじゃないから」

「そう？　どんなことも必然に起きているんじゃなかった？」

「確かに、すべてが必然だと言ったよ。でも、この場所にいることに意味はないと思うな。偶然通りかかったところなんだからね」

伊原は曖昧な微笑を湛えながら言った。内心では、今の言葉には自信がなかった。意味があるかもしれないし、たとえなかったとしても、意味をつくってしまえばいいと思ったからだ。

たとえば、自分にとっては意味のない場所を、他人が興味を抱いてカメラに撮ったり、訊いたり、調べたりしたら、どうなるだろう。

意味がない場所なのになぜ？　と疑問に思うのが普通の感覚だ。つまり、意識させられるわけだ。そしてその瞬間に、意味も生まれる。意識させられるのは、そのものが持つ意味に気づかされるからだ。

那奈の唾液に濡れた陰茎が乾きはじめた。ぎらりとした鈍《にぶ》い輝きは失《う》せている。淫靡さが消えて、陰茎を晒していることに違和感が生まれる。伊原はさりげなく陰茎をパンツにしまうと、那奈に手を差し出した。

「さてと、行こうか。高千穂までの道程《みちのり》はまだ遠そうだからね」

「ううん、待って、まだ行かないで。もう少しここにいれば、意味が見つかるはずよ。それを見つけないでこの場を去ってはいけないと思うの」

「どうしてそう思うんだい？　那奈、ちょっと変だよ」

「わたしも自分がなぜ、こんなにも主張するのか不思議。でもね、こう思うの。ここにくるなんてことは、わたしたちの予定になかった。ということは、必ず、意味がある。その意味を理解することで、次に向かうヒントが得られるんじゃない？　猿田彦神社に行ったからこそ、あそこで九州に行けというはっきりとした暗示があったからこそ、わたしたちは今ここにいるんでしょう？」

彼女の言うとおりだ。偶然立ち寄ったこの場所には意味がある。引き寄せられたのだから。とすれば、何だ？

せせらぎが大きくなっている。かすかだった葉擦れの音も耳に常に届くようになった。風が強まって木々が揺れているのではなくて、木々自身が自発的に揺れているようだった。そんなことはあり得ないのに、自然なことだと納得できた。導かれているのだ。

「せっかくだから、せせらぎのするほうに行ってみようか」

伊原は谷のほうを覗き込むようにして言った。さほど深くはなさそうだった。木々と藪が視界を妨《さまた》げていて、川の流れが見えないだけだ。

車から離れるのを承知で歩く。谷に向かう道があるかもしれないと期待した。那奈もついてくる。自然の中にいるのが、ふたりきりだという感覚が強まった。彼女のほうから腕を絡めて寄り添ってくる。

「ねえ、そこに下る道があるわ」

那奈が十五メートルほど先を指さした。

道とは言えない獣道《けものみち》があった。雑草を踏みつけた程度のものだけれど、確かに、谷に向かっている。

伊原が先を歩いた。藪をかきわけながら五メートルほど下った。なぜこんなことをしているんだという疑問が、笹で指をわずかに切った時にふつふつと湧いた。でも、胸の奥にぐっと押し込んで、せせらぎの源を目指した。成り行きだった。ここにきた意味を求めようとしている那奈を納得させるにはこうするしかなかった。

急勾配《こうばい》の獣道を下る。幹の太さが直径一メートルはある大木《たいぼく》を回り込む。せせらぎの音が大きくなった。藪が途切れて、視界がようやく開けた。

きれいな小川が流れていた。急勾配の獣道を下ってきたとは思えないくらいに、川の流れはゆったりとしていた。川幅は二メートル程度だろうか。しかも、ふたりがいる川岸には二、三張りのテントを張ってキャンプができそうな河原までもがあった。といっても、キャンプをしたような痕跡はまったくない。

立て札が突き立ててあった。人工物はそれだけだった。獣道の終点のような場所に深く突き刺してあった。書かれている文字を見て、伊原と那奈は驚いて互いに顔を見合わせた。

赤玉乃滝《あかだまのたき》。五十メートル上流。

立て札の文字を、伊原は声に出して読んだ。そして、ため息をついた。

意味があったということだ。もう偶然では片づけられない。猿田彦が導いてくれたのは、この場所だったのか？

「ねえ、伊原さん、立て札の文字、見た？　信じられないわ。こんなことってあるのね」

「あまりにびっくりして、頭が真っ白になったよ。この経験だけでも、九州にやってきた甲斐があったと言えるよ。すごいね、意味があったんだから。那奈の執着《しゅうちゃく》のおかげだ」

「まだわからないわよ。単なる偶然かもしれないじゃない」

「そんなふうには自分で考えていないんだろう？　素直じゃないな」

「だってちょっと怖いんだもの。猿田彦神社に行った時、おじいさんが現れたでしょう？この立て札に書かれている赤玉乃滝に行ってみたら、誰かが待っていたりして……」

「面白いじゃないか。それだからこそ、意味があったことになると思うよ」

伊原は上流に向かって歩きはじめた。大きな石がいたるところにあって歩きにくい。流れも急に速《はや》くなり、川音も大きくなる。木々のざわめきも耳に飛び込んでくる。川魚が跳ねる。透明な水に魚影が見える。

滝が現れた。

十メートルほどの高低差をいっきに水が落ちている。優美というよりも勇壮な滝。白糸《しらいと》の滝というよりも華厳《けごん》の滝のイメージ。カーナビにはここに滝があるとは記《しる》されていない。限られた人だけが知る滝。

神秘的だ。しかも、由来はまったく不明だけれど、その名には赤玉という文字が使われている。由来を説明した立て看板はない。

「誰もいないみたい……」

那奈はしがみつくようにして腕を絡めながら言った。落水の音に負けそうだ。

霧状の水に包まれる。髪や頬が濡れる。それが心地いい。極小の水滴のひとつひとつが実は赤玉だったらすごいだろうなと想像しながら豊富な水量の落水を見遣る。

妄想は現実にはならない。

赤玉乃滝を眺めていても変化は見られない。滝だけでなく自分にもだ。が、意味があるのは間違いない。その意味は何だ。

「伊原さんにわかる？　なぜ、ここに導かれてきたのか。単に、赤玉乃滝という名だったからではないはずでしょう？」

那奈は勢い込んで言う。恐怖心は消えていないらしくて、絡めている腕を離そうとはしない。今もまだ、この自然の中から人が現れると思って不安がっている。

誰もいるはずがない。と、思った時、赤玉乃滝の最上部に人影が見えた。いや、違う。

俊敏さから推して、それは猿だ。

「那奈、滝の上のほうを見てごらん。猿だ、ほら。ぼくたちを見ている。すごいよ、手を動かしているじゃないか。こっちこいって、招いているみたいだ」

「そう？　わたしにはそうは見えない。木の実を採っているみたい。不思議な気分。でも、何かに誘われているわ、絶対に」

「ぼくもそう感じる。きっと、逆らったらダメなんだ。自然の摂理《せつり》に従うことが大切なんじゃないかな。ここに導かれたのは、その摂理をぼくたちが知るためでは？」

猿はこちらを見下ろしている。赤茶色の体毛が陽光を浴びて黄金《こがね》色に染まったり、元の色に戻ったりしている。赤玉に変身することはない。つるに生《な》っている赤い実をもいでは口に運ぶ。その間も視線を外さない。意味は猿の眼差しにもあるような気がした。

「ねえ、あの猿、人に慣れているのかしら。わたしたちをずっと見ている気がするけど……。伊原さん、どう思う？」

「どういうことだろうね。猿で真っ先に思い浮かぶのは、見ざる言わざる聞かざる、という言葉かなあ。次は、猿のせんずりかな。まいったね、こんな言葉しか浮かんでこないなんて、自分の語彙《ごい》の少なさを呪《のろ》いたくなるよ」

「猿も木から落ちるはどう？」

那奈は自信たっぷりに言った。そのタイミングに合わせたとは思えないが、滝の上の猿が動いた。

驚いたことに大きくジャンプした。三メートルほど離れている細い木の枝に飛び移った。でも、落ちているようだった。滝壺に落ちるかと心配になったが、危ういところで枝を摑んだ。目測を誤ったのだ。猿は自分の跳躍の失敗に驚いてパニックになった。手を怪我したようだった。そこに生っている赤い実を採《と》らずに山の奥に消えた。

ふたりは赤玉乃滝を離れた。

ここに導かれた意味はわからなかった。今わかることもあれば、後からわかることもある、とふたりは納得することにした。焦って無理に意味を見出《みいだ》そうとすると、別の間違った意味を引き出しかねない。

岩がいくつも転がっている難所を越えて、平坦なところに戻ってきた。急流がいきなり穏やかな流れに変わった。せせらぎの音はつづいている。永遠につづくようだ。

「あんたら、何やってるんだ」

野太い声が飛んできた。

せせらぎの音に包まれていたから、伊原はそれが自分たちに向けられた声だと理解するのに数秒かかった。しかし理解してもなお、聞き間違いではないかと思った。絶対に人が谷まで下りてくるとは考えられなかったから。その点、女性のほうが現実的だ。

那奈のほうが先に振り向いて、不安な気配を漂わせながら挨拶《あいさつ》の言葉を返した。

「こんにちは、いいお天気ですね。それにしても、びっくりしました。まさか、ここでわたしたち以外の人と会うなんて」

「それを言うなら、わしも同じだ」

無精髭《ぶしょうひげ》の初老の男は軍手をはめた右手を額のあたりにかざしながら言った。左手にはきのこや山菜が入った竹かごを持っている。きのこ採りに山に入ってきた地元の人だろう。猿が採っていたのと同じ赤い実も入っている。

「車を見かけたんで、中を覗かせてもらったよ。練炭《れんたん》自殺とか多いじゃないか。誰もいないから、滝かと思ったんだ」

「ご心配かけてすみません。この人が、このあたりにすごくきれいな滝があったはずだって言うから、探していたんです」

「珍しい人がいるもんだ。わざわざ、赤の滝を見に来るなんて」

「赤の滝って……。赤玉乃滝ではないんですか？　そのおっしゃり方だと、青の滝もありそうですね」

「すごいね、あんたら。青玉乃滝《あおだまのたき》まで知っているのか。このあたりの村の出身か？　違う。そうか、どこから来たんだい」

「東京からです。高千穂に向かう途中なんです。青玉乃滝はどこにあるんですか」

「青の滝は高千穂峡に近いから、途中で見られるんじゃないか。ここから十キロくらいしか離れていないからな」

初老の男は日に焼けた額に浮かぶ汗を軍手で拭《ぬぐ》った。六十歳前後だろうか。でも、老《お》いた雰囲気はまったく感じられない。

竹かごから赤い実を一粒摘んだ。男はそれを無造作《むぞうさ》に口に運んだ。黄色い歯が実を潰した。赤い汁が弾《はじ》けて口の端から流れ出た。野性的だった。野卑《やひ》ではない。一連の動きには隙《すき》がなくて美しかった。そのためだろうか、男を初老とは思えなかった。

伊原が那奈から引き継いで話をつづける。親しみを込めて微笑む。初老の男と目が合う。どこかで会ったことがあるような気がするけれど、思い過ごしだろう。

「赤玉乃滝という名前は、どういう由来があるんですか。偶然ですけど、ぼくも赤い玉を探しているんです」

「知らんよ、わしは」

「地元の人でも？　それとも、誰も知らないんでしょうか。立て札には滝の名前が書いてありましたけど、由来は書かれていませんでした」

「神話が名前の由来だとは聞いている。このあたりは神話の里だからな。わしはそれ以上のことは知らん」

男はまた額の汗を軍手で拭った。汚れた軍手には、土よりも木の皮や落ち葉の細かい切れ端が多くくっついていた。血がわずかに滲《にじ》んでいるのか、軍手の指のつけ根のあたりが赤く染まっていた。

「怪我しているんですか？　血が出ているみたいですけど」

男はなにげなく手をかざすと、

「ああっ、これ。いつものことだから、どうってことないな。好物の赤い実だとか山菜を採ったりなんかしていれば、ちょっとした怪我はつきものだから」

と、まったく気にしていない表情でさらりと言った。

伊原は男の目を、もう一度見つめた。

赤玉乃滝に誘われ、初老の男に声をかけられた。ならば、ここにどんな意味があるのか、この男が教えてくれそうなものなのに、ヒントすらない。まったく関係のない男なのだろうか。

「ぼくたちは、どこに行けばいいんですか」

伊原は思いきって訊いた。

初老の男はおやっという顔をすると、小首を傾げながら微笑んだ。くちびるが動きそうで動かない。震えているだけのようにも見える。

「好きにすればいいんじゃないか。九州にやってきたのも、赤玉乃滝を見物しに谷まで下りてきたのも、あんたの意志だろう？」

「違います。ぼくの自由な意志でやってきたとは思っていません。導かれたんです」

「導いてもらおうとしている時には、何も摑めないいんじゃないか？　手を差し出してもらって楽になるだろうけど、何かを自分で摑むことはできないだろうな。たとえば、自分が高いところから落ちていくとしよう。想像してみればいい」

「さっき、滝でそういう光景を見ました」

「落ちているということは、導かれて軀を下の方向に動かしているんじゃない。自然の摂理によって落ちているんだ。だからこそ、恐怖を感じるし、その恐怖から逃れようとして必死になってもがくんだ。落ちないように手を出して、木の枝を摑んだりするんだ」

「さっきの猿もそうでした。必死でしたよ」

伊原は言うと、「あっ」と小さな呻き声を洩らした。赤玉乃滝にいた猿は、赤い実を採り、そして、枝を摑む時に手に怪我をしたようだった。

初老の男も同じだ。これは単なる偶然なのか。

2

伊原はドキドキしてきて、傍《かたわ》らで黙って立っている那奈の手を握りしめた。そんなことをしても早鐘《はやがね》のような鼓動の速《はや》さは変わらない。呼吸するのが相変わらず苦しい。

目の前に立っている初老の男は、赤玉乃滝にいた猿だ。絶対にそうだ。たった今、竹かごから赤い実を摘んだけれど、それは猿が滝の上で食べた赤い実と同じだ。伊原はすっかり信じた。初老の男は、猿が変身したのだと……。

那奈は気づいていないようだった。表情は険しかった。この寂しい場所にふいに現れた初老の男に対して、警戒心だけが頭を占《し》めているみたいだ。

「赤玉乃滝と対《つい》になっている青玉乃滝があるということは、そこに何かの意味があるということですよね」

初老の男に訊く。でも、答を期待してはいない。今しがた、赤玉乃滝という由来を訊いたけれど、とぼけられてしまった。知らないわけがない。

那奈が何かを思いついたらしい。

「さっき、わたしも滝で猿を見ました。あれってきっと、赤玉乃滝に棲《す》みついている猿なんですよね。ということは、青玉乃滝に棲んでいる猿もいるんでしょうね」

伊原は那奈とともに、初老の男を覗き込んだ。皺が深く刻まれている男の表情からは、どんな考えをしているのか、まったく読めない。

「さあ、どうだろうか。わしは青玉乃滝には行ったことがないからなあ。あんたたちが自分の目で確かめればいい」

「さっき、落ちるという物理的な動きは自然の摂理によって起きるとおっしゃっていましたよね。落ちようと考えて、軀を動かしているのではないって……」

那奈は訊く。いい質問だと思って伊原はうなずく。男と女では、同じ質問でも、相手に与える印象が違う。物腰のやわらかさや女性特有の柔和《にゅうわ》な表情によって、答を引き出しやすくなる。

「自然の摂理とは、自分ではどうにもならないってことだよ。重力によって落ちているのに、自分が落ちようと考え、行動していると言い張ったら、おかしなものになるだろう?つまり、自然の摂理を受け入れなければならない時があるということだ」

「それってつまり、自分の身に起きたことは受け入れろってことでしょうか?」

今度は伊原が会話を継いだ。諦めろと言われている気がして、訊かずにはいられなくなった。

「あんたたちは、わしにいったい何を求めているんだい? 無知な田舎者から、物事のすべての真理を求めようとしても無理があるだろう」

「赤玉乃滝には、赤い玉が集まるんでしょうか。つまり、神々が河原に集まったように……」

「意味がわからんね」

「知っていることがあったら教えてください」

「どうやら、あんたたちが求めている答を、わしは伝える役目ではないようだ。それだけははっきりしたな」

「赤玉はどこに行くんですか」

「さあ、わしにはわからん」

「元に戻すことはできるんでしょうか？」

「わからんが、ひとつ言えることがある。何事も諦めなければ、どうにかなるということだ。落ちて行く猿は、必死になって何かにしがみついたからこそ、枝を掴んで落ちずに済んだんだ。そうだろう？　あんた、見ていたはずだ」

「見ていました。やっぱり、落ちていたんですね。パニックだったはずなのに、あの時の猿の表情は、落ちることまで計算していましたよっていう顔でしたね」

「照れたんだよ、きっと。猿が木から落ちていたわけだから」

「見られているとわかっていたんですね」

「そうじゃない。見られていなくたって、照れるものだ。笑いを浮かべることもあるし、しかめっ面をすることもある」

伊原はうなずいた。自分がまるで、初老の男に変身した猿と話している気になった。

「わしは行くからな。青玉乃滝に行くなら、早いほうがいい。雨が降りそうだ……。あんたが言うように、猿が棲んでいたとしても、雨が降ってきたら、滝には現れないぞ。あっという間に増水することを、猿は知っているはずだからな」

「こんなに天気がいいのに？」

那奈は空を見上げた。

青空だった。澄んだ空気は乾燥していた。雨が降りそうな気配はなかった。初老の男は青玉乃滝への道順を教えてくれると、軽く会釈《えしやく》した。その後すぐ、川に転がっている大きな岩に飛び移りながら川上に消えた。

伊原と那奈は車に戻った。

エンジンをかける。脇道から国道に戻る。初老の男に教えられた青玉乃滝に向かう。山間の舗装している道路を走る。深い緑が延々とつづく。伊原は運転しながら、今しがた出会った老人のことを思い浮かべる。

夢を見ていたようだ……。

それが真っ先に浮かんだ感想だ。

写真を撮っておけばよかったと思う。証拠がなければ、猿が人間に変身したと、誰も信じてくれないだろう。初老の男の写真を見せても、信じてくれない。たとえ、猿から老人に変身している真っ最中を撮ったとしても、信じてもらえないだろう。

今の日本人には、理解不能なことを受け入れるだけのゆとりがない。自分の想像を超えることは、斬り捨てるか無視すると思ったほうがいい。賛同を得られることは稀《まれ》だ。

那奈が窓を開けた。

冷気が一瞬にして入り込んだ。雲ひとつない青い空は澄みきっている。車内を山間特有の冷気が占めていく。

「寒いよ、閉めてくれるかい？」

「もうちょっと待って。空気を入れ換《か》えたいの。伊原さん、気づかない？　車の中がすっごく獣臭くなっているのに……」

「わからなかったな。ああっ、やっぱり、そういうことだったんだな」

「どういうこと？」

「さっき会った人の臭いが移ったんだよ」

「そうかもしれないわね。清潔そうな人ではなかったから……」

「あの初老の男は猿だったんだから、獣の臭いがするのは当然なんだ」

「何言ってるの？」

那奈は驚いた声をあげると、いかにも可笑しいという屈託《くったく》のない笑い声をあげた。冗談として受け止めているようだ。

実際に一緒にいた那奈でもこうなのだから、ほかの人に理解してもらうことは期待できないと考えたほうがいい。

「神話の里だからね、何が起きたとしても不思議ではないってことだ」

「猿田彦神社での暗示があって、ここまで来たわけよね。そこで猿に出会った。あの人が猿かどうかは別にして、滝の上に猿がいたのは、わたしも見ました。で、そこで出会った初老の男性に、今度は別の滝に行けと暗示を受けたわけだから……。ワクワクしてきたわ。わたしたち、核心に近づいているんじゃないかな。伊原さん、そう思わない？」

「核心って、何だい」

「赤玉の行方《ゆくえ》がわかるってことだと思うんだけど……」

「大ざっぱにいったら、核心と言えなくもないかな。本当の核心は、不能が治ることだからね、那奈、それを追い求めているってことを忘れちゃ困るよ」

「ごめんなさい、そうだったわね。忘れていないけど、たとえ治らなくても、わたしは平気だから」

「気力が萎えるようなことは言わないでくれよ。頑張っているんだから」

「わたしはよかれと思って言っているの。治さなくちゃっていう気持がストレスになるといけないでしょう？　勃たないっていうのは心の問題も影響しているはずだから」

那奈の手が太ももに伸びてきた。

指の感触は伝わってきているのに、いまだに、夢のつづきの中にいるようだった。夢でないと心と軀が理解するには、那奈に今、陰茎をくわえてもらうことだと思う。これは人里離れた、山道を走っているからこその発想だ。

彼女にとっても、男の軀に触れることが現実世界に戻るために必要だったらしい。触れていくうちに、熱気をはらんだ息遣《づか》いになりはじめ、粘っこい眼差しを送るようになっていた。赤玉乃滝にいる時よりも、初老の男と話している時よりも、今のほうがずっと表情が豊かだし、脳が働いているようだ。

性欲は男にも女にも生命《いのち》を吹き込む。今の彼女を見ればそれがわかる。やはり、勃起を諦めてはいけないと改めて思う。その諦めの先には、性欲の減退、消失といった恐ろしいことが待ち受けているはずなのだ。

愛撫が熱心になる。足のつけ根に張り付いて、マッサージをするように撫でる。陰茎に時折触れてはチラと視線を送ってくる。運転中だけどもっと触ってもいい？　そんな許しを目だけで得ようとしている。

伊原は運転をつづける。もっとたくさんの愛撫を受けたいけれど、運転中は危険だ。それに、もうすぐ青玉乃滝なのだ。

正面にこんもりとした森、その手前に目立つ一本の大木が見える。神社だ。そこのT字路を右に折れて、三分ほど走った右側に滝はある。その近くにも神社があるということだった。

那奈の愛撫は股間に移ってきた。手つきがいやらしい。ねっとりとしていて、性欲が指の腹から噴き出しているようだ。ズボンが湿り気を帯びてきたが、それは彼女の高ぶりのせいとしか思えない。

右折する。鎮守《ちんじゅ》の森を左に見ながら、ゆっくりと走る。那奈にあっという間に、ズボンのファスナーが下ろされ、陰茎が引き出された。車のスピードを緩《ゆる》める。対向車も後続車もいない。

陰茎をくわえてきた。やわらかい幹全体がすっぽりと、那奈の口におさまった。

運転への集中が八割、陰茎への意識が二割といったところか。増減はするけれど、運転への意識が五割を割り込むことはない。だから当然、フェラチオが気持いいというところまでは彼女の舌を味わえない。気持のよさは、肉の快感よりも、運転中にくわえてもらっているという満足感によるものだ。

右に小さな鳥居《とりい》が見えてきた。くちびるを離すようにうながすと、彼女は素直に従《したが》った。萎えた陰茎をパンツにおさめてズボンのファスナーまで上げてくれた。

伊原は車を止めた。彼女は何事もなかったかのように、にっこりと微笑んでから助手席のドアを開けた。

ふたりは教えられたとおりに藪の中を進んだ。赤玉乃滝のあった渓流では、獣道のようなところを下りたが、ここの場合はどこも人が踏みならしている。誰も知らない秘境という感じがしないのは少しがっかりだけれど、恐ろしくないから気楽でよかった。

那奈もそれを敏感に察している。だから、渓流に向かう足取りも軽い。あたりをきょろきょろと見ている。木々の色や景色を楽しむゆとりすらある。自然の中に分け入っていくことへの恐怖はあまり感じていないようだ。

渓流が見えてきた。

赤玉乃滝の渓流には大きな岩がごろごろしていたが、不思議なことに、ここにはそんな岩などひとつもない。川の下流域ならまだしも、山間の上流なのだ。大きな岩があってもおかしくないのに……。

渓流に沿って歩く。

流れはゆるやかだ。流れていないような錯覚に陥りそうなくらいだ。川面《かわも》は青い空を映し込んでいる。鏡のように、くっきりと。

静かだ。何もかもがゆったりとしている。川の流れも、空気も、自然がつくりだす気配も。しかもそれらすべてが繊細だ。

赤玉乃滝が男とするなら、こちらの渓流は女だ。ふたつの渓流は何もかもが正反対だった。見事と賞賛すべきだと思う。九州の片田舎だからこそ、観光客は誰も訪れないが、首都圏にこんな場所があったら大賑《にぎ》わいになるだろう。

滝の音が聞こえてきた。

赤玉乃滝と違って、ちょっと聞いた程度では、滝とは思えない。足早に向かう。那奈も後《おく》れずについてくる。

滝が見えた。

美しい滝だった。白糸の滝と呼ばれる類の滝。いくつもの流れがあった。赤玉乃滝はその逆で、華厳の滝に似ていた。

「ああっ、すごくきれい……」

那奈の素直な感想が、伊原の耳に心地よく響いた。

出会いのすべてが必然だったからこそ、今ここにいる。必然の積み重ねによって、今があるのだと痛切に思う。どれかひとつでも遣り過ごしていたら、ここにはこなかった。赤玉乃滝も青玉乃滝も知らなかったはずだ。

甲高《かんだか》く鋭い啼《な》き声がこだました。

「キッキッキッ」

猿だ。

滝の上に覆いかぶさるようにして生えている木にいた。どこかに必ずいると思って探していたからこそ、すぐに見つけることができた。そのうちに必ず、あの猿が人となって目の前に現れる。絶対だ。そして、何かを伝えてくれる……。

鏡のように川面に波紋が広がった。

ひとつ、またひとつ。

雨だ。

ほんの数秒前まで雲ひとつない青空だったのに、今この上空は厚い雲が覆っていた。雨足は強まり、波紋は数えきれなくなった。赤玉乃滝で出会った初老の男が言ったとおりになった。

「戻ろう、那奈。老人が言っていたとおりになった。雨が降ったら猿は現れないと言っていたじゃないか。危ないから戻ろう。あっという間に増水すると言っていたからな」

「そうね、そうしましょう。さっき啼いていた猿も、どこかに消えちゃったわ」

「ぼくらよりも数段、危険を察知する能力は上のはずだからね」

ふたりは急ぎ足で滝を後にした。静かだった流れは急流となりはじめた。水嵩《みずかさ》もいっきに増した。あと三分遅かったら、流れに巻き込まれていたかもしれない。

見る間に濁流となった。川幅も広がり、歩いてきた道も消えた。滝が女性らしかったように、この川も女性らしいではないか。普段は物静かで、怒ったら手がつけられないくらいに荒れる女性に似ている。

車に戻った。

土砂降りだ。屋根にもボンネットにも大粒の雨が叩きつけるように降る。木々の葉や細かい枝、蔓《つる》なども落ちてくる。フロントガラスからは何も見えない。車内の湿度も上がってすべてのガラスが曇っていく。

「まさか、ここまで水嵩が増すことはないでしょうね」

「曲がりなりにも、国道だよ」

「でも、心配。どこかに移動しましょうよ」

「わかった、そうしよう。そこの神社の境内に入ろう。車が入れそうだ」

伊原は即座に車を移動した。国道が冠水する心配からではなくて、那奈の恐怖心を取り除くためだった。

激しい雨は降りつづいている。彼女はハンカチで濡れた髪を拭いている。雨が吹き込まない程度に窓ガラスを開ける。国道はすぐに水浸しになった。

境内は国道よりも三メートル近く高い。ここにいる限りは、心配はないはずだ。移動したのはいい判断だったと思う。

轟音《ごうおん》が鳴り響きはじめた。

何？　伊原はすぐには何の音かわからなかった。雨の音に混じって聞こえたのは、飛行機のエンジンの爆音のようだった。

不安が募る。雨足は勢いを増している。山間での雨はこれだから怖い。初老の男の忠告に素直に従ってよかった。

「車から出てみよう。外の様子がわからないからね」

「わたし、雨って大嫌い」

「そう？　ぼくは好きだな。こんなふうに土砂降りだとワクワクするよ。雷鳴がとどろくような雨だともっといいね」

「変な人……」

那奈はうらめしそうな表情で言うと、車を降りて走って神社に向かった。土砂降りだ。彼女のくるぶしまで雨が溜まっていた。伊原もつづいた。

神社は朽《く》ちていた。廃屋のようだった。氏子《うじこ》はいないのだろうか。

「ひぃっ……」

那奈が悲鳴をあげた。恐怖に彩られた声だった。彼女が国道のほうを指さしている。伊原は彼女の指の先を追った。

「おおっ、すごい」

「信じられない。さっきまで、わたしたち、すぐそこにいたのよ」

「いたら、今頃、水没していたな」

伊原は言ったがぎこちなかった。あまりの恐ろしさにくちびるがうまく動かなかった。土砂降りが好きなどと軽口を叩けるような情況ではない。

国道は冠水していた。二メートル近くは増水している。流木が標識にぶつかっている。イノシシが流れている。爆音だと思ったのは、獣の悲鳴だったらしい。濁流の轟音と啼き声が交錯して、耳をつんざくような音になっていた。

伊原はゾッとした。

背後に人の気配を感じた。しかし、朽ち果てた神社には誰もいなかった。裏手に回ってチェックしている。しかも、目の前の鳥居しか出入りする道はない。

「あんたたち、大丈夫かね」

老婆の声だった。伊原は背中に鳥肌が立つのを感じた。

猿だ、たぶん。青玉乃滝に棲む猿だ。赤玉乃滝に棲んでいるのがオスの猿なら、女性的な滝、そして女性的で上品な渓流に棲んでいる猿はメスだろう。

振り返ると、雨に濡れた老婆が立っていた。ひび割れた手には何も持っていない。七十歳を過ぎているだろうか。わずかに腰も曲がっている。

「聞こえるかね、おらの声が」

伊原が答える。那奈は増水に怯《おび》えてしまって話ができそうにない。

「すみません、あまりに急な雨に驚いてしまって……。車を境内の中まで入れてしまいましたけど、かまいませんか」

「かまわんよ。神聖な場所は人を助ける場所でもあるわけだからな」

「雨が止《や》むまでですから……」

「あんたたち、どこから来なさったかな」

「東京からです。滝と出会うためにやってきました」

「ほう、珍しい言い方をするもんだ」

「さっき、赤玉乃滝で初老の男の人と出会いました。青玉乃滝の場所を教えてくれたんです。猿のようでした」

「ほう？　猿？」

「導かれたんです。猿に……」

「あんた、面白いことを言うなあ」

「ぼくにとっては、おばあさんとの出会いも導かれた結果だと思います」

「ほう……」

「驚いてばっかりなんですね」

「この出会いが必然だとするなら、次の出会いも必然として起きるはずだ。おらが何を言っても変わらんだろう。それに、変えるのはあんただ。おらではない」

「それって、あなたと出会っても出会わなくても、次に起きることは変わらないという意味なんですか？」

「何かを得ようとすると、必然的に、順序だとか順番といったものが必要になってくる。一足《いっそく》飛びに、欲しいものを手に入れられるほど、世の中、甘くはないからね」

老婆が言った。

濁流が轟音となって境内に響く。

国道は川に変わっていた。濁流は何もかも流し尽くしている。伊原は必死になって老婆の言葉の意味を考えた。で、結論を得た。

「何かを得ようとするから、段取りだとか順番が必要になるんですよね。ということは、欲しがらなければ、段取りも順番も必要ではなくなるわけですね。目的がなくなれば、そのためにすべき過程もなくなる……。だけど、それだと目的を達成できない」

「何が目的なのか、あんたは、自分の目的を言えるかい?」

「もちろんです。肉体的なことですから、あまり言いたくはありませんけど」

老婆はけたたましいほどの笑い声をあげた。雨に煙《けぶ》る境内が、その時だけは、老婆だけの空間になったようだった。

老婆の顔を見つめた。まさか、女子島を出ていった白鳥イチ子ではないだろうか。伊原の脳裡《のうり》にタネの顔が浮かんだ。イチ子は、『西に行く』という言葉を残して女子島を去った。そして、行き着いた先が高千穂だとしたらすごく納得がいく。

「おかしな人だ、あんたは。おらをそんなに見たって、答など書いておらんから」

「イチ子さんですか? あなたは」

「違う、おらではない」

「その言い方は、イチ子さんがいるってことですね。白鳥イチ子。何十年も前に、女子島からやってきた人です」

「おらは知らん……。ただ、聞いた名前であることは確かだ。そうだ、あんた、物見乃丘《ものみのおか》に行くといい。そこで何かがわかるかもしれんぞ」

「どこにあるんですか、それは」

「高千穂でな、高天原が一望できる場所だ。物見乃丘は昭和になってからで、それまでは喪《も》のみの丘と書いていたんだ……」

老婆は言うと、朽ちた神社の裏手に歩いていった。がさがさっと葉が揺れる音が聞こえてきた。老婆は去った。いや、そうではない。青玉乃滝に棲む猿が去ったのだ。

豪雨はつづいている。しばらくは那奈とふたりでここに雨宿りだ。

3

濁流《だくりゅう》が道路を覆っていく。

危ないところだった。車をこの神社に上げなかったら、今頃、ふたりは車とともに流されていただろう。

老婆はもういない。那奈とふたりで、神社の裏までくまなく探したが、彼女の姿はどこにも見えなかった。冷静に考えればとてつもなく不思議なことなのに、今はすんなりと受け止められる。老婆は青玉乃滝に棲む猿だったのだと。だから、姿が見えなくなるのも当然なのだと。経験したことのないこの豪雨も、必然によって引き起こされた気がする。自然現象ではなくて、これまで起きてきた不思議なことのひとつに思える。だから、慌てていない。不安は感じているのに怖《こわ》くはない。

雨は止《や》みそうにない。

水嵩は高くなっている。境内まであと五十センチといったところまで迫っている。ということは、二メートル以上も道路を濁流が覆っているということだ。

「ねえ、助けを求めたほうがいいんじゃないかな。ふたりきりなんだから、今流されたら、誰も気づかないわけでしょう？」

「那奈は本当に心配性《しんぱいしょう》だなあ。あり得ないって、そんなことは……」

「そんな気休めを言われても、安心できるわけがないわ。大丈夫っていう根拠はないだろうから」

「あるに決まっているじゃないか。この古い神社のことを考えてみろよ。明治時代の建《こん》立《りゅう》ではなさそうだよ。江戸時代だとしたら、百四十年以上は経っている。その間に、豪雨は何度もあったはずだ。それでもこの神社が流されていないってことは、安全な高台に建っているということだ」

「それもそうね。どうやら、わたしたちが今やるべきことは、騒がずに雨が止むのを待つことみたいね」

「ははっ、やっとわかったか」

伊原は朗らかに笑い声をあげたが、雨と濁流の音にかき消された。朗らかに言ってはみたものの、那奈の心配げな表情に変わりはない。いつも元気な彼女らしくない。

那奈が、大きなあくびをひとつした。冴《さ》えない表情のせいか、整った美しい顔立ちがくすんで見える。雨が降りだしてからというもの、口をついて出る言葉も、後ろ向きのものばかりだ。

「水を差されたって、こういうことを言うのね……。気勢を削《そ》がれちゃったな」

「そういうことは考えない。雨が止んだら、きっといいことが起きるから」

「わたしね、今ほど、時間が大切だって痛感したことがないな」

「それって、つまり、九州にやってきたことを後悔しているって意味？」

「ええ、そうね」

「ちょっと待った。それこそ気勢を削がれちゃうじゃないか」

「ごめんなさい。それが今のわたしの素直な気持なの」

「こういうことだったのか、東京の喫茶店のマダムが、那奈は行かないほうがいいってアドバイスしていた意味は……」

「だって、役に立たないんだもの、わたし。足手まといにはなっていないだろうけど、ただそばにいるだけでしょう？」

「ずいぶんと励《はげ》まされているけどな。今だってそうだよ。ひとりだったら、心細くてここにいられなかったかもしれない。東京に舞い戻っていた気がするよ。那奈は、自分のことがわかっていないな」

「だって、必要とされてないんだもの」

「必要だって言っているじゃないか。那奈がいてくれるからこそ、ぼくは頑張っていられるんだから」

「わたしにはわかるの。あなたは導かれているって……。必要なのはわたしではなくて、あなた自身なの。導いてくれる人に対して、耳を傾けるための素直な心。それさえあれば、あなたは願っているものを得ることができると思うの」

「導かれているという実感はあるよ。でも、そのことが、なぜ、那奈を必要としないってことにつながるのかな。ぼくには理解できない論理だな」

那奈の瞳をじっと見つめながら言った。今離れられたら困る。ひとりよりもふたりのほうがいいし、勃起しないままであっても、肌を重ねるというのは気持がいい。

そうは思いながらも、彼女の洩らした不満めいた言葉は理解できた。

那奈は自分の力で、男の勃起不全を治してあげようと意気込んでいた。その決意を持って、九州にやってきたはずだった。なのに、事態はひとつも、彼女が想い描いたようにはなっていなかった。いてもいなくても同じと思ったとしても不思議ではない。

彼女にそんな寂しい思いをさせていたのか。那奈の横顔を見つめながら、伊原は胸の裡で自分に甘えがあったと思った。

反省すべきだ。

彼女のやさしさや好意は、常に自分に降り注がれるものだと思い込んでいた。彼女にも悩みがあるということを考えていなかった。彼女の存在のすべてが自分を助けるためにあると勘違いしていた。バカな男だ。

「那奈が一緒にいてくれることで、ぼくはどれだけ勇気をもらっているか……。九州にひとりで来ただろうかって考えると、答はノーだ。那奈がついてきてくれると言ったからなんだ」

「ほんと？」

「うん、そうだ」

「よかった、それが本当なら……」

「気にしてたんだ。もっと早く、言えばよかったのに。那奈らしくないな」

「そうね、わたしらしくないな、ひとりでウジウジと考えていたなんて」

「笑ってくれよ、那奈」

彼女は求めにすぐに応じてくれた。満面に笑みを湛えたが、目に感情は宿っていなかった。伊原は気づいたけれど、何も言わずに神社の軒下から出た。

雨が小降りになってきた。

山の天気は変わりやすい。一分前までは鉛《なまり》色の厚い雲が覆っていたのに、今では阿蘇方面の山の端にはうっすらと薄日が差している。しばらく眺めているうちに、冠水していた道路から水が退《ひ》きだした。

標識やガードレールが見えるようになった。この様子なら、三十分も待っていれば物見乃丘に向かえるだろう。

4

物見乃丘にふたりはいる。

雨はすっかりあがっている。物見乃丘に上がっている途中から、西に傾いた太陽が赤い光を山並みに注ぐようになっていた。ボンネットに残る滴や道路が濡れていなければ、豪雨だったとは想像がつかない。

伊原は車を降りて深呼吸をした。

どういう説明をすべきか戸惑《とまど》ってしまう。想像していた場所とは違っていた。丘という名はついているけれど、小高い山と思ったほうがいい。

ここは観光スポットだった。大型バスが十台は止められる広い駐車場が完備していた。九州では有名なのだろう。

伊原は少しがっかりした。青玉乃滝で出会った老婆が示唆《しさ》してくれたのだから、誰も足を踏み入れなさそうなひなびた場所であって欲しかった。それでこそ、導かれたという思いに浸れるからだ。大型バスが来るようなところでは、導かれたというよりも、観光スポットを教えてもらったにすぎない。那奈も同じ気持になっているようだ。

眺めを愉《たの》しむための五十メートルほど先の広場に向かう。物見乃丘には、駐車場とその広場と、茶店が一軒ぽつんとあるだけだった。

広場は整備されていて、頑丈《がんじよう》そうな柵《さく》も据《す》えてあった。観光客向けの案内板には、はるか彼方《かなた》の山並みの写真を刷《す》り込んでいて、山々の稜線《りようせん》が涅槃像《ねはんぞう》に似ているという説明書きがあった。頭の部分が羽黒山《はぐろやま》、ウエストが椙田山《すぎたやま》から唐人山《とうじんやま》にかけての山間、二の腕が植林した杉並木といったことが書かれていた。

写真の説明書きと実際の山並みを見比《みくら》べているうちに、確かに、横たわる涅槃像に見えてきた。疑《うたぐ》り深い伊原は、そう見えるまでに数分かかった。けれども、那奈はあっという間に、風景から涅槃像を切り抜いた。

「山並みがお釈迦《しやか》様に見えるなんて、信じられないなあ。東京の近場にこんなところがあったら、きっと、観光客がひきもきらないでしょうね」

「あの山のどこかに、出会った猿たちも棲んでいるってことか」

「赤玉乃滝ってどこ？　ねえ、伊原さん、わかる？　それに、青玉乃滝は……」

那奈が指でさしながら言っているけれど、方向音痴《おんち》の彼女がわかるはずがない。伊原は教えてあげた。

「赤玉乃滝が、上側のおっぱいの乳首のあたりじゃないかな。で、青玉乃滝はというと、下側のおっぱいのあたりだ」

「わかったわ……。ああっ、すごい、信じられない。おっぱいって性的な場所でしょう？そんなところに、ふたつの滝があったなんて……。『物見乃丘に行けばわかる』と言っていたおばあさんの言葉の意味って、こういうことだったのかしら」

那奈の声がうわずっていた。偶然では説明できないと感じたのだろうか。導かれている実感を味わったからかもしれない。

でも、と伊原は思う。

この程度のことでは導きになっていない気がした。

那奈が言ったように、ふたつの滝の位置にあるのは、間違いなく、乳房だろう。それはわかった。で、次は？　と思う。それが自然の発想だろう。

求めてもそれは現れそうにない。いきなり猿が顔を出したりしないし、背後から老人が忍び寄ったりもしていない。

何があるというのか？　集中して考えているうちに、老婆が伝えたかったのは乳房と滝の関係ではないのかもしれない、という新たな見方が浮かんだ。

自分の目的が何か。

それを改めて思った。勃起不全を治すことだ。それはつまり、軀から離れていった自分の赤玉を追い求めるためなのだ。赤玉が体内から出たことで勃起しなくなったのは、魂《たましい》が肉体から離れることで死を迎えるという考えに通じるだろう。

涅槃像が赤玉と関連しているのか？

伊原は自問する。考えすぎとは思えない。絶対に何かある。いったい何を示唆しているのか……。

「乳房が滝の位置だってことだけでは、何か意味していることにならないと思うんだ。もっと考えようよ、那奈」

「そうね、確かに。あなたの言うとおり。今のままではこれまでの足取りの確認でしかないかな。次につなげられないわね」

「そうか、わかったぞ」

伊原は大声をあげた。広場にはふたりしかいないのがわかっていたから、大げさなくらいに那奈を抱きしめると、涅槃像を勢いよく指さした。

「さっ、行くぞ。那奈、車に戻るんだ」

「どういうこと？　いきなりそんなこと言われてもわからないわよ。わたしが理解できるように説明してちょうだい」

「いいから早く」

「だめ、そんなのって乱暴すぎる。それとも、わたしなんて黙ってついてくればいい存在だと思っているの？」

那奈は柵を摑みながら言った。説明されるまでこの場を動かない。そんな強い意志を、彼女は柵を摑む両手に込めていた。

説明してあげよう。

解釈には絶対の自信がある。陽が沈む前に目的の場所に着かないと……。

「乳房は女性の象徴だよね。その象徴の場所に、ふたつの滝があった」

「ええ、そうね。そこで老人たちに出会いました。あなたは猿だと言っていますけど。だから、滝は女性だと？」

「そう、滝は女性。そこに棲んでいる猿の性はわからない。メスと考えるのが自然だろうけど、女性の性を持つ滝とともにオスの猿が棲んでいるとも考えられる」

「猿の性別が重要なの？」

「どちらの性だとしても、重要度に変わりはないと思う」

「重要度って？　何が？」

「女の性を持つ滝が示している場所があると考えたら？　それはどこだと思う？」

「女にとって大切なところ……」

「ご名答」

伊原は涅槃像の股間を指し示した。案内板には、股間のあたりについては天突山《てんつきやま》と書かれているだけだった。

天突山。意味深な名称だ。天を突くほどの鋭い山ということで命名したのだろうか。伊原はそれを陰茎と考えた。天を突くほどの硬い陰茎。だから、天突山。そこに行けば、勃起と関連する赤玉の秘密がわかるのではないか。

涅槃像の股間のあたりを見遣る。

天突山だけがくっきりと浮かび上がって見える。

西に傾いた陽光は、赤みが濃くなっている。時間とともに赤みは増し、同時に、天突山の存在も際立っていく。まるで、パンツの中で屹立した陰茎がズボンを突っ張らせるかのようなのだ。

「女性の大切なところに、陰茎があるものかな……。それとも、山々はそもそも、女性ではなかったのかもしれないな」

「というと?」

「山々を見て、男性が横たわっていると考えたら? 乳房ではなくて、胸板と乳首。そう考えれば、股間に位置している天突山には、間違いなく、勃起を司《つかさど》る重要なものがあると考えられるだろう?」

「こじつけにも聞こえるし、すごく真っ当な解釈にも思えるかしら。伊原さんの言っている意味がわかりました。早く、股間の場所に行きましょう」

「やっと、声に張りが戻ってきたね。よかったよ、元気になってくれないと、旅が愉しくないからね」

「わたしだって愉しくない。ねえ、伊原さん、やさしくしてくださいね」

那奈が抱きついてきた。伊原は一瞬、身構えた。というのも、駐車場に中年女性の姿が現れたからだ。

見られているとわかっていながら、伊原は那奈を抱きしめる。息ができなくなるくらいに強く。見られてもかまわないと思う。新しい事実を見つけた喜びが、男の心を大胆にさせていた。

「いきなり、どうしたの？　ねえ、あの場所に向かわないの？」

「もちろん、行くよ。でもその前に、那奈とキスをしたくなったんだ」

「変な人」

「そのとおり、変な人だと思うよ。勃起不全を治すために、九州くんだりまでやってきちゃうんだからね」

「それを言うなら、わたしも変な人ってことになっちゃうわ。あなたを信頼して、一緒に九州まで来たんだから」

「厄介《やっかい》な男とつきあったな」

「今さら、仕方ないわ……。あなたが可哀そうだから、最後まで面倒みるしかないかな。こんな変な人のことなんて、わたし以外に、面倒み切れないでしょうからね」

憎まれ口を叩きながらも、那奈の表情は明るく生き生きとしている。求められているからこその女の表情だ。可愛らしいし、美しい。

頰を寄せる。それだけでも、那奈の息遣いが荒くなる。店番の女性の姿が、視界にわずかに入る。彼女に見られているのを痛いほど感じる。視線が突き刺さる。

くちびるを重ねる。

マダムの忠告を無視して、連れてきてよかった。やわらかい舌とくちびるの感触が心地いい。キスが心を穏やかにしてくれる。セックスに向かうものではないからこその感覚。それでも、軀は火照る。下腹部もむずむずしてくる。勃起につながることはないけれど、それでもやはり期待してしまう。

「涅槃像に見守られながら、勃起したら最高だろうけどなあ」

「虫のいい話はしないほうがいいわよ。まだまだ、あなたの旅はつづくはず。股間の場所に行かないといけないんでしょう？　そこに辿り着くまでは治るはずないの」

那奈はあっさりと言いながらも、腰を突き出して、陰茎を刺激してきた。前後の動きだけではない。膝を使って上下動も加えて、陰部を愛撫してきた。大胆だけれど、さりげない。公衆の面前だということを、彼女はわきまえている。

抱きしめている腕に力を込めて、胸板で乳房を圧迫していく。店番の女性の視線があるから、あからさまに、乳房を揉《も》むことがはばかられた。那奈は気づいていない。これ以上愛撫をつづけると、彼女がおさまらなくなる。

顔を離した。頰にすっとくちびるを触れた。それがキスをおしまいにするというサインになった。

「伊原さん、強引すぎます。初めてじゃないですか、昼日中《ひるひなか》にこうした場所でキスを求めてきたのは……」

那奈は恥ずかしそうに伏し目がちで言う。初々《ういうい》しくて、可愛らしい。男を知らない少女のようだ。

「さてと、行こうか。日が暮れたら、場所がわからなくなりそうだからね」

彼女の手をつなぐと、車に向かった。店番の中年女性は茶店の前にいた。必然的に、目を合わせることになった。観光客はふたりだけだったから。

「あんたたち、寄ってかんかね。熱いお茶を淹れてあげるから……。ダメ？　時間がなさそうだね。涅槃像は見えたかい？」

彼女は暇を持て余していたのだろう。どうにかして、ふたりの観光客を引き止めようとして話しかけてくる。

「そうだ、教えてくれますか。天突山には何かあるんでしょうか」

車のドアロックを解《と》きながら、伊原は声を投げた。地元の人に訊くのが手っ取り早い情報収集の方法だ。

「何もないんじゃないかな」

「山があるだけなんですか？　たとえば、滝があるとか、神社があるとか」

「天突山っていうのは、不思議なところだからねえ……。あそこは、山とは言うものの、街道沿いで交通量が多いところなんだよ」

「にぎやかなんですか？」

「あそこは店ができては潰れるんだ。必ずっていうほどね。一ヵ月くらい前かな、運転手向けの定食屋が潰れたな。夏前に開店したばっかりだったの」

「半年もたなかったということですね。これだけの山奥なんですから、別に不思議ではないような気がします。観光スポットになっているこの場所とは違うでしょう？」

「祟《たた》りだっていう噂だよ」

「涅槃像なのに？」

「そんなところで商売をしているってことがいけないっていう噂だ」

「涅槃像を眺められるところでの商売の場合なら、祟られないってことですか」

伊原はつい、頭に浮かんだ言葉を口にした。会話の流れとしては当然の疑問だったが、店番の女性はあからさまに不愉快そうに顔をしかめた。神々の里で、なぜ、祟りなんてことが起きるのかという疑問も胸を掠《かす》めたが、彼女の顔を見て言うのを止めた。

これも必然なのだろうか。

情報の取捨選択が難しい。店番をしている女性が教えてくれたことは、暇つぶしの与太《よた》話ではないのか。そうでなければ、祟りのことは、知らなければいけない必然だというのか？　これも導きのひとつなのか？

「ねえ、行きましょうよ」

妖しげな雰囲気を感じ取って、那奈が声を挟んできた。助手席のドアを勢いよく開けると、大きな音をたてて閉めた。早くして。フロントガラス越しに、彼女のくちびるが動くのが見えた。

「どうもありがとうございます。そうだ、あとひとつ訊いていいですか」

伊原は青玉乃滝で出会った老婆の言葉を思い出した。物見乃丘は、かつて、喪《も》のみの丘だったと。祟り、そして、喪。どこかでつながっている気がした。

「喪のみの丘というのは、どういう意味なんですか」

中年女性は驚いた顔をした。ため息を洩らした後、深呼吸をひとつした。聞いているものなど誰もいないのに、あたりを見回しながら声をあげた。

「観光客さんが、どうして、それを知っているんですかね」

「青玉乃滝で出会った老婆に、教えてもらったんです」

「あんた、喪に服すという意味を知ってるかい」

「それくらいは……。亡くなった方の冥福《めいふく》を祈るために、一定の間、慎《つつ》ましく暮らすことですよね」

「喪のみの丘とは、喪に服しているかどうかを、チェックするための丘という意味なんだよ。相互監視。江戸時代の五人組の名残とも言われているね。だから、土地の人は知ってるんだ。喪のみの丘ではなくて、喪の見の丘だってね」

中年の女性は言うと、茶店に戻っていった。伊原は呆れて彼女の背中を見遣った。あまりに中途半端な情報だ。何かを伝えようとしている様子ではない。しかし、ここにもひとつの真実が隠されていた。

5

「面白くなってきたな。この場所って、観光客を呼び込むために最近つくられたんではなかったんだ。驚きだね。まさか、江戸時代から存在していた場所とは……」

伊原は運転席側のドアを開けながら、すでに助手席に坐っている那奈に声をかけた。

驚きの事実は知性を刺激するものだった。

きれいに舗装された駐車場に茶店、そして整備された展望スポット。新しさがいたるところに見られる。五年も経っていないように思えた。なのに、二百年以上も前からこの場所が存在していたとは。

茶店の女性の説明によれば、喪に服しているかどうかをチェックするためにつくられた場所ということだった。だから、喪の見の丘。現在では物見乃丘という文字が当てられている。残念ながら、その文字では本来の意味を伝えていない。

「伊原さん、天突山に行かないの？　空の色が変わってきたわ。陽《ひ》が落ちてきたみたい」

那奈がじれったそうに言う。疲れが顔に出ていた。今日は早朝から強行スケジュールだったし、いろいろなことが一度に起きた。早く宿でゆっくりしたいのだろう。

伊原は運転席に坐ったが、エンジンをかけなかった。

何か大切なことが欠落している気がして、この場所を立ち去ってはいけないと漠然《ばくぜん》と感じていたからだ。

大切な何か……。

頭の中で何かが引っかかっているのは確かだった。なのに、それが何なのかわからない。思いつきそうだけど浮かばない。頭に霞《かすみ》がかかっているようでもある。

「伊原さん、どうしたの？　具合悪いの？」

「大丈夫……。疲れてはいるけど、体調は万全だ。心が訴えているからなんだよ、今この場を去ってはいけないって」

「そういう勘《かん》は大切にしたほうがいいわ。もしかしたら、天突山に行くことよりも重要かもしれないものね。気が済むまでここにいればいいんじゃない？　宿を決めているだけの緩《ゆる》いスケジュールの旅なんだから」

那奈はやさしい眼差しで言うと、右手をハンドルのほうにまで伸ばしてきた。が、ハンドルには触れずに、太ももをすっと撫でて、「ふふっ」と意味深な笑い声を洩らした。

茶店から女性が出てきた。閉店の時間だ。彼女は駐車場の端に止めている軽自動車の前まで向かうと、軽く挨拶をして運転席に乗り込んだ。

駐車場に車は一台きりになった。

赤くなった陽光があたり一面を染めはじめた。

夕陽と夕闇がせめぎ合う。ふたりきりの車内は影の色が濃くなっていく。

「引っかかりに解決がつけられるまで、わたし、時間を潰しててもいい？」

「ごめんな、疲れているのに、ぼくの勘につきあわせちゃって」

「遠慮は無用。目的をはっきりと決めない旅って、わたし、一度も経験がないから、やってみたかったんだ。で、いい？　勝手にどこかに行くわけじゃないから、時間潰しをしても……」

「いいよ、好きにすればいい」

那奈はうれしそうにうなずくと、ふうっとため息を洩らした。彼女の横顔の陰影がはっきりとしてきた。立体感が美しさを引き出す。影の部分には妖しさを宿す。

那奈はまた、右手を伸ばして太ももに触れてきた。今度はそれだけでは終わらなかった。ゆっくりと撫でてきた。駐車場にふたりきりという情況が、彼女を大胆にさせているのかもしれない。疲れが性欲を揺さぶっているようでもあった。

ファスナーに触れたと思った途端、いっきに下ろしはじめた。恥ずかしそうな表情を浮かべると、「こういう時間潰しでもいいのよね」と、言い訳をするように囁いた。

陰茎がパンツの中から引っ張り出される。慣れた手つきだ。ためらいはない。男にとっては、彼女の潔《いさぎよ》いまでの動きがうれしい。性欲に集中していける。

伊原はシートを平らになるまで倒す。そうすることで、指だけでなく口も使って欲しいという気持を伝える。駐車場とはいえ、もうここには誰もいない。都会ならまだしも、夕闇が濃くなる山間のこの時間に、誰かがやってくることもないはずだ。

「おちんちん、熱い……」

「そういうことか。時間潰しになるのは確かだな。思う存分、やってほしいな。今日のところは、どんなことをされても、昇って終わりってことにはならないからな」

「それって、皮肉？　自嘲《じちよう》？」

那奈もシートを倒すと、萎えた陰茎をてのひらで包み込んだ。

しごくわけではない。舐めようとする気配もない。何かのきっかけで勃起がはじまればいい、という漠然《ばくぜん》とした動きをするだけだ。

「こうして横になっているのを見ていると、伊原さんも涅槃像みたい……。向かって左が、青玉乃滝、右が赤玉乃滝。で、おちんちんがこれから行く天突山ね」

「面白いたとえだな。ということは、ぼくを見ている那奈が、物見乃丘ということになるのかな。そういえば、茶店の女の人が言っていたけど、天突山のあたりはかつてはお店ができては潰れていたみたいだね。いくつかの店ができて賑わったこともあったようだけど、今じゃ、ゴーストタウンらしいよ」

「萎えたおちんちんとゴーストタウンって、共通しているものがありそう……」

伊原は混乱からもう少しで抜け出せそうな気がした。

陰茎が天突山で、物見乃丘が那奈。そのあたりにヒントが隠れていそうに思えてならない。これまでは、導く人が必ず現れていたが、今は誰もいない。自分の知力が頼りだ。考えろ。何かの暗示が隠されている。次に向かうべき場所だとか、次に考えるべきことを教えているはずだ。それが勃起不全を治す鍵になる。

夕陽が山の端に落ちていく。

その時だ。

女性の声が脳裡に響いた。

東京にある風変わりな店のマダムの声。彼女の忠告。「那奈を連れていってはいけない」と……。その理由が、今突然わかった。

那奈が喪の見の丘そのものだった。

喪に服しているかどうかを確かめるためにつくられた喪の見の丘と同じ役割を、那奈がやっているということが、天啓のようにして理解できた。だから、連れていくなと言ったのだ。

監視されていれば臆《おく》する。当然だ。自由に振る舞えなくなるから。那奈は萎えた陰茎に勃起を取り戻すためについてきたけれど、喪の見の丘だとしたら、彼女は陰茎を監視する人だったということになる。

江戸時代に生きた人たちのことを想像してみる。とりわけ、親族を亡くして悲しみに暮れている人たちのことだ。つまり彼らは、喪の見の丘から監視されている人たちだ。

彼らは喪に服し、悲しみの中でひっそりと暮らす。だからといって、泣いてばかりはいられない。時には冗談を言い合うだろうし、ばか話をして笑ったりもするだろう。恋愛をしている者はそれをつづけるし、性交もするだろう。だが、喪に服している限り、許されなかった。厳格だった。だからこそ、喪の見の丘が存在する価値と理由があったのだ。

人々は表向きは従順であっただろう。でも、悲しみに浸《ひた》っているだけでは生きていけない。人の営《いとな》みとはそういうものだ。だから、監視されている時は厳格な生活を送り、監視の外に出たとわかれば、ごく普通の生活をしたはずだ。

萎えた陰茎は、喪に服していることと同じだ。那奈が喪の見の丘だとしたら、彼女がいないところならば、陰茎は勃起することになるのではないか？　つまり、どんなに那奈が頑張《がんば》っても、彼女では勃起しないのだ。

伊原はうっすらと瞼を開けて、陰茎を揉んでいる那奈の横顔を見遣った。

陰茎も那奈も自分もパズルの一部だという気になった。涅槃像も物見乃丘も赤玉乃滝も青玉乃滝も。東京のマダムだってそうだ。バラバラになったそれらのパズルを、丁寧《ていねい》にひとつひとつ組み立てれば、勃起は可能になる。

「那奈、手を離してくれるかな」

「引っかかりが解《と》けた？　で、車を出す気になったの？」

「どっちでもないかな。とにかく、ぼくがすることを眺めていて欲しいんだ。文句とか不満を言わないでだよ」

「おかしな人。これまでだって、わたし、文句なんて言ったことがないのに」

那奈は不満げな表情を浮かべながら起き上がってシートを元の位置に戻した。

陰茎は萎えたままだ。伊原は右手を陰茎に持っていく。自慰をはじめる。これで本当に、那奈が喪の見の丘になったことになる。

陰茎は萎えたままだ。監視されているのだから当然だ。彼女は目を見開いて驚いた顔をつくっている。なぜ？　という疑問が顔全体に浮かんでいる。

萎えた陰茎の付け根が熱くなってきた。

今までにない兆候だ。

見られていることによる興奮ではない。那奈とは何度となく、大胆なことや淫《みだ》らなことをやってきた。だから自慰を見られた程度では、強烈な興奮にはならない。

陰茎をゆっくりとしごく。付け根の奥から熱気がじわじわと伝わってくる。いい兆候だ。もうすぐ勃起がはじまりそうな予感。でも、と思い直す。喪の見の丘の立場の那奈に監視されていて、勃起するわけがない、と。

彼女にはこの熱気がわからないだろう。それは眺めているだけだから。期待が膨《ふく》らみ、ワクワクしてくる。性的な高ぶりとは別の興奮が満ちる。伊原は手の動きを止めて深呼吸をひとつした。

「あっ……」

伊原は小さな呻き声をあげた。

またひとつ天啓があった。

天突山のこと、そして、喪の見の丘のこと、そして那奈、自慰……。それらがひとつのつながりとなった。

「那奈、またひとつわかったよ。ありがとう、こんな姿を文句も言わずに見てくれて」

伊原は陰茎をパンツに収めた。シートを起こすと、エンジンをかけた。

那奈が呆れたような眼差しを送ってくる。彼女には説明が必要だ。たとえ、監視役で、彼女がいる限り、絶対に勃起しないとわかっていてもだ。

ヘッドライトを点《つ》ける。車内が急に暗くなる。遠目から眺めているのと、実際に現地に行って見るのとでは、大違いのはずだ。そうでなかったら、那奈が喪の見の丘だという暗喩《あんゆ》は成立しなくなる。

「どういうことなの？　ねえ、自分ひとりで納得しちゃって……。わたしを置いてきぼりにしないでったら」

「ごめん、そうだよな。天突山に行くんだよ、真実が見られるはずだから」

「真実って？　そこに何があるの？　かつては賑やかだったけど、今はゴーストタウンなんでしょう？　誰も住んでいないんでしょう？」

「どうかな、わからないよ。だからそれを確かめるために行くんだよ」

「地元の人が嘘をついたと？　そんなことをしても何の得にもならないのに？」

「ゴーストタウンにしか見えないけれど、実際は賑わっているとしたらどうなる？　地元の人は嘘はついていないことになるよね。だから、この目で確かめてみるんだ。先入観を持っていない目でね」

「意味がわかりません。きちんと説明してちょうだい。あなた、何かを急に思いついたの？」

「そうなんだ。とにかく、天突山を実際に見たいんだ」

伊原は勢い込んで言って、アクセルを踏んだ。闇は濃くなっている。ヘッドライトが路面を照らす。それだけが頼りだ。闇がほとんどの空間を占めるようになってきた。

丘を下る。涅槃像を形作っている山の端も視界から消える。至る所に街灯がある都会とは違う。運転も慎重になる。

「那奈、ガイドブックを調べてくれるかな。天突山についての記載があるかもしれないからな」

「調べてはみるけど、ないんじゃない？　だって、ゴーストタウンなんでしょう？　観光客にとっては、そんな場所の情報なんて必要ないでしょう？」

伊原は答えずに車内灯を点けた。彼女はガイドブック「宮崎」を開いた。三十秒ほどすると、素《す》っ頓狂《とんきょう》な声があがった。

「あったあ」

「天突山について？　それとも、ゴーストタウンについて？」

「今、記事を読んであげるから……。天突山。涅槃像の形をしているとして有名な連山の一角をなしている山。標高二四五メートルと低いながらも、天を貫《つらぬ》くほどの鋭い稜線《りょうせん》が特徴。それが名前の由来という説がある……」

「それだけ？」

「まだ途中。伊原さん、黙って聞いて……。その一方で、天にまで届くほどの衝動や熱情がこの山にあったとも言われている。古文書には天衝《つ》き山という記述があるようだ。天を衝くという字が転じて天突山となったという説もある。涅槃像の股間の部分に位置しているということで、天突山にはかつて仏舎利《ぶっしゃり》塔があった。そこを中心に商業が栄えたが現在ではその姿はまったくない。以上」

那奈はそこまで読んだところで車内灯を消した。瞼を閉じて吐息《といき》を洩らした。何かを考えようとしているようにも、揺れる車内で活字を読んだために気分が悪くなったようにも見えた。

「仏舎利塔というのは、荼毘《だび》にふされた釈迦《しゃか》の骨をおさめた塔だよね。九州の山奥にもあったなんて驚きだな。神話の里なのに」

「そういうことが、なぜ、伊原さんのモノが大きくならないことに関係しているの？　わたし、まったく理解できない」

「ぼくだってそうさ。でもね、何かに導かれていることだけは確かだ。那奈だって、いろいろなタイミングで、驚かされてきたじゃないか。忘れてはいないよね」

伊原は言いながら、喪の見の丘の那奈が理解できるはずがないと思った。彼女とは心が通《かよ》い合っているという実感をずっと持ち続けていたが、この瞬間、わずかに隙間《すきま》が生まれたのを感じた。

6

信号機も街灯もない闇の道を走る。

天突山がナビに現れた。あと百メートル程度だ。山間の道。五メートルほどの道幅。センターラインの白い線はここにはない。一方は谷、そして川。ガードレールが間断《かんだん》なくつづく。山側に民家が点在している。しかし、夜だというのに明かりが点いていない。ヘッドライトの明かりがふっと浮かんでは消える。廃屋《はいおく》なのか、明かりが点いていないだけなのか、運転中では判然としない。

深い森の中を走りはじめた。空一面にまたたきはじめていた星も見えなくなった。谷から離れている。標高が高くなっている。空気が冷たくなってきたのを感じる。

「あっ、明かりよ、伊原さん」

那奈がいきなり甲高い声をあげた。安堵の色を帯びていた。

百メートル先に、自動販売機の明かりが見えた。それだけのことなのに、伊原も安心した。物見乃丘を下ってから三十分は走ったが、人の気配がまったく感じられなくて、心細くなっていた。

「自動販売機の明かりだな。とにかく、寄ってみるか」

「こういう時に、明かりって、勇気を与えてくれるものだなって、つくづく思うな。東京に住んでいると、そんなことはまったく考えないわよね」

「刺激になってよかったじゃないか」

「わたし、いいアイデアが浮かんだわ。今夜、伊原さんとする時は、部屋の明かりをすべて点けるわ」

伊原は微笑とうなずきで応えると、車を自動販売機の前で停めた。降りるのをためらった。二台据《す》えてある自販機の奥に民家があったが、朽《く》ち果てていたからだ。ゾッとした。呪《のろ》いがかけられたのではないかと思ったくらいだ。

「降りないの？」

那奈が声をかけてくる。彼女は何も感じないらしい。「わたし、コーラが飲みたいな。あるかしら」と、屈託《くったく》のない声をあげながらドアを開けた。それを見て、伊原も仕方なく降りた。

「ねえ、すごい、見て、伊原さん」

自販機の前にいち早く立った那奈が、今度は明るい声で言った。

「この自販機のジュース、わたしが子どもの頃に売っていたものよ」

「ホントだ。これって、管理している人がものぐさなだけじゃないのか？　サンプルを替えないなんて、東京ではあり得ないな」

「これでも明かりが点いているってことは、商売になっているってことよね。だけど、もしもお金が詰まったら、どこに連絡すればいいのかしら」

「コインの投入口の横に電話番号が書いてあるけど、意味ないだろうな。ケータイが通じないんだから」

「面白そうだから、わたし、買うわね」

彼女は百円を投入した。値段は百円だった。サンプルのジュースが古いだけでなくて、金額も当時のままのようだ。

自販機のディスプレイは上下二段になっていて、各段に缶ジュースが五本ディスプレイしてあった。

彼女はコーラを選んでボタンを押した。が、出てこない。何度押しても。返却ボタンを押したが、百円も戻ってこなかった。

「頭きちゃう。百円、損したわ。電話番号をケータイに入れておかなくちゃ」

那奈は口にした言葉ほどには怒った表情はしていなかった。覚悟していたようだ。でも、腹の虫がおさまらなくて、彼女らしくない行動に出た。

自販機を蹴《け》った。軽く一度。静まり返った森の中では、それだけのことなのに響いた。車のエンジン音にかき消されなかった。

「あっ」

伊原は後ずさりながら短く声をあげた。彼女の乱暴に驚いたのではない。彼女の背後から人影が現れたのだ。

「きゃあっ」

那奈が悲鳴をあげた。何かをされたのではなくて、彼女もその存在に気づいたのだ。誰もいないと頭から信じきっていたから、驚きと衝撃は大きかった。

誰だ、いったい、この人は。

背中が丸まった老婆だった。杖をついているのだと、老婆が自販機の明かりの中まで入ってきてようやくわかった。

「旅の人、乱暴はいかんよ」

「だって、お金を入れても、出てこなかったんですよ。ケータイが圏外だから、諦めるしかなかったんです。おばあさん、管理している人ですか」

「そんなことだろうと思ったよ。ほら、百円。もういいだろう、お帰り」

老婆は皺だらけの顔で笑った。前歯の大半が抜けていた。不気味さを増幅させるだけの迫力があった。那奈に代わって、伊原が話しかけた。

「ぼくらは観光の途中に偶然やってきた者ではないんです。物見乃丘から天突山を目指してやってきました。天突山を眺めた時にここに来ないといけないと気づいたんです」

「つまり、それはわしとあんたらとの出会いは、必然だったと? そういうことを言いたいのかな」

「天突山の真実は、物見乃丘から眺めていてもわからないはずです。そうでしょう?」

「思わせぶりな言い方をされても困るな。あんたたちに教えることは何もないんだ。何十年もそうしてきたんだからな。見てのとおりの何もない場所だよ、ここは」

「やっぱりそうでしたか」

伊原は大きくうなずいた。老婆の言葉からいくつかの意味が読み取れた。彼女はここに住んでいる。ほかにも住人がいそうだということもわかった。そして何かを守るために住んでいることも暗示していた。

「ゴーストタウンだと教えられましたけど、この街は賑わっているんでしょう?」

伊原は思いきって言った。自販機が二台しかない場所だったけれど。

老婆は歯のない口を開けて笑った。

十秒近く笑い声はつづいた。

どうやら、それは合図だったらしい。

7

老婆の濁《にご》った笑い声が長くつづいた。前歯がほとんどないせいで、息が洩れてヒュウヒュウと笛の細い音のようだった。それが合図だったのかもしれない。

どこからともなくひとりの老人が現れた。髪はなかった。頭部全体が月光を浴びて光っていた。眼が落ち窪《くぼ》んでいた。皺が深かった。その皺の溝《みぞ》に夜の闇が忍び込んでいるようだった。

「大丈夫かい、イッちゃん」

老人は杖を握る指に力を入れながら怒気《どき》をはらんだ声をあげた。老婆への気遣《きづか》いというよりも、見知らぬ者への威嚇《いかく》の意味合いのほうが強いようだった。老人の思惑《おもわく》どおり、那奈は頬を引きつらせ、肩をすぼめて小さくなった。

「ごめんなさい、わたしがいけないんです。自動販売機にお金を入れてもコーラが出てこないから、蹴《け》っちゃったんです。すみません」

「そういうことだったんか。こっちこそ、すまんなあ。古い機械だから、いつ何時《なんどき》、調子が悪くなるかわからんね」

老人は警戒心を解くこともなく、蛍光灯の青い明かりが点いている自動販売機に目を遣《や》った。

「このあたりが街の中心なんですか？」

あたりを見渡しても、目の前にある自動販売機二台しか明かりが点いているものは見当たらなかった。でも、伊原は訊いた。嫌味ではない。

ふたりの老人以外にも、人の気配が強く感じられるのだ。霊といった類《たぐい》のものではない。人だけではない。目には見えないけれど、すぐ目の前に大きな建物がいくつも建《た》っている気配があった。

老婆を守るようにして老人は立つ。老《ふ》けてはいるものの、目が放《はな》つ光は強い。生き生きとしている。生きるエネルギーが皺だらけの肌の奥で渦巻いているようだ。

「終戦後はずいぶんと賑わったんだけど、昭和四十年代になると、福岡だ別府《べっぷ》だ大阪だ東京だって言ってはこの土地を離れていってしまってなあ。さびれてしまって、今じゃ見る影もない。家は朽《く》ちているしなあ……。で、あんたら、夜が近いっていうのに、用でもあるのかい」

「ぼくのほうこそ、なぜここに呼び寄せたのかってことを訊きたいですよ。ぼくがここにいる理由が、あなたたちはわかっているはずです」

伊原は老人に言った。数分前、老婆にも同じ意味合いの言葉を投げかけていた。でも、ふたりとも何を言われているのかわからないらしい。当惑の表情を浮かべている。顔の筋肉が老人の表情をつくっているのだろうけど、本当は、皺の溝の深さとそこに宿る陰影がつくっている気がする。

「ぼくたちは、単に観光でやってきたんじゃないんです。この地を訪ねるのは必然だったんです。ということは、導いた意思がここにはあるはずなんです。意思を持っているのは、そこにいるお婆さんかもしれないし、涅槃像の陰部に位置している天突山かもしれない」

「土地について詳《くわ》しいんだね、あんた」

老人の肩越しに、イッちゃんと呼ばれた老婆が声をあげた。今の話が、彼女の警戒心を解くきっかけになったのだろうか。親しみを感じさせる穏《おだ》やかな表情に変わった。

「ぼくたちは呼び寄せられたんです。九州出身でもないのにこの場所を訪ねられたのは、意味があるからでしょう？」

「あんたたちは、どこから？」

「東京です。西に行けというお告《つ》げのようなものがあったんです。で、伊勢に行きました。そこで高千穂を訪ねるようにという暗示があったんです」

「長生きをしていると、面白い話が聞けるもんだな。そう思わんかい、じっちゃん。こん人たち、東京からだって。しかも、伊勢を巡った後にここに来るとは……」

じっちゃんと呼ばれた老人は半身《はんみ》になって、イッちゃんに目を遣った。同意を求めているようだった。

やはり、と伊原は思う。偶然ここにやってきたのではない。導かれたのは間違いない。それは涅槃像の引力なのか？ 伊勢に行った時からつづく「西へ向かえ」という示唆《しさ》によるものなのか？

「今夜は満月のようだ」

老婆はじっちゃんに言うと、今度は東京からやってきたふたりに言葉を投げてきた。

「ここから、歩いて二十分ほど天突山を登っていくと、竹林があってな。そこに聖《ひじり》池《いけ》という池があるから、見てくるといい」

「ひじりとは、聖人君子の聖ですか」

「地元の人も知っている人は少ないだろうな。とにかく、満月の時にだけ現れるという池だから」

「満月の時だけ？」

伊原は言いながら、海の干満が月の重力に強く影響されて起こるように池の水が現れるのかもしれないと考えた。

それにしても、聖池という名が意味深だ。聖なる池は、性なる池という意味を持っているのではないか？

最後の勃起の時に現れた赤い玉のことを思い浮かべた。

あれは自分の陰茎から出てきたものなのに肉眼では見えずに、鏡を介した時にだけ見えた。浮遊しているようだった。赤い色をした玉が、性なる池の聖池に集まるとしたら……。

「聖なる池ですか。御利益《ごりやく》がありそうですね」

「何もないよ。珍しいだけだ」

「聖地の名って、性を直截的に意味する名前はつけるのがはばかられたんじゃないですか。だから、聖池。まさか、日本中の赤玉がその池に集まるんじゃないでしょうね」

「赤玉？　なんのことかな？　わしはその池のことを聖池と呼んだが、ほかに意味など知らん。そうだ、あんたたち、今夜は満月だ。運がいい。聖池は滅多《めった》に見られるものではないからな」

「看板や案内表示板はあるんですか？」

「そんなものはありゃせん。この国道を上っていくと、すぐに二股《ふたまた》に分かれる。左側の県道を走ると、しばらくして、竹林群に入るから、そこで車を降りるんだ。そこまで、車なら三分程度だろうか。そこからは歩きだ」

「竹林の中に、池が現れるということなんですね」

「そういうことだ。行けばわかる。どんな場所でも喜びと悲しみがあるということだ。しかし、土地に染《し》み込んだ人々の感情を肉眼で見ることはできないがな……」

老人は意味深な口ぶりで言うと、踵《きびす》を返して闇の中に戻っていった。あれだけあからさまに守ろうとしていた老婆を残して。どうして？　老婆から目を離した隙《すき》に、その老婆も闇に姿を消してしまっていた。

8

聖池とわかる看板や道路標識はいっさいなかった。標高はさほど高くはないのに、午後六時を回ると、夜の闇は濃くなり、月光の鮮《あざ》やかさも増した。

国道を時速四十キロ程度の速さで二分近く走ると、道は二股に分かれた。教えられたとおりに走ると、月明かりを遮《さえぎ》るような竹林群が眼前に現れた。貫《つらぬ》くように走るうちに、相互通行ができないくらいの狭い道になった。京都の嵯峨野《さがの》にある有名な竹林に似ていた。空気が清麗《せいれい》になっていた。

どこで車を止めたらいいのかと思ってスピードを緩《ゆる》めると、相互通行をするための退避エリアがあった。車が一台停められるだけのスペースだ。竹林群にはすでに二百メートルは入っているだろうか。先もまだまだ竹林。どこまでつづいているかわからない。

車を退避スペースで止めた。

竹林は鬱蒼《うっそう》としていた。満月の光はほとんどが地面までは届いていない。それでいて暗くはない。ほんのりとした明るさが保たれている。笹《ささ》が擦《こす》れ合ってサラサラという軽やかな音をあげている。

「物見乃丘から天突山ははっきりと見えたのに、これだけの広大な竹の群生地が見えなかったのが不思議だな」

伊原は車を降りると、助手席を離れようとしない那奈に声をかけた。サラサラという葉擦れの音にかき消された。竹林全体に音を吸われてしまったようでもあった。

彼女は竹林群に車で入った時から、竹林を怖《こわ》いと訴えていた。

理由が面白い。竹の中に女子は封じ込まれてしまうのだと言っていた。竹の中から生まれるかぐや姫が一般的だろうから、封じられると考えるのは独特で興味深かった。彼女の生まれ育った地元に、そんな言い伝えがあるのだという。彼女が勝手に話をつくったわけではないということだ。

ロックできる車の中とはいえ、彼女をひとりにしておくわけにはいかないので、脅《おど》したりすかしたりしてようやく降ろした。

「わたしのこと、絶対に離さないでね。連れ去られたら、あなたのせいよ」

「だったら、ぴったりとくっついていることだ。那奈、ほら、腕を組むんだ」

「聖池を見たら、すぐにここを出ましょうね。約束して、伊原さん。そこでヒントを得ても、今日のところはホテルに入るって……」

本当に怖いらしくて、腕にしがみついたまま離れない。歩きにくい。といっても、どこに向かって歩いていいのかわからない。聖池を示す案内板はない。

「那奈を怖がらせるようなことは言いたくないけど、さっきの老人、おかしなことを話していたね。覚えている?」

「土地に感情が染み込んでいるとか、それが肉眼で見えるかどうかっていう話だった気がするけど……」

「あれっ? 怖くない?」

「竹林にいることを考えたら、老人の話なんてちっとも怖くないわよ。子守歌のようなやさしい囁《ささや》きだわ。この地はもしかしたら、平家の落人《おちうど》の隠れ里かなと思いました」

「そういう考え方もできるな」

伊原はさらりと答えると、黙って道なりに歩いた。

イッちゃんと呼ばれた老婆のことを考えた。あの老婆は、女子島の長老のタネのライバルだった白鳥イチ子ではないか……。

女子島に連れていってくれた飯野や、東京の喫茶店のマダムによると、排斥運動に行き詰まった白鳥イチ子は自分たちが追われる立場になってしまった。そして西に逃げた。でも、彼らは逃げた先について特定しなかった。隠したわけではなくて、逃亡先については知らなかったのだろう。

竹林に分け入っていくけもの道があった。那奈は足を踏み入れるのをいやがったが、聖池を見つけるためだと説得した。

夜の竹林は歩きにくい。落ちた笹がタケノコを隠している。ふたりは何度もつまずいた。このけもの道は人も利用していた。そのことに気づいたのは、背の高さのあたりの竹に、目印にしているような引っかき傷がいくつもあったからだ。矢印を彫《ほ》り込んである竹もあった。

伊原は物見乃丘から見た涅槃像を思い浮かべた。

左右の乳房にあたるところに、赤玉乃滝と青玉乃滝がある。股間には陰茎を想起させる天突山があって、その山間には陰毛の茂みを連想させる竹林がある。そして、満月の時にだけ現れる聖池があるのだ。

導かれたからこそ、いくつもの神秘と出会っているのだ。偶然の産物ではない。老婆も老人も、女子島もタネも、すべてが勃起不全を完治させるために必要な出会いだったに違いない。そういうことをつらつらと考えていくと、聖池に対する期待が強まっていく。

「竹林って、空気がとってもきれいな気がするな。深呼吸するのが楽しいわ」

「竹というのは清浄《せいじょう》なものというイメージがあるくらいだからね。だから、怖がることはないって言ったじゃないか」

「わたし、ハイになってきたみたい。あまりに怖すぎるせいかな。それとも、このきれいな空気を吸い込みすぎたせいかしら」

「興奮してきたってわけか。それは頼もしいじゃないか。ここには誰もいないし、誰も来ない。遠慮しないで、高ぶりを表していいんだからね」

「だったら、今すぐ、ここで、キスして」

那奈は立ち止まった。腕を絡《から》めているから、伊原は引き止められることになった。

那奈が顔を寄せてくる。首に右手が伸びてくる。くちびるが開き、口が重なり、舌が絡み合う。主導権は那奈が握っている。伊原はキスに応えてはいるけれど、性的な興奮は感じない。今はそれどころではないという思いが強いからだ。

くちびるが離れた。那奈は深々と吐息を洩らすと、「ふふっ」と小さな笑い声をあげた。

「何がおかしいんだい？」

「だって、キスしたら、ちょっとだけど怖くなくなったから……。キスの威力って本当にすごいなって思ううちに、わたし、キス依存症になっちゃうかもって考えたの。そしたら、ニヤニヤしてきちゃった」

「キスの魅力を再発見したというわけか。ヘンタイ的なことでも喜んでやってきた那奈が言うと、可笑しく感じるな」

「何よ、それ。わたしがまるで、エッチなことなら何でもやっちゃう女みたいじゃない。わたしがやっていることは、すべてがあなたのためなんだから。わかっているの？」

「それだけ勇ましいんだから、もうちょっと頑張って先に行ってみようよ」

那奈を励《はげ》ます。時間が過ぎていけばいくほど、闇は濃くなっていく。

風が吹き抜ける。笹の葉擦れが響く。竹の中程のあたりから先端にかけてゆっくりと揺れていく。竹同士がぶつかり合って、ぎしぎしと軋《きし》んだ音をたてる。そのたびに、那奈の足が止まってしまう。

振り返ってみる。歩いてきたけもの道はわかるが、乗り捨てた車はもう見えない。青木《あおき》ケ原《がはら》の樹海のように、迷い込んでしまったら出られないという心配はない。竹に刻んだ目印や矢印を辿《たど》ればいいからだ。

突然、視界が晴れた。

竹林がそこだけくりぬかれたように一本もなかった。

池？　沼？

とにかく、たっぷりと水を湛《たた》えた池ではなかった。月の青白い光を反射している水の表面が竹林を映し込んでいた。これが聖池か。ここが涅槃像の中心の天突山の深奥《しんおう》部なのか。

聖池はほぼ円形をしている。広さはテニスコート二面分くらいだろうか。並べたコートの角《かど》を落として丸くしたくらいだ。下草はほとんど生《は》えていない。笹が落ちて堆積《たいせき》した沼のようでもある。満月の時にしか現れないということだったが、今はどの程度なのだろう。これが聖池の全貌《ぜんぼう》なのか？

想像していた池とは違った。日本中の男たちから出てきた赤玉が聖池を真っ赤に染めているのかと思っていた。

人工的な手が加えられてはいない。池と池でない土の部分とがはっきりとわかれていない。ぐちゃぐちゃの泥になっている部分があって、その状態が池の中心までつづいているようなのだ。沼と言っても不思議ではない。

「何もない池……。わたし、劇的なことが起きるかと思って期待しているんだけど、何も起こりそうにないわね」

静まり返った空間に、月光が降り注《そそ》ぐ。竹林によって空気が浄化されているからだろうか、月光が何百何千という光の条《すじ》となっているように見える。

期待を込めて何度かまばたきをしたけれど、赤玉の乱舞にはならなかった。そこには静明な空気と光があった。

「もう少し眺めていようよ。満月になると現れる池なんて、滅多に見られるものじゃないからね」

那奈の肩を抱きしめながら囁く。

何も起こらないかもしれない。たとえそうだったとしても満足だ。やるべきことはやったという達成感はすでに得ていた。

「あっ、見て……」

那奈が池の中心部を指さした。

水がじわじわと湧き出しはじめた。波紋が広がり岸にまで到達した。数秒前までは泥沼だったのに、今では充分に水を湛えている。池と岸との境目がはっきりした。

「満月になると、たとえば南の島でカニが大移動したり、珊瑚《さんご》が産卵をはじめたりする映像を観《み》たことがあるけど、池が生まれるなんて。こんなのは初めてだ」

伊原はうわずった声で言った。人知を超えた自然の力を目の当《ま》たりにしたために、寒くもないのに震えてしまった。鳥肌も立った。

「ああっ、見て」

那奈がまた指さした。池に水が湛えられたことで、どこからともなく、動物が集まってきたのだ。猿もいる。犬もいる。鹿も猪も。水を求めてやってきた。

動物たちは一心不乱に水を飲みはじめた。二、三メートルしか離れていないところに人間がいるというのに。

「おいしそうに飲んでいるわね。動物たちにとって、この池の水は生命《いのち》の水かもしれない……。伊原さんも飲んでみたら？　これだけきれいな空気と竹林の土地から染み出した水だもの、汚いわけがないでしょう？」

「いっきに勃起したら、ここで求めちゃうかもしれないぞ」

「いいわよ、もちろん。そうなったら、わたしたちもけものになって求め合いましょう。ああっ、素敵」

「プレッシャーになるからそれ以上のことは言わないこと。それに、飲んで変化がなくても、がっかりしないでくれよな」

「さあ、飲んで。わたしも飲むから」

ふたりは池の縁《ふち》で屈《かが》んだ。両手で水をすくい取った。数分前までは泥だった場所が、今ではてのひらですくい取れるまでに水嵩《みずかさ》が増えている。

てのひらの水を飲んだ。

泥が少し混じっていた。それでもおいしい。軀《からだ》に染み込んでいくのを感じた。すぐに火照《ほて》りが生まれた。心臓と陰部のあたりが熱い。もしかしたら、勃起がはじまるかも。期待してしまう高ぶりが生まれている。那奈もつづいた。

「ねえ、伊原さん、どんな感じ？　わたし、変な気分になっているんだけど……」

「ぼくもだ。那奈が気分を盛り上げてくれているからかな。久しぶりに、セックスできそうだ。心臓がドキドキだよ」

「ほんと？　ということは、この場所が、わたしたちが求めてきたところなの？　あなたの赤玉はここにあるの？」

「目に見えるものではないから、ぼくにもわからないよ」

伊原は言った瞬間、全身にまた鳥肌が立つのを感じた。老人の言葉を思い出したのだ。

『土地に染み込んだ人々の感情を肉眼で見ることはできないがな……』。

「土地」を聖池に、「人々の感情」を赤玉に置き換《か》えることができるのではないか？

『聖池に染み込んだ赤玉を肉眼で見ることはできないがな……』

老人は暗《あん》にこう言ったのかもしれない。とすれば、見ることはできないが、赤玉は目の前で乱舞していることになる。そうだ、そうに違いない。

鏡に映り込んだ赤玉は見られたということは、つまり、直接肉眼では見られないということになる。残念なことに、鏡はここにはない。

「ああっ、わたし、熱いの。あなたも熱いんでしょう？　触ってもいい？」

「おっきくなっていないけど、それでもいいなら。でも、兆《きざ》しは確かに感じるよ。あそこの付け根がものすごく熱いんだ」

「あん、うれしい……」

那奈はうっとりとした声で囁きながら、腰を落とした。陰部に頬を寄せると、陰茎に刺激を加えようとして圧迫してきた。勃起しているかどうかを確かめていた。

ズボンのファスナーを下ろし、パンツから陰茎を引き出す。萎えたままだから、彼女は戸惑《とまど》わずにすんなりとできた。硬く勃起していると、パンツの窓に引っかかるのだ。今ではそれが懐かしい。

「まだ逞《たくま》しくなりそうな感じはないけど、伊原さんには確かな兆しがあるのね」

「そうなんだ。久しぶりに、ワクワクしてきたよ。那奈、くわえてくれるかい」

「ここで水を飲んでいる動物たちと同じになるのね、わたしたちも。ああっ、興奮する。動物たちに覗《のぞ》き見されるのね……」

「それも刺激になるわけか」

「ああっ、熱い。伊原さんのおちんちん、今までいちばん熱い……」

那奈は陰茎を深々とくわえ込んだ。

くちびるを引き締めてやわらかい付け根を刺激する。舌先で器用に、幹《みき》を包む皮をよじったり、伸ばしたりする。先端の笠の端にある敏感な切れ込みを舌で掃《は》くようにしてなぞる。鋭い快感が生まれる。「ううっ、いいよ、那奈」。思わず、彼女の後頭部にてのひらをあてがって、股間のほうに引き寄せる。陰茎が萎えたままだから迫力に欠けるけれど、それでも征服欲は満足するから十分に心地《ここち》いい。

「気のせいかしら、おちんちんの芯が少し硬くなったみたい」

「舐めてもらっている気持よさが、芯に響いてきているんだ。そのおかげかもしれない。勃起しそうだ。那奈、もうすぐだ」

「赤玉が戻ってきているの？」

「わからない。それは見えないから……」

伊原は息を呑んだ。全身にまた鳥肌が立った。膝が震えた。驚きと感動が胸いっぱいに満ちた。

勃起がはじまった。

生温かい那奈の口の中を味わうように、ゆっくりと硬くなっていく。赤玉が戻っているのかもしれない。見えないけれど、今はきっと軀の近くにいるはずだ。軀に入ったら、きっと、強烈な勃起がはじまるだろう。

「ああっ、硬くなってる。やった、やった、伊原さん、やったわね」

「うん、すごいよ、感動だ。やっと取り戻せたぞ」

伊原は感極《かんきわ》まった声をあげた。わずかにのけ反った。その時だ。

「ああっ、すごい、見えるぞ」

聖池に満ちた水の表面に、無数の赤玉が乱れ飛んでいるのが映っていた。水面が鏡の役割をしていたのだ。

自分の赤玉はどれだ。

伊原は手を伸ばした。誰のものであってもいい。とにかく、赤玉を手にしよう。そう思ったけれど摑《つか》めない。取れそうで取れない。那奈に陰茎をくわえてもらっているから、移動することもままならない。

「那奈、すごいんだ。赤玉が水面に映っているんだ。無数の赤玉が見えるぞ」

伊原は両手で抱え込むようなしぐさをした。でも、赤玉は摑めなかった。影みたいに実体がないようだ。

「那奈には見えないのか？　ぼんやりと赤く光っているじゃないか。ああっ、すごい光景だ。まるで、蛍《ほたる》が乱舞しているみたいだ」

伊原は無我夢中になって声をあげた。当然だった。赤玉という現実離れしたものを求めていたが、今自分の目の前にそれが現れているのだから。それは、ずっと探してきたものだ。しかも、それを見つけたことによって、萎えたままだった陰茎に力が甦《よみがえ》ったのだ。

赤玉は無数だ。数え切れるものではない。

水の面が鏡の役割をしていると思ったけれど、赤玉は水中にも無数にあった。水中の赤玉だけは、なぜか直接、見える。蛍の乱舞どころではない。吹雪《ふぶき》のようだ。それでいて、静かだ。静まり返っている。聖池を取り囲んでいる木々の枝葉《えだは》も、縁《へり》に生えている下草《したくさ》もぴくりとも動かない。空気そのものも動いている気配がない。

「那奈、見えないか？　フェラチオはもういいから、一緒に見ようよ。このために、九州までやってきたんだろう？」

「伊原さんには見えているのね。ああっ、そうなんだ……。信じられないだろうけど、わたしにはひとつの赤玉も見えないの」

「ほんとか？」

「たぶん、わたしが女だからよ。赤玉って男の領分のものでしょう？　だから、わたしがどれだけ願ったとしても、見られないんだと思うの」

那奈は陰茎から口を離すと、伊原と同じように立ち、同じ目線で同じ場所に目を遣《や》った。期待はしていなかったが、やはり、静まり返っている聖池が見えるだけだった。

「出産が女性の特権だとしたら、赤玉が男性の特権ということになるのかな……。わたし、それが見られなくても、うらやましいとは思わないから……」

「ここまでやってきて見られないなんて、もったいない。ぼくが解説してあげるよ」

伊原は目を凝《こ》らして、聖池の水面を見つめた。

赤玉は燃えているようだった。水の中にあって燃えているという表現はおかしいが、太陽がコロナ放電を起こしているように、ひとつひとつの赤玉の輪郭《りんかく》が曖昧《あいまい》なのだ。だから、野球のボールの質感ではないし、ましてや、けん玉の玉のような硬質な印象はない。強《し》いて言うなら、夏祭りの屋台で見かける水風船とか水ヨーヨーに近いだろうか。いや、やはり、太陽のほうが似ている。でも、熱は感じない。聖池の水中と空中にびっしりと集まっているのに、放熱していない。

「赤玉は球形みたいだ。それが基本の形らしいな。何かの力が加わると、ぐにゃっとよじれたりしているよ。どんな力が加わってそうなるのかわからないけど……。けばだっている硬式テニスのボールのようだ。でも、変形している赤玉を見ると、ラケットに当たった瞬間の、軟式テニスの柔らかいボールのようでもあるな」

「匂いはない？　びっしり集まっているんでしょう？　気持悪くはないの？」

「匂いはしないよ、残念ながら。それがあれば、実体があるという裏付けになるし、摑むことができる気もするけどな。気持悪くはない。それどころか、眺めているだけなのに、勇気だとかやる気っていうものが湧き上がってくるようだ」

「だから、おちんちんが硬くなったのね……。赤玉ってすごいエネルギーを持っているのはわかったけど、男の人にだけ？　女のわたしには影響を与えないのかな」

「那奈にその答を聞きたいな。どう？」

「ダメみたい……。勃起したおちんちんを見たら、いつもなら激しく興奮するのに……」

那奈はそこまで言ったところで、「あっ」と小さく叫んで息を呑んだ。彼女なりに何かに気づいたようだった。

「ねえ、伊原さん……。もし、わたしに赤玉が見えても、たぶん、興奮しないわ。どうしてかって？　だって、わたしは硬くなったおちんちんに興奮しているのであって、赤玉に興奮しているのじゃないんだもの」

伊原は納得してうなずいた。彼女が言いたいのは、たとえば、美しい顔立ちの女性に惚《ほ》れることはあっても、その女性のしゃれこうべを見ても惚れないということだ。

赤玉とは陰茎を形づくっている核の部分なのだ。男の核心だし、男のエネルギーの源《みなもと》でもある。それが軀から消失したのだから、勃起不全になるのはごく自然なことだろう。

「乱舞しているってことは、赤玉全部は見えないんじゃない？　それなのに、自分の赤玉かどうか見極めがつくの？　ランダムに漂っているんでしょう？　それってたとえば、渋《しぶ》谷《や》のハチ公前のスクランブル交差点を歩いているわたしを見つけるようなものじゃない。偶然でもないと、絶対に無理だと思うけど……」

「だから、大変なことになっているんじゃないか。このままだと、目の前にある大切なものをみすみす逃すことになりそうだ」

「逃したらどうなるの？　また、勃起不全に逆戻りするの？　あれっ、もう逆戻りしちゃったのかな」

那奈の言い方があけすけなものになってきた。彼女もこの異様な雰囲気に呑まれている。だから、普段では考えられない下卑《げび》た表現を平気でしているのだろう。いつもの彼女は、エッチでいやらしいけれど、上品だ。

彼女に問いかけられても、伊原は答えられない。すべてが未経験の出来事だ。こんなことをしたという経験談も見聞きしていない。見習う前例がないのだから、自分の考えや判断に頼るしかない。

「どれでもいいから、捕《と》っちゃったら？　実体がないっていうようなことを言っていたけど、水中のものは肉眼で見えているんだから、実体があるはずでしょう？　だとしたら、捕まえられると思うんだけどな」

「わかった、やってみるよ」

伊原は言うと那奈から遠ざかった。といっても、五十センチ程度だが。

剝《む》き出しになっている陰茎をズボンにおさめた。靴と靴下を脱いで、ズボンの裾《すそ》を膝の下あたりまでたくし上げた。

聖池の縁に立った。

赤玉は見えている。足元の水面に反射して見える赤玉もあるし、水中でうごめいているものもある。そのために、池がどのくらいの深さなのかわからない。縁に近ければ浅いだろうと予測はつくけれど、一メートル先となると、どうなっているか……。

「何が起こるかわからないから、那奈、注意して見ていてくれよ。池に足を踏み入れた瞬間、何かに足を摑まれちゃって、引きずり込まれるってことも考えられるからね」

「いやだ、そんな怖《こわ》いこと言わないでよ」

「十分に可能性があるから、ぼくは言っているんじゃないか。真剣に聞くんだ。ぼくが引きずり込まれたら、自動販売機があったところまで戻って、あそこにいた婆さんに助けを求めるんだ」

「まるで、引きずり込まれることに決まっているみたいな言い方。そうなの？　あのお婆さんが、そんな不吉《ふきつ》な予言でもしたの？」

「起こりうることを言っているだけだよ。怖がることはないからね」

伊原は右足をゆっくりと聖池に入れた。

冷たい。

肌が裂けるかと思ったくらいに冷たい水だ。不思議なことに、水中の赤玉がさーっと逃げていった。油膜に水を一滴落とした直後に似ている。右足の周辺一メートルから、赤玉は消えた。でも、そのおかげで、池の底がはっきりと見えた。

澄んだ水の底は泥が堆積《たいせき》しているだけだった。青い月光が射《さ》し込んでいるおかげで、水底《みなそこ》の様子が見て取れた。泥は固い。足を踏み込んでも、水は濁らなかった。足の爪までくっきりと見えたくらいだ。

水深は浅い。ふくらはぎ程度だ。縁から一メートルほど離れてみたが、やはり、ふくらはぎの深さしかなかった。まさか、池の中央部までこの浅さのままではないだろう。手を入れてみる。赤玉はそれ自体に意思があるかのように、さっと逃げて、やはり一メートルほどの間隔を空ける。

赤玉は水面を介して見えるほうが、水中のそれよりも小さい。水の中では屈折率が大きいために赤玉が大きく見えるのか、そういったこととは関係なく、水中では赤玉は大きくなるのかもしれない。水分を含んで膨《ふく》れるとも考えられる。

伊原は中央部を目指して進んだ。水の透明度が高いおかげで、水深が浅いのがわかったからだ。膝の上側あたりまでズボンの裾をたくし上げ直して進んだ。

「伊原さん、大丈夫？」

「すごくきれいな水なんだ。中央に行くにつれて、ぬるくなっている気もするし……」

「ほんとに平気なの？　わたしもそっちに行きましょうか？」

彼女の心配げな声が響く。水面に映っている赤玉がざわめく。ここに、日本人すべての赤玉があるとしたら……。そんな想像をしてみると、魂《たましい》が輪廻転生《りんねてんしょう》するという教えのように、赤玉も同じような転生をするということなのだろうかと思える。

伊原はそこまで考えた時、激しい落胆を感じた。

転生するために、赤玉が自分の軀から出ていったとすれば、寿命ということになるではないか。とすれば、勃起不全に陥《おちい》るのはごく自然のことであって、人為的に取り戻すことなど不可能ということになる。つまり、自分のやっていることは、死を迎えようとしている人の寿命を意図的に変えようとしていることになる。無理だ、そんなことは。

陰茎がどうなっているのか確かめる。勃起は鎮《しず》まっている。が、腹筋に力を入れてみるとヒクヒクッと反応する。弱々しいけれど、勃起不全ではないという証拠だ。

那奈が聖池に入ってきた。

水音がしなかった。それなのに、なぜわかったのかというと、水中の赤玉も空中の赤玉も大きなうねりとなって動いたからだ。背後で何かが起きていると思って振り返ったら、那奈がもう縁から三メートル近くまで離れていた。

彼女は全裸だった。

なぜ洋服を脱いだのかわからない。涅槃像の股間に位置している聖池だからか。全裸になって涅槃像の中心に入ってみたいと考えたのか。とにかく、彼女が禁忌《きんき》を冒《おか》しているのではないかと不安になった。涅槃像が怒るのではないかとも考えた。

伊原はすぐに追いつかれた。ふたりで中央部に向かうことにした。追い返すのは無理だと諦めた。

中央部に立った。そこに目印があったわけではない。池はほぼ丸い円の形をしていたから、周囲を見渡してみれば、中央がどこかだいたいの見当がついたのだ。

水深は浅い。伊原の膝上、彼女の太ももの中ほどあたりまでしかない。

那奈と向かい合った。

彼女は何も言わずに、股間に手を伸ばすと、ズボンのファスナーを下ろし、パンツの中におさまっている陰茎を引き出した。

赤玉が塊《かたまり》となって揺れる。ふたりはまるで赤玉にくるまれているかのようだった。伊原はふいに、赤玉について図書館で調べていた時に読んだ文献を思い出した。それは、江戸時代に栄えた吉原《よしわら》の遊女が書き残した日記だ。『吉原万華《まんげ》日記』という題名だ。

雪《ゆき》という名の遊女は、かつて下級武士の妻だったこともあって読み書きができたらしい。雪は夫が博打《ばくち》でつくった借金の形《かた》として売られたのだ。

――ある春の宵《よい》のことです。ひいきにしてくれている若旦那が帰った後《のち》、飲み残しのお酒をちろっと飲んでいると、恐ろしいことが起きたのです。障子《しょうじ》の向こう側が赤く光っているので、火事かと思いました。吉原は何度も大火に見舞われていると教えられていました。火の元にはくれぐれも気をつけるようにと、ことあるごとに、主《あるじ》からきつく言われていました。

火事だと思って障子を開けましたが、何も見えません。それなのに、障子を閉めると、数えきれないくらいの赤い玉が浮かんでいるのが透《す》けて見えました。腰を抜かしそうになるくらいに驚きました。それなのに、怖くはありません。不思議なことがあるものです。赤い玉にくるまれているような気がして、幸せでした。今までの辛《つら》いことは、夢か幻《まぼろし》だったのかと本気で思ったくらいです。

後日、そのことをお寺の坊さまにうかがったところ、男の精の魂だということでした。わたしは男の精にくるまれていたのです。それだからこそ、幸せだったのかと。わたしは売られた定めを恨《うら》みましたが、本当は男が好きだったのだから、幸せな場所に連れてきてもらえてよかった、と妙なことを考えました――

この遊女の日記でもわかるように、無数の赤玉というのは、人間をくるんで幸せな気持にする力があるということだ。それを読んだ時には、赤玉がくるむのは女性だけなのか、男も同じようにくるむのかわからなかったが、伊原は今、経験しているからこそ断言できる。男の精である赤玉は男でもくるんでくれる。

那奈の指に力がこもる。指の腹で幹を圧迫してくる。精の道が塞《ふさ》がれる感覚だ。陰茎の芯に力はあっても、勃起はしていない。

月光が笠の先端を照らす。今しがたまでくわえられていた名残《なごり》の唾液が、鈍《にぶ》い輝きを放っている。そこに、赤玉が放つ赤色が混じる。

「ねえ、ここであなたのものをお口にふくんでもいい？　そうすることで、赤玉があなたの軀に戻るんじゃないかって気がしたの。ねえ、いいでしょ？」

「ありがとう。何でも試してみないと」

「変化があったら、すぐに教えて。さっきも言ったけど、わたしには赤玉が見えないんだから……」

「裸だけど、寒くない？」

「脱いだ時には寒いなって思ったんだけど、池に足を入れた瞬間から、寒くなったの。今はぽかぽかして温かいくらいよ」

「赤玉にくるまれているからだよ」

「女のわたしが？」

「女を求める源でもあるんだからね、赤玉っていうのは。そう考えてみると、くるまれたとしても不思議ではないんじゃないかな」

「そうね、確かに。赤玉って、理路整然としているのかもしれないわね。カオスのような存在ではないみたい」

那奈は言うと、前屈《かが》みになって顔を近づけてきた。

陰茎を深々とくわえ込まれた。彼女の荒い鼻息が洩《も》れてくる。伊原は腹の底に響く快感を感じていた。

今までにない感覚だ。

快感が鋭かった。それはまるで、初めてフェラチオをしてもらった時の快感のようだった。舌の感触もくちびるの動きも、唾液のぬくもりもすべてが新鮮で強い快感に満ちていた。

あの頃から二十年あまりが過ぎて、フェラチオの刺激に慣れてしまった。相手の女性が代わったとしても、刺激や快感そのものには大した違いはないと思うようになっていた。男としては不幸なことだけれど、それこそが、経験を重ねるという意味だと理解していた。それなのに、二十年あまりに及ぶ女性との経験は、今この瞬間においては役立っていなかった。快感は鋭すぎるくらいに鋭かった。刺激のエッジが立っていた。

彼女の舌が変わったのではない。愛撫を受け止めている陰茎の感覚が鋭敏になったのだ。幸せなことだ。知らず知らずのうちに、快感の強さのために膝が震える。それが水面に伝わり波紋が広がっていく。月光が乱反射して、無数の赤玉を照らす。

「お口が気持いいの……。ねえ、わかる？　伊原さん、フェラチオしながら、本気でいっちゃいそうなの」

「聖池に入ったことで、那奈も感じやすくなっているのかな」

「ここって、不思議な力を持っているのね。涅槃像の中心だからかしら……」

「那奈のくちびるが、すごくいやらしく見えるよ。話しているっていうのに、太いモノをくわえている時みたいに淫靡《いんび》だ」

「それもこの池のせい？」

「この池のほとりに住みたいくらいだ……。さっき出会った老人たちは、この池の秘密を知らないのかな」

「知っているでしょう、たぶん。いえ、絶対に知っていると思うわ。だからこそ、この池のことを訊いても、漠然《ばくぜん》としたことしか教えてくれなかったんじゃないかな」

「この池は、赤玉の集まる場所だろうけど、不老長寿の池ではなさそうだね。赤玉と不老長寿って関連がありそうだけど」

「長生きまで手に入れようなんて、欲張りすぎます。不能が治っただけでも万々歳《ばんばんざい》でしょう？」

「完治はしていないよ。自分の赤玉を手に入れた時に初めて、勃起不全は完治したと言えるんじゃないかな」

「こんなに元気なのに？　しょぼくれちゃうことになるの？」

那奈は粘《ねば》っこい眼差しで見つめると、陰茎をまた口にふくんだ。

右手で陰茎のつけ根を摑む。左手でふぐりを撫でる。頭を前後に動かしつづける。鼻息が荒くなる。長い髪が乱れる。豊かな乳房が上下にも左右にも揺れる。

勃起しているのに、強い快感のために、陰茎はもっと強い勃起を求めていた。でも、物理的に無理だ。いくら快感に浸《ひた》っていても、硬度も太さも長さも変えられないことくらいはわかる。なのに、求めていた。陰茎自体がそれを欲していた。

無理だけれど、伊原はそんなふうに思うことに満足していた。性の情動に揺さぶられることは久しくなかった。赤玉を手に入れていないのにここまで没頭できるのは、やはり、無数の赤玉の中にいるからだろう。

いきたいけど、いくのが怖かった。

赤玉を取り戻していない今、勃起しているだけでも驚異なのに、絶頂に昇って白い樹液まで放出するのは無茶だ。これまでの事実を冷静に考えてみれば、それが常軌《じょうき》を逸《いっ》していることだとわかる。

一瞬の快感のために、これからの長い人生で必要なものを諦めることになる予感がした。何を諦めるのかはわからないけれど、たとえば、どんなことをしても二度と勃起できなくなるといったシリアスなことだと予想できた。

那奈が陰茎から口を離した。その拍子《ひょうし》に、つけ根から大きく跳《は》ねて、先端に溜《た》まっていた唾液が二メートルほど先に落ちた。

聖池に波紋が広がった。

赤玉は敏感だ。水中でうごめいている無数のそれは逃げていった。音があがることも、水が揺れることもなかった。

「ねえ、して、お願い。わたし、あなたの逞しいものを挿《さ》してもらうのを、ずっと待っていたの」

「勃起しなくても、挿入しなくても、満足できるから大丈夫だって、那奈は言っていなかった？」

「忘れたわ、そんな細かいことは……。あなたの記憶違いじゃないかしら。硬いおちんちんに戻ってもらうために、わたしは精一杯尽くしてきたんです。勃起しなくて満足するわけないでしょう？」

「やっぱりそうだったのか……。不要なプレッシャーを感じさせないために言ってくれたんだね。わかってはいたけど、はっきりと認められると、ちょっと悲しいな」

「どうして？　もう過去のことでしょう？　これからは勃起もするし、挿入もできるでしょう？」

「赤玉が無数にあるけど、自分の赤玉がどこにあるのかわからないし、それにたとえ見つかったとしても、摑み取れるのかどうかも定かじゃないんだよ」

「ここでセックスして、ふたりで昇ったら、あなたの赤玉が現れないかしら」

「危険だな」

「どうして？　やってみる価値があるんじゃない？　聖池に辿り着いたことだけでは、あなたの赤玉が自動的に現れなかった。それが事実。待っていてもダメ。行動を起こさないといけないってことだと思うの」

「そうかもしれないな」

「わたしがここにいるのも、こうして裸になっているのも、必然かもしれないでしょう？　その必然に逆らったらいけないわ。セックスすることが自然の流れよ」

那奈の口調が熱を帯びてきた。彼女は自分の思いつきに夢中になっていた。男の勃起不全を治すための重大なアイデアだと信じているようだった。セックスの相手として役に立つだけでなく、知性の面でも役に立ちたいと願ったのだろう。

健気《けなげ》な女だ。

伊原には彼女の想いや不安が読み取れた。必要な存在でありたいと思っている。だからこそ、彼女は自分のアイデアを採用してもらうことに必死なのだ。

「ぼくはいつだって那奈にそばにいて欲しいと思っているんだけど、その気持は伝わっていないのかな」

「あなたは今、心が弱っているから、わたしを必要としているだけかもしれないでしょう？　たとえば、風邪を引いて高熱を出したら、心細さと軀のしんどさで、そばにいて欲しいと思うものでしょう？　今のあなたって、それと同じ心理状態ではないかしら」

「わからないな……。ただ、否定はできないかな」

「元気になったら、どこかに行ってしまうかも……。弱っている時の素顔を見た女なんて、鬱陶《うっとう》しいと思うはずだから」

「それも否定できないな。ひとつの心理ではありそうだね」

「そうでしょう？　だから、わたしはセックスしたいの。あなたの赤玉を取り戻すための本当の役に立てるかもしれないから……。そうなったら、あなたはわたしを絶対に忘れない。離れたとしても、忘れない」

伊原は那奈を抱きしめた。彼女のやさしさや想いの深さに心が熱くなった。愛されていることはわかっていたけれど、面と向かって言葉にされてみると、高ぶりはいっそう強まったし、喜びも感激もひとしおだった。

セックスする気になった。彼女への愛《いと》しさと胸に躍《おど》っているときめきが原動力だ。それに不安も消し飛んでいたし、彼女が言ったように、ふたりがここでセックスすることも、必然の行動のひとつとして組み込まれている気になっていた。

勃起はつづいている。このことも、セックスすべきという暗示に思えてならない。本来なら、勃起しないはずだから。

「好きだよ、那奈」

「うれしい……。ああ、してくれるの？」

「そのつもりだ」

「必然だとわかってくれたのね」

「導かれたのかどうか、やってみればわかるはずだよ」

「さあ、きて」

「後ろを向いてごらん。そのほうが安定するはずだから」

那奈は素直に後ろを向いた。上体をいくらか前に倒して、お尻を突き出した。

割れ目を求めて陰茎が跳ねる。元気だった頃よりも勢いが感じられる。

ふたりが動いたために、赤玉もいっせいに動いていた。

でも、これまでとは違う動きだった。

何かがはじまっていた。

9

何かがはじまっているはずなのに、聖池は静かだった。

赤玉は明らかに動いている。なのに、水面には波紋ひとつない。

那奈は前屈みになって、男の逞しいものをいつでも迎えられる体勢を保っている。彼女にはやはり、赤玉は見えていない。そのほうが幸せかもしれないが……。

人には見えたほうがいいものと、見えなくていいものがある。水面に顔を寄せるような格好をしているのに、水中でうごめいている無数の赤玉が見えてしまったら、悲鳴をあげるどころではないだろう。彼女は意外と怖がりだ。恐怖のあまり失神しかねない。

彼女の腰をがっしりと摑んだ。

割れ目はすでに濡れている。うるみは青白い月の光を浴びて、透明感の深い輝きを放っている。清冽《せいれつ》だ。赤玉の赤色に染まることも、紛《まぎ》れてしまうこともない。

勃起している陰茎をお尻に押し付けた。

お尻がつくる深い谷を塞《ふさ》ぐ。すぐに左右の丘が陰茎を圧迫してくる。久しぶりの感触だ。彼女の温かさも懐かしい。ああっ、気持がいい。最近は、萎えている陰茎でしかこの感触は味わっていなかった。

「伊原さん、気持いい。やっぱり、硬いおちんちんって素敵ね」

「やっぱり、そうだったか。萎えていてもいいって言っていたけど、それはぼくを励ますために言っていただけなんだな」

「もう、変なこと言って……。そんなことありませんから、安心してください。どちらかというと、やわらかいおちんちんよりも、硬いほうがいいっていうだけのこと。やわらかいままだったとしても、わたしは満足ですから、安心してください」

那奈の声音は穏やかだった。ムキになっているようには聞こえなかった。そのためだろうか、彼女は心の内の真実を語っていると信じることができた。

お尻を左右に小さく振る。挿入をうながしてくる。ふたりの足に振動が伝わって波紋が広がる。

伊原は腰をゆっくりと時間をかけて突き込んでいった。

挿入しても前後に素早く動かさないように気をつけた。十秒以上かけただろうか。セックスに没頭するというよりも、久しぶりの感触を味わうことのほうが重要だった。だから当然、那奈に快感を与えようという意識は弱かった。

肉襞のうねりや奥に引き込む動きや割れ目全体で陰茎を圧《お》してくる迫力は新鮮だ。陰茎が硬いからこそ味わえる醍醐味《だいごみ》だ。

諦《あきら》めずにここまでやってきてよかった。

快感に浸りながら、伊原はつくづく思う。出会った人たちを大切にして、彼らの言葉を信じたからだ。

「ああっ、あなた、気持いい……。よかったわね、本当によかったわね」

「那奈が勇気づけてくれなかったら、伊勢に行くこともなかったし、高千穂に来ることもなかったと思うよ。よかった、ほんとによかった」

「池の真ん中でセックスするなんて、わたしたちって大胆」

「おかしなものだって思わないか？　ぼくが不能にならなかったら、九州に来ることもなかったし、全裸になって池に入ることも、セックスすることもなかったんだから」

「そうね、確かに。あなたが何度も言っていたように、不能になったことを含めて、すべて必然だったんだなって思うわ」

「でも、安心はできないよ」

「どうして？　わたしたちの旅はハッピーエンドになったんでしょう？」

「たぶん、違うと思う。那奈には見えないだろうけど、あたり一面、無数にいた赤玉がどこかに消えているんだよ」

「どういうこと？　ねえ、もっと丁寧に説明してくれないとわからない……。女のわたしがこの池に入ってきたせい？　セックスをはじめてから？」

「ぼくだって、理由はわからないよ。とにかく、池を覆《おお》うようにして空中に浮かんでいた赤玉はもうほとんど見えない。池の中にいた連中も消えているよ」

「ねえ、抜いてください。わたし、池から出ます。わたしが赤玉の消える原因になってい る気がしてきたから……」

「待ってくれよ。ここで最後までいかせてくれないのかい？　そんなのって、久しぶりに 挿入しているぼくには、地獄の苦しみだよ」

「この一瞬の快楽のために、勃起をまた失うことになったりしない？　わたし、それが怖 いの。わかる？　あなたのことが心配なんだから」

「いつだって何とか切り抜けられてきたんだから、何が起きても大丈夫じゃないかな」

「根拠のないことを言って……。もうダメ。わたしも、あなたのおちんちんに責任をもち たいんです。だから、名残《なごり》惜《お》しいですけど、離れます」

那奈は毅然《きぜん》とした態度を見せた。

半歩踏み出して、硬くなった陰茎から逃れた。いくつもの波紋とともに、池の底に溜ま っていた細かい粒子の泥が舞い上がった。

赤玉は消えていく。泥に紛れているのではない。そんなものは周囲一メートル程度でし かない。池全体に充溢《じゅういつ》していた赤玉が明らかにその数を減らしている。

「それじゃ、わたしは上がりますから。伊原さん、あなたの赤玉を探して、摑み取って、 自分の軀に戻してくださいね……。わたし、池から離れないで見守っていますから」

那奈は気合いの入った激励の言葉を投げると、ゆっくりとした足取りで、岸に戻った。

伊原はひとりになった。

池の変化はつづいている。

圧倒されるくらいの数だった赤玉も、今はかなり少なくなっている。池の底があちこちで透けて見えるくらいだと思って眺めていると、五メートルほど先の底が割れていることに気づいた。

赤玉はその裂け目に、猛烈な勢いで吸い込まれていた。赤玉だけ。池の水はまったく動いていない。波紋ひとつない。池の底には細かい粒子の泥が堆積《たいせき》しているのに、割れ目のあたりの泥は舞い上がっていない。

どこに行ってしまうんだ……。

赤玉の数が見る間に少なくなってきた。あと数分で、無数にあった赤玉がひとつ残らず消えてしまうと想像がついた。それだけ急激だった。

「伊原さーん、大丈夫？」

那奈の緊張した声が響いた。

彼女の声はこだましている。三度、四度。久しぶりにこだまを聞いたと思ったけれど、彼女の声はいったいどこで反響しているのかわからない。夜はすっかり更《ふ》けて、山の輪郭が見えなくなっている。

不思議なことに、赤玉を呑み込んでいる池の底の割れ目の輪郭だけはくっきりと見えた。那奈の姿は、輪郭がぼんやりと摑める程度だったから、その割れ目には不可思議な力があるとしか思えなかった。

「返事をしてよ、伊原さん。ねえ、大丈夫なの？　暗くてあなたの姿が見えないの。まさか、赤玉を追いかけて、水の中にもぐったんじゃないでしょうね？　それとも、赤玉ともども、消えちゃった？」

「ぼくはここにいるから、安心しろよ。那奈、見えないか？」

伊原は振り返って、彼女に向かって手を大きく振った。が、夜の闇はすっかり濃くなっていて、彼女の輪郭はまったく見えなくなっていた。

そろそろ、戻ろう。

もう一度、池と割れ目を見遣《みや》った。散らばっているはずの赤玉の姿はなかった。驚きだった。空と水中を赤く染めていた無数の赤玉が、ひとつとして見えなくなったのだ。

池の底の割れ目を見た。

いわゆる地中の裂け目のようだった。

でも、何か変だ。

割れ目とはいっても、あわびのような形ではない。アンシンメトリー。つまり、左右対称ではなかった。でも、それが変だという印象につながっている原因ではない。

縦長の形がいびつだった。水底《みなそこ》は細かい粒子が堆積した状態だったはずなのに、割れ目には木々が繁《しげ》っているように見えた。それが、変だという印象につながっている理由のひとつだ。

そしてすぐに、ふたつ目の理由が見つかった。驚愕《きょうがく》だった。どこかで見たことのある割れ目だと気づいたからだ。

天岩戸の姿を写真で見たことがある。それとまったく同じ形をしたものが水中に出現していたのだ。

本来の天岩戸は、崖が裂けて洞窟《どうくつ》になっていると言われている。遠目からは木々が繁っていて洞窟になっているところまではわからないが、それでも、裂けていることだけはわかる。天岩戸のそうした写真を撮って、池の底に貼り付けたようだった。つまり、本来縦にあるべきものが、横になっていたのだ。それを違和感としてとらえていた。

よくぞ気づいた。素晴らしいじゃないか。伊原は自分の観察力と繊細《せんさい》な感性に驚き、自《じ》讃《さん》した。そして次の瞬間、愕然《がくぜん》とした。

天岩戸に、赤玉が隠れたというのか？　須佐之男命の乱暴ぶりに怒って天照大神が隠れたという、あの天岩戸に？

何かを意味しているとしか思えないが、よりによって、なぜ、天岩戸なのだ。

水の底をじっくりと眺めた。真っ暗のはずなのにくっきりと見える。それはやはり、写真で見たことのある天岩戸だった。

「那奈、いるか？　驚くなよ、水の底に天岩戸が出現しているんだ」

「どういうこと？　真っ暗なのに、あなたには水の底が見えるっていうの？」

「見えるんだよ。ぼくに神秘の力が備《そな》わったわけじゃない。赤玉がどこに消えたのかという暗示だよ」

「わたしには見えない……。真っ暗。あなたの声しか聞こえない」

「戻るから、ぼくも。那奈、声をあげていてくれるかな。真っ暗なんだ。声を頼りにしないとどこか別の場所に行きそうだ」

「わかったわ……。そうねえ。今の話だけど天岩戸に行けば、赤玉を取り戻せるということかしら？　わたし、神話に詳しくないんだけど、天岩戸に隠れた天照大神を引っ張りだすために、天受賣女が踊ったんでしょう？　つまり、天照大神はヒッキーだったわけよね。そんな人を天岩戸っていう部屋から顔を出させるために、天受賣女がダンスしたってことよね」

「ずいぶんと卑近なたとえだけど、そういうことになるかな。で？」

「つまりね、わたしたちはこの成り行きからすると、絶対に天岩戸に行くでしょう？　まあ、行くのは当然だと思うけど、天受賣女のように踊るのは誰？　もしかしたら、わたしってことになるわけ？　ダンスの心得のない女が踊るの？」

「わからないけど、ありがとう、心配してくれて……。それに、やっと、戻れることができた」

伊原は岸にあがった。

振り返ったが、月が隠れているからか、聖池そのものがまったく見えなかった。数十センチ先に水面があるとわかっているのに、それさえも見えなかった。

那奈の顔だけは見えた。でも、はっきりとではない。瞳だけがギラギラと光っていた。性欲に満ちた生きるエネルギーだ。

「伊原さん、顔をよく見せて……。池の中からここまで二十メートルくらいなのに、あなたが遭難するんじゃないかって、心配でドキドキしちゃった」

「ぼくもそう思っていたよ。長い二十メートルだったな」

「ひとまず、旅館にチェックインしましょうよ。お腹空《なかす》いちゃったし、心細いし……。まともな人の顔を見て、ホッとしたいな」

「ぼくはとりあえず、服を着たいな。風邪をひきそうだ」

伊原は元気な声をあげた。そうでもしないと、心細さに心が押し潰《つぶ》されそうだった。

エピローグ

高千穂は山間《やまあい》の静かな町だ。人口は一万五千人弱。林業と観光の町。ネオンらしきものはほとんどない。夜の神話の里はひっそりとしている。夜神楽《よかぐら》を観光客向けに演じている神社だけが賑《にぎ》わいを見せる。

伊原と那奈は、高千穂の町が見下ろせる高台の旅館にいる。専用の露天風呂が付いた贅《ぜい》沢《たく》な部屋。元々予約していたのは、ひとつ下のランクの部屋だったが、女将《おかみ》の才量でアップグレードしてくれたのだ。これだけのことで、いや、これだけで十分なのだけれど、高千穂に暮らす人たちの情の深さに触れた気がした。

部屋出しの懐石料理は、高千穂という場所柄、山の食材が多かった。おいしかった。那奈が気に入ったのは、牛肉を炙《あぶ》った料理。伊原は山菜のてんぷらが気に入った。いずれもシンプルな味付けで、食材の旨味《うまみ》で勝負しようという意気込みが感じられた。

「わたし、もうお腹いっぱい。この後、ご飯とお味噌汁。食べられないかもしれないなあ。どうしよう、残すなんてもったいない」

「夜食代わりに、おにぎりにしてもらったらどうかな」

「それ、賛成。わたしたちって、もしかして、旅上手になっている？」

「いい気なもんだなあ、那奈は。どういうふうに見えているのか知らないけど、ぼくはこれでもすごく深刻な気分なんだからな」

伊原は正直に言った。那奈がはしゃぎたがっているのはわかったが、彼女の気分に合わせてはいられなかった。

「どうしたの？　聖池から戻ってから、ずっと機嫌が悪いでしょう？　もしかして、わたしが最後までしなかったから？」

「そんなことじゃないな」

「でも、あなたにとっては些細《ささい》なことではないはずでしょう？　セックスは人生の中で重要な意味を占《し》めていると言っていたのを、わたし、はっきりと覚えているもの」

「暗澹《あんたん》たる気分なんだ」

「どうして？　天岩戸に行けばいいってわかっているんだから、気が楽じゃない。伊勢に行った時のように、出たとこ勝負ではないんだもの。あの時のほうが、わたしは不安だったな。あなただって、どうしていいのか、まったく見当もつかなかったでしょう？」

「そうだけど、今のほうが、気分としては重いかな。先が長いんだなあってわかっちゃったからな」

「悲観的だなぁ。天岩戸が最終的な解決になるかもしれないでしょう?」

「わからないよ。天岩戸に天照大神が隠れたことで、世の中が真っ暗になったけど、それだけで終わりではなかったからなあ」

「でも、天照大神は出てきて、世の中に光が差したはずだわ。それをひとつの解決だと思っていいんじゃないかしら」

「ぼくたちは、光を得ることができるんだろうか」

「ははっ、何言ってるの。赤玉を摑めそうなところまで来ているじゃない。そんな弱気なことを言ってどうするの」

那奈は強い口調で言う。励ましの言葉が身にしみる。今回のことで、彼女はずいぶんと変わった気がする。とにかく、逞しくなったと思う。男につき従うだけだったのに、いつの間にか、男を立てるようになり、ついには励ます立場にまでなった。

「食事が終わったら、たっぷりと、いいことをしてあげるから……。暗い顔しないの」

「明るい顔になれるかな」

「うっとりした顔にはなるんじゃないかな。とにかく、愉《たの》しみにしていてちょうだい」

「うれしいけど、不安だよ」

「まさか、ダメになっちゃったの？」

「わからない……。今はもちろん、小さくなっているけどね。聖池ではムクムクッとなったけど、どうなるか……」

女将が部屋にやってきた。三十代前半。仲居《なかい》ではなくて、女将自《みずか》らが膳《ぜん》を下げていく。ゆったりとしていた。素早く下げることよりも、穏やかなこの空気を大切にすることを優先させているのが感じられた。

「山間の旅館に、これほどまでの美人の女将がいるなんて、驚きですよ。生まれも育ちも高千穂なんですか」

伊原はお世辞《せじ》を織り交ぜながら言った。女将は確かに美人だ。那奈は目の前でニコニコしている。彼女はこのくらいのことで嫉妬するような器量の狭い女ではない。

「この旅館で生まれて育ちました。結婚して東京にいたんですけど、去年戻ってきて、女将修業をしているところです」

「東京ですか。どうりで、垢《あか》抜けている……。ところで、女将さんにとっての高千穂でいちばんのおすすめのスポットはどこだと思いますか」

伊原はなにげなく訊いた。観光をするつもりなどなかったし、そんな時間のゆとりもないと思っていたからだ。

予想外の答が返ってきた。

「天岩戸でしょうか。特に、ライトアップされた天岩戸は幻想的で素敵ですよ」

「ええっ？　ライトアップ？　そんなことをしているんですか？」

「町おこしの一環で、試《ため》しに一カ月限定ではじめたんです。アイデアはよかったんですけど、ほとんど知られていないから、見る人がいなくて……」

「一晩中？」

「ごらんになってください。ちょっと遠いですけど、歩いても行けますから……」

「一カ月限定ということは、いつまで？」

「明日まで、です」

「それじゃあ、ぜひ見ておかないと。なあ、那奈、そうしようよ。二度と行われないかもしれないからね」

那奈は微笑みながらうなずいただけだった。言葉を投げかけないのは、女将との会話を邪魔しないようにという気遣いだ。

「ところで、ここの町に生まれ育った女将さんなら、聖池という池の存在を知っていますか」

「知っていますけど、一度しか行ったことがありません。中学生の頃でしょうか。女子三人で行きました。でも、それは女子にとってはものすごい冒険でした」

「なぜ？」

「男の場所だと言われているところでしたから。物心つく前から、親にきつく言われていました、女は聖池に行ってはいけないって……」

「で、行ってみて、どうでした?」

「何もなかったんですよ。まったく何もない、ただの池。なぜ両親は、行ってはいけないと厳《きび》しく言っていたのか、今もわかりません」

「そういう場所なら、噂があるでしょう。理由に結びつく噂が……」

「男だけの池らしいですね。何かがあるってことですけど、女には見えないらしいんです」

「聖池と天岩戸とが関係しているっていう噂は、耳にしていませんか」

「さあ、どうでしょうか。わたしは聞いたことがありません」

女将は言うと、膳を持って部屋を出た。とぼけたのではなさそうだった。

そのふたつには、間違いなく関連がある。そうでなければ、聖池の底に、天岩戸とうりふたつのものが出現するはずがない。

「今夜、行ってみましょうよ」

那奈が言った。伊原はうなずくと、微笑んだ。陰茎が疼いた。勃起の兆しだった。

この作品は『月刊小説ＮＯＮ』（祥伝社発行）二〇〇七年六月号から二〇〇九年六月号までの「彼は終わらない」と題した連載に、著者が刊行に際し、加筆、訂正したものです。

――編集部

神崎京介著作リスト

108	S×M	幻冬舎文庫	平21．6
107	夜と夜中と早朝に	文春文庫	平21．5
106	不幸体質	新潮文庫	平20.12
105	けだもの	徳間文庫	平20.12
104	利口な嫉妬	講談社文庫	平20.11
103	男たるもの	双葉文庫	平20.10
102	ぼくが知った君のすべて	光文社	平20．6
101	関係の約束	徳間文庫	平20．6
100	女薫《にょくん》の旅　青い乱れ	講談社文庫	平20．5
99	I　LOVE	講談社文庫	平20．3
98	想う壺	祥伝社文庫	平20．2
97	成熟	角川文庫	平20．1
96	本当のうそ（ほかの著者とのアンソロジー）	講談社	平19.12
95	女薫《にょくん》の旅　今は深く	講談社文庫	平19.11
94	女盛り	角川文庫	平19.10
93	性《しょう》こりもなく	祥伝社文庫	平19．9
92	男でいられる残り	祥伝社	平19．7
91	女だらけ	角川文庫	平19．7
90	女薫《にょくん》の旅　愛と偽り	講談社文庫	平19．5
89	密室事情	角川文庫	平19．4
88	***h***＋α（エッチプラスアルファ）	講談社文庫	平19．3
87	***h***＋（エッチプラス）	講談社文庫	平19．2
86	***h***（エッチ）	講談社文庫	平19．1
85	五欲の海　多情篇	光文社文庫	平18.12
84	渋谷STAY《ステイ》	トクマ・ノベルス	平18.12
83	女薫の旅　欲の極み	講談社文庫	平18.11
82	美しい水	幻冬舎文庫	平18.10
81	横好き	徳間文庫	平18．9
80	女の方式	光文社文庫	平18．8
79	東京地下室	幻冬舎文庫	平18．8

78	禁忌（タブー）	角川文庫	平18. 7
77	みられたい	幻冬舎文庫	平18. 6
76	官能の時刻	文藝春秋	平18. 5
75	女薫の旅　情の限り	講談社文庫	平18. 5
74	愛は嘘をつく　女の幸福	幻冬舎文庫	平18. 4
73	愛は嘘をつく　男の充実	幻冬舎文庫	平18. 4
72	ひみつのとき	新潮文庫	平18. 3
71	盗む舌	徳間文庫	平18. 2
70	不幸体質	角川書店	平17.12
69	女薫の旅　色と艶と	講談社文庫	平17.11
68	吐息の成熟	新潮文庫	平17.10
67	五欲の海　乱舞篇	光文社文庫	平17. 9
66	大人の性徴期	ノン・ノベル（祥伝社）	平17. 9
65	関係の約束	ジョイ・ノベルス（実業之日本社）	平17. 6
64	性懲《しょうこ》り	ノン・ノベル（祥伝社）	平17. 5
63	女薫の旅　禁の園へ	講談社文庫	平17. 5
62	「女薫の旅」特選集＋完全ガイド	講談社文庫	平17. 5
61	五欲の海	光文社文庫	平17. 4
60	好きの味	主婦と生活社	平17. 3
59	化粧の素顔	新潮文庫	平17. 3
58	五欲の海　多情編	カッパ・ノベルス	平17. 2
57	女のぐあい	祥伝社文庫	平17. 2
56	*h*+α	講談社	平17. 1
55	女薫の旅　秘に触れ	講談社文庫	平16.11
54	好きの果実	主婦と生活社	平16.10
53	ぎりぎり	光文社文庫	平16. 9
52	*h*+	講談社	平16. 8
51	横好き	トクマ・ノベルズ	平16. 8
50	忘れる肌	徳間文庫	平16. 7
49	愛は嘘をつく　男の事情	幻冬舎	平16. 6
48	愛は嘘をつく　女の思惑	幻冬舎	平16. 6
47	女薫の旅　誘惑おって	講談社文庫	平16. 5

46	女の方式	カッパ・ノベルス	平16. 4
45	ひみつのとき	新潮社	平16. 4
44	盗む舌	トクマ・ノベルズ	平16. 3
43	密室事情	角川書店	平16. 3
42	*h*	講談社	平16. 2
41	男泣かせ	光文社文庫	平16. 1
40	好きのゆくえ	主婦と生活社	平15.12
39	女薫の旅　耽溺まみれ	講談社文庫	平15.11
38	おれの女	光文社文庫	平15. 9
37	吐息の成熟	新潮社	平15. 7
36	五欲の海　乱舞篇	カッパ・ノベルス	平15. 6
35	女薫の旅　感涙はてる	講談社文庫	平15. 5
34	熱れ《いき》	ノン・ノベル（祥伝社）	平15. 3
33	無垢の狂気を喚び起こせ	講談社文庫	平15. 3
32	化粧の素顔	新潮社	平15. 2
31	女運《おんなうん》　満ちるしびれ	祥伝社文庫	平14.12
30	女薫の旅　放心とろり	講談社文庫	平14.11
29	忘れる肌	トクマ・ノベルズ	平14.10
28	男泣かせ　限限《ぎりぎり》	カッパ・ノベルス	平14. 9
27	後味《あとあじ》	光文社文庫	平14. 9
26	五欲の海	カッパ・ノベルス	平14. 8
25	男泣かせ	カッパ・ノベルス	平14. 6
24	女薫の旅　衝動はぜて	講談社文庫	平14. 5
23	女運　昇りながらも	祥伝社文庫	平14. 3
22	イントロ　もっとやさしく	講談社文庫	平14. 2
21	おれの女	カッパ・ノベルス	平13.12
20	女薫の旅　陶酔めぐる	講談社文庫	平13.11
19	愛技	講談社文庫	平13.10
18	他愛《たあい》	祥伝社文庫	平13. 9
17	女運　指をくわえて	祥伝社文庫	平13. 8
16	イントロ	講談社文庫	平13. 7
15	女運	祥伝社文庫	平13. 5

14	女薫の旅　奔流あふれ	講談社文庫	平13. 4
13	滴《しずく》	講談社文庫	平13. 1
12	女薫の旅　激情たぎる	講談社文庫	平12. 9
11	禁本（ほかの著者とのアンソロジー）	祥伝社文庫	平12. 8
10	服従	幻冬舎アウトロー文庫	平12. 6
9	女薫の旅　灼熱つづく	講談社文庫	平12. 5
8	女薫の旅	講談社文庫	平12. 1
7	ジャン＝ポール・ガゼーの日記（翻訳）	幻冬舎	平11. 7
6	ハッピー	幻冬舎ノベルス	平10. 2
5	ピュア	幻冬舎ノベルス	平 9.12
4	陰界伝	マガジン・ゲーム・ノベルス（講談社）	平 9. 9
3	水の屍《かばね》	幻冬舎ノベルス	平 9. 8
2	０と１の叫び	講談社ノベルス	平 9. 2
1	無垢の狂気を喚《よ》び起こせ	講談社ノベルス	平 8.10

（記載は最新刊より．平成21年７月10日現在）

一〇〇字書評

秘術

切り取り線

購買動機（新聞、雑誌名を記入するか、あるいは○をつけてください）	
□（　　　　　　　　　　　）の広告を見て	
□（　　　　　　　　　　　）の書評を見て	
□ 知人のすすめで	□ タイトルに惹かれて
□ カバーがよかったから	□ 内容が面白そうだから
□ 好きな作家だから	□ 好きな分野の本だから

●最近、最も感銘を受けた作品名をお書きください

●あなたのお好きな作家名をお書きください

●その他、ご要望がありましたらお書きください

住所	〒				
氏名		職業		年齢	
Eメール	※携帯には配信できません		新刊情報等のメール配信を 希望する・しない		

あなたにお願い

この本の感想を、編集部までお寄せいただけたらありがたく存じます。今後の企画の参考にさせていただきます。Eメールでも結構です。

いただいた「一〇〇字書評」は、新聞・雑誌等に紹介させていただくことがあります。その場合はお礼として特製図書カードを差し上げます。

前ページの原稿用紙に書評をお書きの上、切り取り、左記までお送り下さい。宛先の住所は不要です。

なお、ご記入いただいたお名前、ご住所等は、書評紹介の事前了解、謝礼のお届けのためだけに利用し、そのほかの目的のために利用することはありません。

〒一〇一―八七〇一
祥伝社文庫編集長　加藤　淳
☎〇三（三二六五）二〇八〇
bunko@shodensha.co.jp

祥伝社ホームページの「ブックレビュー」からも、書き込めます。
http://www.shodensha.co.jp/bookreview/

祥伝社文庫

上質のエンターテインメントを！　珠玉のエスプリを！

祥伝社文庫は創刊15周年を迎える2000年を機に、ここに新たな宣言をいたします。いつの世にも変わらない価値観、つまり「豊かな心」「深い知恵」「大きな楽しみ」に満ちた作品を厳選し、次代を拓く書下ろし作品を大胆に起用し、読者の皆様の心に響く文庫を目指します。どうぞご意見、ご希望を編集部までお寄せくださるよう、お願いいたします。

2000年１月１日　　祥伝社文庫編集部

秘術《ひじゅつ》　長編情愛小説

平成21年７月30日　初版第１刷発行

著者　神《かん》崎《ざき》京《きよう》介《すけ》

発行者　竹内和芳

発行所　祥《しょう》伝《でん》社《しゃ》

東京都千代田区神田神保町3-6-5
九段尚学ビル　〒101-8701
☎03(3265)2081(販売部)
☎03(3265)2080(編集部)
☎03(3265)3622(業務部)

印刷所　図書印刷

製本所　図書印刷

ISBN978-4-396-33516-8 C0193
祥伝社のホームページ http://www.shodensha.co.jp/

祥伝社文庫

夢枕 獏　**魔獣狩り（淫楽編）**

人間の頭脳に潜入、秘密を探り出す特殊能力を持つ超戦士・精神《サイコ》ダイバーの活躍を描くシリーズ第一弾！

夢枕 獏　**魔獣狩り（暗黒編）**

秘密結社"ぱんしがる"の暗黒祭に潜入した九門鳳介《くもんほうすけ》・美空《びくう》・文成仙吉《ふみなりせんきち》。待ちうける獣師猿翁《えんおう》と獣人蟠虎《はんこ》…。

夢枕 獏　**魔獣狩り（鬼哭《きこく》編）**

密教術の達人・美空と復讐の戦鬼・文成仙吉は、黒御所《くろごしょ》と獣人蟠虎を倒すため、反撃を開始した。

夢枕 獏　**新・魔獣狩り1（鬼道編）**

今また闇社会が蠢動し始めた。猿翁《えんおう》、腐鬼一族、美空、文成仙吉…ついには九門鳳介と毒島獣太も動き出した！

夢枕 獏　**新・魔獣狩り2（孔雀編）**

獣師猿翁は精神《サイコ》ダイバー九門鳳介を仲間にすべく小田原へ向かう。そこで待っていたのは腐鬼一族の梵《ぼん》であった！

夢枕 獏　**新・魔獣狩り3（土蜘蛛《つちぐも》編）**

空海の秘伝『四殺』を狙う腐鬼《ふき》一族。彼らに捕らわれた九門鳳介《くもんほうすけ》が熊野の山中で見たものとは？

祥伝社文庫

夢枕 獏　新・魔獣狩り4（狂王編）

〝黄金〟〝鬼道〟〝空海の秘法〟は誰の手に？ 全ての謎と野望が核心に向かって蠢動する、シリーズ第四弾。

菊地秀行　妖祭物語

魔界復活を策す沢巫女《さわみこ》と、それを阻止せんとする歌乃《うたの》家の、想像を絶する死闘が奇々怪々な事件を招く。

荒山 徹　高麗秘帖《こうらいひちょう》 朝鮮出兵異聞

文禄の役。破竹の勢いの秀吉軍を撃退した李舜臣《イスンシン》将軍。五年後、雪辱に燃えて両軍は再び戦火を交えた！

荒山 徹　魔風海峡（上）

秀吉の朝鮮出兵が泥沼と化す中、密命を受けた真田幸村は真田忍軍とともに釜山へ！ 隠し財宝の行方は？

荒山 徹　魔風海峡（下）

真田軍を待ち受ける高麗忍者の妖術。明から独立を目指す欽明帝、それを利用する服部半蔵…超大作、完結！

荒山 徹　魔岩伝説

幕閣が剣客の魔手から救った朝鮮の女忍者。彼女が仄《ほの》めかす徳川幕府二百年の泰平を震撼させる密約とは!?

祥伝社文庫

半村　良　**巨根伝説（上）**

大金持ちで絶世の美女の妖しい魅力に惹《ひ》かれた四人の男は、埋もれた財宝を求めて調査を開始した。

半村　良　**巨根伝説（下）**

遺宝発掘を機に、蠢動《しゅんどう》し始めた巨大な魔手。四人の男に発掘を計画させた美貌の女経営者の正体は？

半村　良　**産霊山《むすびのやま》秘録**

本能寺、関ヶ原、幕末、そして戦後にわたる日本歴史を陰で操った謎の一族の運命を描く一大叙事詩。

半村　良　**黄金の血脈（天の巻）**

時は慶長、雌雄を決する大坂の陣を控え、豊臣方に起死回生策が！　牢人・鈴波友右衛門《すずなみともえもん》への密命とは？

半村　良　**黄金の血脈（地の巻）**

幾多の敵を斬り伏せながら、鈴波・野笛・三四郎は一路常陸から陸奥へ。豊臣家起死回生の秘策の行方は？

半村　良　**黄金の血脈（人の巻）**

鈴波友右衛門らが謀った伊達政宗と組む秘策・徳川包囲網は会津で潰れる。望みを越後・松平忠輝に繋ぐが…

祥伝社文庫・黄金文庫　今月の新刊

内田康夫　鬼首《おにこうべ》殺人事件
浅見光彦、秋田で怪事件！
かつてない闇が迫る――

瀬尾まいこ　見えない誰かと
人とつながっている喜び
を綴った著者初エッセイ

岡崎大五　アフリカ・アンダーグラウンド
自由と財宝を賭けた
国境なきサバイバル・レース！

阿部牧郎　遙かなり真珠湾　山本五十六と参謀・黒島亀人
栄光か破滅か。国家の
命運を分けた男の絆。

森川哲郎　秘録　帝銀事件
国民を震撼させた犯人は
権力のでっち上げだった⁉

藍川　京　他　妖炎奇譚《ようえんきたん》
怪異なエロスの競演
〝世にも奇妙な性愛物語〟誕生

神崎京介　秘術
心と軀、解放と再生の旅！
愛のアドベンチャー！ロマン

山本兼一　弾正《だんじょう》の鷹
信長の首を狙う刺客たち。
直木賞作家の原点を収録！

藤原緋沙子　麦湯の女　橋廻り同心・平七郎控
「命に代えても申しません」
娘のひたむきな想いとは…

井川香四郎　鬼神の一刀　刀剣目利き　神楽坂咲花堂
三種の神器、出来！
シリーズ堂々の完結編！

千野隆司　莫連娘《ばくれんむすめ》　首斬り浅右衛門人情控
無法をはたらく娘たちと
浅右衛門が組んだ⁉

小宮一慶　新版　新幹線から経済が見える
眠ってなんかいられない！
車内にもヒントはいっぱい

三石　巌　医学常識はウソだらけ　分子生物学が明かす「生命の法則」
その常識、「命取り」
かもしれません――

千谷美恵　老舗の若女将が教える　とっておき銀座
若女将が紹介する、
銀座の〝粋〟！